# 古典詩歌研究彙刊

第二五輯

龔鵬程 主編

第5冊

## 陸游田園詩研究（中）

何映涵 著

國家圖書館出版品預行編目資料

陸游田園詩研究（中）／何映涵 著 — 初版 — 新北市：花木蘭文化事業有限公司，2019〔民 108〕

目 4+184 面；17×24 公分

（古典詩歌研究彙刊 第二五輯；第 5 冊）

ISBN 978-986-485-633-6（精裝）

1.（宋）陸游 2. 田園詩 3. 詩評

820.91　　108000646

古典詩歌研究彙刊

第二五輯　第五冊　　ISBN：978-986-485-633-6

陸游田園詩研究（中）

作　　者　何映涵

主　　編　龔鵬程

總 編 輯　杜潔祥

副總編輯　楊嘉樂

編　　輯　許郁翎、王筑　美術編輯　陳逸婷

出　　版　花木蘭文化事業有限公司

發 行 人　高小娟

聯絡地址　235 新北市中和區中安街七二號十三樓

電話：02-2923-1455／傳真：02-2923-1452

網　　址　http://www.huamulan.tw 信箱 hml 810518@gmail.com

印　　刷　普羅文化出版廣告事業

初　　版　2019 年 3 月

全書字數　486057 字

定　　價　第二五輯共 6 冊（精裝）新台幣 10,000 元

# 陸游田園詩研究（中）

何映涵　著

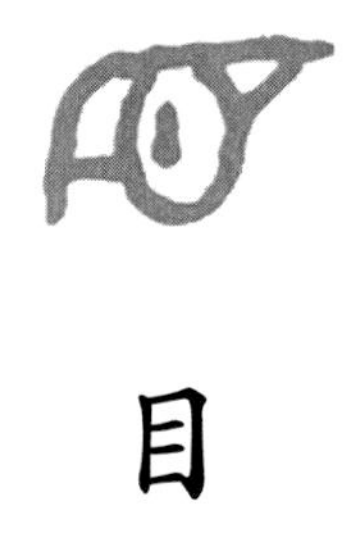

# 目次

## 上冊


第一章　導　論……1
　第一節　選題價值……4
　　一、確切理解陸詩特色所在……4
　　二、透視陸游多面心靈世界……10
　第二節　研究成果回顧與檢討……14
　　一、田園詩研究……14
　　二、陸游田園詩研究……22
　第三節　研究方法、章節安排與預期目標……31
　　一、主要研究方法……31
　　二、章節安排……41
　　三、預期目標……45
第二章　東晉至北宋田園詩發展概況……47
　第一節　田園詩義界……47
　　一、從「田園」到「田園詩」……48
　　二、田園詩的主要特徵……52
　　三、現代學界對「田園詩」的定義……61

四、「田園詩」和「山水詩」、「閒適詩」的區別……64
第二節　陶淵明田園詩的旨趣與藝術技巧……71
一、主題類型……74
二、語言風格……84
第三節　唐代田園詩的旨趣與藝術技巧……94
一、「田園樂」類田園詩……95
二、「田家苦」類田園詩……111
第四節　北宋田園詩與田園詩傳統的關係……124
一、內容旨趣的承傳與新變……124
二、語言藝術的發展……140
**第三章　陸游田園詩的創作背景……155**
第一節　時代背景與個人生活……158
一、相對繁榮的社會環境……159
二、安定長期的田園生活……162
第二節　逐漸淡化的仕進之志……165
一、高宗、孝宗朝……166
二、光宗、寧宗朝……169
第三節　開朗頑強的晚年心態……178
第四節　儒、道、禪兼容的思想結構……186
一、儒家思想……186
二、道家與禪宗思想……195
第五節　藝術見解……203

**中　冊**

**第四章　陸游田園詩旨趣的拓展（一）——樂境的徜徉與感悟……209**
第一節　日常生活的愉悅……209
一、疏放自在……210
二、恬適知足……217
第二節　生機蓬勃的美感……229
一、對田園世界生機的細膩體察……230

二、外界生機與個人身心狀態的融通 ………… 244
三、生機蓬勃之美的文化意蘊 …………………… 246
第三節　人情淳古的嚮慕 …………………………… 248
一、勤儉忠孝、恪守本分 ………………………… 250
二、與世隔絕，淳樸熱情 ………………………… 257
第四節　與民同樂的懷抱 …………………………… 267
一、平凡之樂 …………………………………………… 268
二、豐收之樂 …………………………………………… 272
三、太平之樂 …………………………………………… 280
**第五章　陸游田園詩旨趣的拓展（二）——困境的承受與轉化** ………………………… 291
第一節　安於貧窮的志意 …………………………… 291
一、對道德信念的執著 …………………………… 295
二、全身養生的欣慰 ………………………………… 304
三、對鄉里的歸屬感 ………………………………… 308
第二節　困頓失意的感觸 …………………………… 315
一、對身分落差的失落 …………………………… 316
二、對社稷蒼生的繫念 …………………………… 322
第三節　勤勉耕作的心聲 …………………………… 326
一、對耕作態度的轉變 …………………………… 328
二、力耕懷抱的特徵 ………………………………… 334
**第六章　陸游田園詩語言藝術的特色（一）** … 357
第一節　巧妙整飭的語音安排 ……………………… 357
一、四聲遞用的句尾 ………………………………… 358
二、聲律諧美的七律 ………………………………… 362
第二節　生動鮮明的字詞 …………………………… 368
一、有力的動詞 ……………………………………… 369
二、繽紛的顏色詞 …………………………………… 375
第三節　聲義兼備的疊字 …………………………… 383
一、連續疊字 …………………………………………… 384
二、間接疊字 …………………………………………… 389

## 下　冊

第七章　陸游田園詩語言藝術的特色（二）……393
第一節　圓穩整煉的對偶……393
一、門類眾多的工對……394
二、多重工對與密集工對……401
三、當句對……404
第二節　廣博熨貼的用典……406
一、典故範圍廣闊……408
二、用典密度提高……410
三、同類之典相對……411
四、用典手法多樣……414
第三節　顯著的敘事性與細膩的寫景……419
一、因體而異的敘事手法……419
二、詳細具體的詩題與自注……425
三、精密細緻的描寫方式……428
四、感性豐富的景物組合……432
第四節　工緻曉暢的語言風格……438
第八章　陸游田園詩與范成大、楊萬里的比較及其對後代的影響……451
第一節　范成大田園詩與陸詩的比較……455
一、內涵特徵與詩境形態……457
二、語言風格……471
三、感染力來源……476
第二節　楊萬里田園詩與陸詩的比較……478
一、內涵特徵與詩境形態……480
二、語言風格……485
三、感染力來源……495
第三節　陸游田園詩的影響……507
一、南宋後期……508
二、元、明、清時期……517
第九章　結論與展望……533
參考與引用書目舉要……549
附錄：陸游田園詩創作時間表……579

# 第四章　陸游田園詩旨趣的拓展(一)——樂境的徜徉與感悟

從旨趣的情感基調來看，陸詩繼承發展的主要是唐代興起、並爲北宋發揚的「田園樂」傳統。其詩中延續「田家苦」傳統而表達純粹憫農情懷的詩篇極爲少見。與北宋詩人大多隨興、零星地抒發此類情懷不同的是，陸詩不僅數量空前，而且涵蓋了前代「田園之樂」的所有主要來源——田園風光、個人生活、農村民俗，並開闢出眾多富於個性的旨趣。以下，即由「日常生活的愉悅」、「生機蓬勃的美感」、「人情淳古的嚮慕」、「與民同樂的懷抱」等四小節，析論這些詩歌新境含括的具體面向、相較前代詩歌的開拓所在，以及它們與北宋田園詩的承傳發展關係。

## 第一節　日常生活的愉悅

在這類田園詩中，陸游傳達的主要是個人日常生活中發生、並主要藉由自我生活的細節片段或生活環境的描寫來抒發的喜悅。此類詩歌之意義歸趨，指向主體的精神或物質需要的滿足，既包括外在環境的適意所引生的愉悅；也包括主要由於心靈自由自在而感到的愉快。〔註1〕

---

〔註 1〕下一節即將討論的陸游以「生機蓬勃的美感」爲旨趣之詩裡，部份詩篇表達的內容也發生於日常的出遊活動之中，因此似可併入本

愉悅閒適，本爲唐代以降田園詩的一大主調。自從北宋以來，田園詩更大量引進文人日常生活的各種層面以表達閒散情懷。但經由上文的分析可知，北宋此類詩歌題旨偏於瑣碎，對詩境的開展不足，且欠缺突出的個性。直到陸游手中，此種表現自我日常喜悅感受的田園詩，才開始表現明顯的個人特徵，詩的境界也得到擴大與深化。

雖然在這類作品中喜悅之感藉由詩人的生活細節抒發，但在接下來的分析中，我們並不會一一列舉引發愉悅之感的各類生活情趣，如飲食、飲酒、親情、品茶、讀書、出遊等。因爲這種平面式的列舉容易流於瑣碎，且基本上仍停留在題材層面，僅能釐清陸游將哪些生活細節寫入詩中，而不便歸納深層的詩旨。爲了更能深入陸詩的底蘊並彰顯其特徵，我們將由陸游田園詩的日常生活之悅主題中兩類最主要、也是最具個人特徵的情感調性著手，以論析陸詩境界的開拓之處。

陸游田園詩中的日常生活之悅，主要表現爲兩種富於個性的情感態度：疏放自在、恬適知足。前者是擺脫拘縛後的逍遙快適；後者則是珍惜眼前所有帶來的喜悅滿足。前者偏重於擺脫世俗加諸於身心的束縛，後者則著重於仔細品味生活中點滴的溫暖與美好。下文將分別析論之。

## 一、疏放自在

陸游屢次以「疏放」或「自在」形容自己的心情或心態。〔註2〕

節。但仔細體味不難發現，這類詩的意義是指向「物」（包括一切外在之事物、生活狀況）的特定性質或精神所供給的趣味，因此充滿「體物」的痕跡，而不刻意凸顯主體精神或物質需要的滿足、欣慰（此爲「樂」或「悅」的前提）。甚至其中還不乏泯去詩人活動痕跡之作，顯示詩人的重點其實不在表達「日常出遊之經驗感受」這種主體性明顯的內容，而是集中於傳遞「景物生機勃發的趣味與美感」。總之，此類詩與以「日常生活的愉悅」爲旨趣者，意義歸趨的方向頗有不同，兩者仍宜分開討論。

〔註 2〕諸如：「我少本疏放，一出但坐貧。縛褲屬櫜鞬，哀哉水雲身。此地雖暫寓，失喜忘吟呻。故溪歸去來，歲晚思鱸蓴。」（〈自小雲頂上雲頂寺〉，卷6，頁519）「莫羨朝回帶萬釘，吾曹要可草堂靈。風來弱柳搖官綠，雲破奇峰湧帝青。聽盡啼鶯春欲去，驚回夢蝶醉初醒。

從這些自述中可以領會到，他所謂「疏放」，主要指疏遠政事俗務、不屑於人情世故或世俗成見、一任性情之自然；「自在」則有自由、舒暢之意。陸游田園詩的日常生活之悅中，即經常融入疏遠功名利祿而感到的自由；或任憑性情自然舒展、行爲灑脫不羈的暢快感。此類詩的意蘊，正可以用「疏放自在」來概括。它逸出了王維、孟浩然等人詩歌塑造的寧靜平和之美，凸顯的是灑脫疏放、飄揚任縱的身心狀態。陸游自號「放翁」，其性情的此一方面在田園詩中亦有表現。

陸游田園詩的自由暢快之感，經常與自覺疏遠仕途利祿緊密相繫。例如〈自上竃過陶山〉云：

> 宿雨初收見夕陽，縱橫流水入陂塘。蠶家忌客門門閉，茶戶供官處處忙。綠樹村邊停醉帽，紫藤架底倚胡床。不因蕭散遺塵事，那覺人間白日長。（卷 17，頁 1371）

此詩於淳熙十三年（1186）夏作於故鄉山陰。在本年春天，閒居山陰長達五年的詩人起知嚴州，但七月始到任，此詩即作於他赴任之前。全詩的表面結構爲先寫景、後敘事抒情的格局，但內在結構其實並非傳統的由景生情，旨趣也不在於景物之美。由尾聯可知，詩中的愉悅主要源於抒情主人翁對「塵事」、更具體地說即功名爭逐的遺忘。村中微醺漫步、花下醉倚胡床等細節，烘托出他悠然灑落的心境；眼前田園世界的奔忙，則反襯出他的閒適、超然。在陸游晚年退居山陰後，這類詩篇更多，例如：

> 掃盡衣塵喜不勝，村居終日醉騰騰。閑投鄰父祈神社，戲入群兒鬬草朋。幽徑有風偏愛竹，虛堂無暑不憎蠅。悠然又見江天晚，隔浦人家已上燈。（〈遣興〉四首之三，卷 40，頁 2540）

---

從教俗眼憎疏放，行矣桐江酹客星。」（〈遣興〉，卷 17，頁 1363）「陸生少日心膽壯，萬里憑陵寄疏放；玉關曾誓馬革裹，滄海豈憂魚腹葬。」（〈秋齋遣懷〉，卷 37，頁 2422）「行年過八十，形悴神則旺。往來江湖間，垂老猶疏放。滄波浩無津，天遣遂微尚。」（〈讀王摩詰詩愛其散髮晚未簪道書行尚把之句因用爲韻賦古風十首亦皆物外事也〉之九，卷 63，頁 3596）

> 三間茅屋寄滄浪，烏出樊籠馬脱韁。瀲瀲陂塘秧水滿，陰陰門巷麥風涼。蔬盤旋采溪毛滑，篷艇新編露箬香。捐盡浮名方自喜，一生枉是伴人忙。（〈自笑〉，卷 43，頁 2682）

陸游此時無官一身輕，而且由「掃盡衣塵」、「捐盡浮名」可知他從心理上也自覺疏離宦途喧囂。脫盡世俗的他，或感到村居無時不可樂，或如重獲自由的飛鳥、奔馬一般，在田野間享受無盡的樂趣。〔註 3〕

陸游田園詩還喜以「野」字爲題。諸如〈題野人壁〉〔註 4〕、〈野興〉〔註 5〕、〈戲作野興〉〔註 6〕等。在這些詩裡，「野」遠遠不僅指野外或自然景物，而是更指向「野性從來與世疏」〔註 7〕、「從今謝人事，終日掩荊扉」〔註 8〕之類擺脫名韁利索、任眞率性的態度。與之近似的還有「疏」、「懶」、「狂」、「傲」等詞。它們都標舉出詩人擺脫拘縛、逍遙快適的情態。陸游常在詩中自稱狂者，或以狂傲之態示人，諸如以下詩例：

> 烏帽翩僊白苧涼，東窗隨事具杯觴。流年不貸世人老，造物能容吾輩狂。藤葉成陰山鳥下，檜花滿地蜜蜂忙。何人畫得農家樂？咿軋繅車隔短牆。（〈東窗小酌〉二首之一，卷 37，頁 2374）

> 市塵遠不到林塘，嫩暑軒窗晝漏長。蠶妾趁時爭鹽繭，農夫得雨正移秧。徒行有客驚頑健，爛醉無人笑老狂。卻掩菴門徑投枕，鼾聲雷起撼藜床。（〈東窗小酌〉二首之二，

〔註 3〕此外如〈蔬圃絕句〉七首之二（卷 13，頁 1077）、〈題齋壁〉（卷 33，頁 2185）、〈野堂〉五首之四（卷 33，頁 2175）等詩，亦屬此類作品。

〔註 4〕詩云：「身如魚鳥出池籠，常在陂湖草莽中。簫鼓相聞村社密，桑麻無際歲時豐。市壚買酒何人識？僧閣煎茶欠客同。久欲瀟湘寄清嘯，它年一棹莫忽忽。」（卷 70，頁 3885）

〔註 5〕詩云：「水作縠紋微起伏，天如卵色半陰晴。偶來竹下搘頤坐，卻向藤陰曳杖行。西埭人喧荻船過，東村燈上緯車鳴。幽居應接眞無暇，莫訝經年懶入城。」（卷 28，頁 1935）

〔註 6〕詩云：「今年病微減，耕稼樂江村。燈火耿破屋，歌呼圍老盆。常時但葵莧，盛饌有雞豚。客散茅簷寂，蹣跚自閉門。」（卷 48，頁 2911）

〔註 7〕〈野性〉，卷 77，頁 4189。

〔註 8〕〈野興〉，卷 57，頁 3311。

卷 37，頁 2374）

〈東窗小酌〉二首之一的「狂」主要體現在心境的舒展、超遠之中。年華老去雖無可挽回，亦無可逃避，但這毫不妨礙詩人盡情地享受時序之美，以悠然心境旁觀萬物的熙熙攘攘，領略農家生活的單純之趣。第二首的「狂」則奔放外顯，舉凡「徒行」、「爛醉」中生命力的頑強與形骸的恣縱，與掩門投枕、鼾聲如雷中不顧旁人的疏怠散漫，無不流露詩人不羈的狂態。

陸游在許多詩中，都藉由旁若無人的懶散表露率性的態度，諸如：「築陂處處移新稻，乘屋家家補破茆。堪笑此翁惟美睡，孝先便腹任譏嘲。」〔註 9〕「村居樂飲鼓鼕鼕，亭障無虞歲屢豐。誰道喧呼妨熟睡，老人自愛地爐紅。」〔註 10〕等。因此陸詩中「疏」、「懶」同樣有脫洒率眞之意，如：

> 舊隱青山在，衰顏白髮新。推移忝前輩，疏嬾似高人。擊鼓驅殇鬼，吹簫樂社神。家家皆有酒，莫吐相君茵。（〈村飲〉，卷 60，頁 3469）

> 游宦才能薄，還山日月長。買牛捐寶劍，取酒解金章。泉脈疏供啜，松肪煉按方。北窗貪几傲，南陌喜彷徉。僧過傳著法，醫來寄藥囊。泛舟經姥廟，策蹇上傖塘。嬾似嵇中散，癡如顧長康。人間須掃跡，隨處是羊腸。姥廟、傖塘，皆湖上地名。（〈閒中戲賦村落景物〉二首之一，卷 75，頁 4120）

第一首詩的前半部先畫出自我皓髮衰顏、閒散不拘的形象，後半部進一步點明「疏嬾」的具體意涵——混跡於農民之間，喝得酩酊大醉，卻不嘔吐於丞相之車茵上。亦即寧可在農村放浪形骸，也絕不再靠近仕途中人，即便他有西漢賢相邴吉般寬宏的雅量。第二首詩同樣表明對仕途的疏遠之意。在還鄉後的漫長歲月中，詩人撇棄官印寶劍買牛取酒，煉丹飲泉、笑傲北窗，遨遊於阡陌之間、鏡湖之上，其癡、懶

〔註 9〕〈夏雨〉，卷 46，頁 2807

〔註 10〕〈夜坐聞鼓聲〉，卷 69，頁 3866。

渾如晉代高人。不僅再也沒有入仕的打算，更謝絕賓客，不再與紅塵來往。全詩強調的依然是自我疏野隨性的生活，與屏棄宦途的態度。

陸游也會在詩的篇首或篇末，明白道出傲岸不羈或脫略形跡的狂放之態，篇末如〈初冬從父老飲村酒有作〉云：「醉看四海何曾窄，且復相扶醉夕陽」〔註 11〕、〈老景〉云：「平生湖海志，高枕看嚴、徐」〔註 12〕；篇首如〈自九里平水至雲門陶山歷龍瑞禹祠而歸凡四日〉八首之三：「老子無心老尚狂，山程隨處寄倀倀」〔註 13〕；〈遊近村〉二首之二：「被髮行歌雪滿膺，夕陽顧影亂鬅鬙」〔註 14〕、〈山園雜詠〉五首之二云：「殘春終日在林亭，散髮披衣醉復醒」〔註 15〕等等。它們或在開頭爲全篇定調，或在篇末爲全詩結穴，使詩中對景物的賞玩、對生活細節的描寫，都籠罩在一份超遠世俗的高昂興致中。

陸游平時的出遊行爲也經常流露灑脫不羈、無所不樂的快適。王、孟等人的田園詩經常採取靜態的視角，這種穩定的視角與詩人平和靜定的內心正相呼應。而陸游則不然。他喜好凸顯自我在田園中散步、遊玩之時行蹤的自由自在、無羈無束，如：

> 橫塘南北埭西東，拄杖飄然樂未窮。農事漸興人滿野，霜寒初重雁橫空。參差樓閣高城上，寂歷村墟細雨中。新買一蓑苔樣綠，此生端欲伴漁翁。是日偶買蓑衣，甚妙。（〈橫塘〉，卷 13，頁 1073）

> 身如魚鳥出池籠，常在陂湖草莽中。簫鼓相聞村社密，桑麻無際歲時豐。市壚買酒何人識？僧閣煎茶欠客同。久欲瀟湘寄清嘯，它年一棹莫悤悤。（〈題野人壁〉，卷 70，頁 3885）

> 曳杖翩然入莽蒼，人間有此白雲鄉。風傳高樹珍禽語，露濕幽叢藥草香。農事正看春水白，客途漸愛午陰涼。餘年

〔註 11〕卷 23，頁 1716。
〔註 12〕卷 24，頁 1759。
〔註 13〕卷 70，頁 3914。
〔註 14〕卷 63，頁 3614。
〔註 15〕卷 31，頁 2123。

且就無羈束，社鼓鼕鼕樂未央。（〈散策至湖上民家〉，卷 70，頁 3911）

此三首詩都在首聯突出了自己的灑脫不羈。陶淵明〈歸園田居〉五首之一云：「羈鳥戀舊林，池魚思故淵。……久在樊籠裡，復得返自然。」〔註 16〕陸游則不僅以出池、籠之魚、鳥自比，還強調自身「常在陂湖草莽中」，在廣大田野間恣情揮灑生命的自由。正因如此，在第二首詩中當喜好交遊的天性未得到滿足時，詩人的神思又飛越到千里之外，希望在無際的瀟湘恣意清嘯，以覓知音。其生命力的活潑旺盛真如躍然紙上。而在第一、三首詩中，曳杖而能「翩然」、「飄然」，可見其意興之舒放，也使全詩籠罩在一片活潑的情調中。第一首詩之尾聯，實際上表達了徜徉於無邊江湖之上的意向，與篇首遍布南北西東的行跡相呼應，共同表達出自我嚮往超然自由、不願受任何羈絆的情懷。

上文所引詩中的「翩然」、「飄然」雖有「自由」之意，但偏向指行動的輕捷。陸游在許多詩中更明白表示出遊的率性、即興。而且與路線的無目的性相呼應的是出遊過程中的無所不樂、無往非快。由此可見陸游疏放自在之樂的底蘊，不僅是任情率性的無所束縛，更在於向世間百態蘊含的多樣趣味開放的開闊心胸。它既與欲望的恣縱有本質上的區別，也與魏晉名士佯狂避世有所不同。〔註 17〕〈晚行湖上〉云：

飽來捫腹繞村嬉，北陌東阡信所之。女手采餘桑鬱鬱，煙蕪生遍塚累累。高林日暮無鶯語，深巷人歸有犬隨。東走郡城逾十里，好風勞送角聲悲。（卷 57，頁 3307）

此詩所欲表達的是：詩人出遊的動機與動線都是隨興所至的，而遊玩過程中的感動，則是充分個人化、與世俗成見無關的。蓊鬱桑林與累

〔註 16〕陶潛撰，袁行霈箋注：《陶淵明集箋注》（北京：中華書局，2003），卷 2，頁 76。

〔註 17〕關於宋人標舉的「疏狂」與先前歷代具代表性之「狂」的異同比較，詳參張海鷗：〈蘇軾外任或謫居時期的疏狂心態〉，《中國文化研究》，2002 年夏之卷，頁 17～18。

累墳塚、日暮高林的幽靜與深巷中生命微弱的活躍、悠揚的好風與悲傷的角聲……這些世人看來不值一提的事物，卻能成爲詩人眼中饒富興味的審美對象。他正是以不受世俗拘縛的眼光，來發現平凡事物中的獨特意味。陸游田園詩中時常可見到以「信所之」開頭的詩篇：

出門信步作閑遊，野廟村坊到處留。每伴樵夫嘗半舍，更隨牧豎采沿溝。半舍、沿溝，皆果名。（〈雜賦〉十二首之四，卷 79，頁 4296）

今日風日和，衰病亦少平，出門無所之，攜幼東村行。吳地冬未冰，濺濺溝水聲。山卉與野蔓，結實丹漆并。雞犬亦蕭散，如有世外情。……。（〈東村〉，卷 69，頁 3855）

乘興出遊眺，初不言所之。家人固難求，我亦不自知。投杖卻人扶，疾步莫能追。荒寒野廟壖，枯涸漚菅池。過門爭邀留，具食不容辭。……。（〈村老留飲〉，卷 69，頁 3863）

所謂「信步作閑遊」、「出門無所之」、「乘興出遊眺，初不言所之」等，都在篇首就強調他的出遊屬於缺乏規劃、目的地不明確的即興行爲。具體的出遊經歷也是瑣細且不起眼的。但從詩人對它們不厭其詳的細緻描繪中，不難體會到他對其中情味的用心體會。在高昂興致與脫俗心靈的觀照下，日常的平凡事物都成爲娛心暢神的審美對象。這些詩中所寫的景物，既無秀麗的視覺美，也無脫俗的靈性美，但樸素無華的田園風光正與詩人單純、野逸的情興相契合，共同化成一片率眞的意境。

陸游在出遊過程中，經常捨棄世俗的成見與分別，因此在他看來田野間的一切人、事都是可親、可遊的，沒有親疏之別、美惡之分：

宦遊疇昔偏天涯，萬里東歸歲月賒。古道泥塗居士屩，荒畦煙雨故侯瓜。園公溪父逢皆友，野寺山郵到即家。病思漸輕重九近，又將烏帽插黃花。（〈自詠〉，卷 47，頁 2860）

驢瘦童僵小作程，村翁也復解逢迎。霜林已熟橙相饋，雪窖初開芋可羹。土榻圍爐豆秸暖，荻簾當户布機鳴。解囊自取殘編讀，何處人間無短檠。（〈宿村舍〉，卷 69，頁 3858）

> 胡麻刈罷下蕎初，引水家家灌晚蔬。但有茅簷隨處好，淵明可獨愛吾廬？（〈甲子秋八月偶思出遊往往累日不能歸或遠至傍縣凡得絕句十有二首雜錄入稿中亦不復詮次也〉之十一，卷58，頁3392）

所逢皆友、到處即家，「何處人間無短檠」、「但有茅簷隨處好」，陸游跳脫出成見的侷限，取消了事物之間、人我之間的分別，因此能隨遇而安。在退居故里的漫長歲月中，詩人雖仍不免有世事浮沉的感觸（「荒畦煙雨故侯瓜」），也不免時光流逝的慨然（「又將烏帽插黃花」），但所逢皆友、到處即家的溫暖無疑淡化了人生旅途的孤獨。這種無往而不感到自得的愉悅，與即興率性的出遊行爲，都反映出詩人胸懷的開闊與自由，流露擺脫一切束縛後的自在逍遙之感。

綜上所述可知，疏放自在之樂的實質內容爲身心的自由舒展、無所羈束與審美執著的破除。此類詩篇雖然不乏生活細節的描寫，但凸顯的主要是主體高昂的情興。而當詩人把筆墨重心轉向對生活本身的細膩咀嚼之時，另一種日常生活之悅的面向——恬適知足，即展露於讀者眼前。

## 二、恬適知足

知足，即感到滿足、足夠，是一種對自己擁有之事物的評價性態度。在陸游田園詩中，「恬適」與「知足」兩種情味往往相伴相生的，有時恬適生於知足之感；有時知足之感由恬適之情透露出來。

在陸游之前，唐代田園詩雖然不乏賞心樂事的描寫，但它們經常只作爲片段式的畫面出現，詩人很少表現對它們的細膩玩味，也幾乎不直接表達對事物本身的評價感受。這些因素導致其詩閒適有餘，「知足」之感卻並不明顯。

到了北宋，更多日常生活細節開始湧進田園詩中，田居生活的愉悅、閒適，也開始成爲表現的主題。但由於詩人往往剪輯性質不同的生活場景入詩，再將之平鋪羅列出來，導致詩境偏於零碎，其中的珍重之意與滿足之感依然並不濃摯。〔註18〕一直到陸游，才開始聚焦日常特定場景的瑣碎樂趣，或集中地表達對自我田居生活的玩味、滿足，全詩因而洋溢濃郁的恬適情味。

在其中，「安居家園」是陸游田園詩的恬適知足之感最常見的來源，詩人對此方面的表現，也最具感染力，且最富於個人特色。因此我們擬就此部份展開較詳細的討論。

自古以來，在田園詩中將安居家園之樂表達最為眞切、動人的作者，莫過於陸游。「家」的第一要義，在於爲身心提供庇護、依託與滋養。衣食充足正是「家」之溫暖感的重要來源。陸游經常描寫田居生活中的飲食之樂，藉以表達恬淡、安適的經驗感受，如〈北窗〉云：

> 老人日夜衰，臥起常在背。窗間一編書，終日聖賢對。東皐客輸米，粲粲珠出碓；南山僧餉茶，細細雪落磑；吾兒亦解事，稀甲自鉏菜。一飢既退舍，百念皆卷旆。閑身去俗遠，澄念與道會。宿痾走二豎，美睡造三昧。挂冠反布韋，上印謝銀艾。庭中石蒼然，此客眞度外。（卷57，頁3300）

---

〔註18〕以下諸詩可爲北宋田園詩中此種情形的代表。穆修〈和毛秀才江墅幽居好〉十首之六（卷145，頁1610）：「江墅幽居好，柴關帶竹籬。田頭餉耕後，樹裡灌園時。鄰靜鳴秋織，樵閑對野棋。抵巇非我事，大笑引蘇錐。」俞汝尚〈夏日閒居〉（卷395，頁4853）：「無人到窮巷，長日守閑居。宿火惟烘藥，新晴還曬書。鄰翁伴村酒，稚子課園蔬。門外蒿萊地，泥深不用鋤。」文同〈村居〉（卷434，頁5324）：「日影滿松窗，雲開雨初止。晴林梨棗熟，曉巷兒童喜。牛羊深澗下，鳧雁寒塘裡。田父酒新成，瓶罌饋鄰里。」曾鞏〈喜晴赴田中〉（卷462，頁5606）：「自愁雨破西嶺出，只看水緣南澗生。青天忽從樹杪見，白日漸向谷中明。豳公滌場不可失，陶令負禾須自行。歸時小榼摘亦滿，固有阿連相伴傾。」司馬光〈歸田詩〉五首之五（卷502，頁6080）：「桑柘綠無際，田間戴勝飛。清醪迎社熟，鳴雉向春肥。執耒時將急，銜杯日漸稀。四鄰能共樂，招飲莫相違。」釋道潛〈田居四時〉之四（卷914，頁10743）：「汩汩防農霧，窮冬亦謾勞。茅簷催日午，籬落聽雞號。臘近還移竹，宵閑更索綯。春風歸早晚，行見事東皋。」劉弇〈蔣沙莊居〉十首之八（卷1048，頁12005）：「羊棧雞塒接，蔬畦麥壠傍。蝸涎書老壁，苔陣澀高廂。家有青緗學，兒傳急就章。未甘騎瘦馬，跳蚤事乾忙。」

此詩中可樂之事還包括讀書、身健、睡美等，但令詩人最享受的主要是品嚐新米與茶。「一飢既退舍，百念皆卷旆」，飽足帶來的滿足感溢於言表。周汝昌點評此詩云：「這則是寫到東莊佃戶送來了新舂的租米，精美如珠，飽食以後，百慮俱消，去俗遠世，『挂冠』的心情曲曲折折地反映出來，但以飲食爲得意的主題，也與別家不同。」〔註19〕其實，從北宋詩歌具有明顯的日常化、散文化的特質開始，以飲食入詩早已是常見的現象，但此期以飲食爲主要題材的詩歌多產生於文人仕宦升沉之際、不斷遷移與漂泊的途中，其中表達的飲食美學，也與宦旅生涯環扣相繫。〔註20〕像陸游這樣大量描寫安居於故里田園的飲食之樂，是之前從未出現過的。

陸游在田園詩中津津樂道的飲食多半是簡易的素食或蔬菜，全詩表達的因此絕非口腹之慾的饜足或珍饈美饌的誇耀，而是自我甘於淡泊、知足易安的情懷。上文所舉的〈北窗〉即爲一例，又如以下二詩云：

> 青菘綠韭古嘉蔬，蓴絲菇白名三吳。臺心短黃奉天廚，熊蹯駝峰美不如。老農手自辟幽圃，土如膏肪水如乳。供家賴此不外取，襏襫寧辭走煙雨。雞豚下箸不可常，況復妄想太官羊。地爐篝火煮菜香，舌端未享鼻先嘗。（〈菜羹〉，卷59，頁3437）

> 山崦可伐薪，稻壠可負耒，但令二事集，一飽已有在。霜林兩株橘，春圃數畦菜，仁哉造物心，乞我曾不愛。炊烹付樵青，鉏灌賴阿對。乃翁亦自爲，高枕聽晨碓。（〈幽居即事〉二首之一，卷84，頁4513）

前首詩例語調輕快俏皮，先是讚美菘、韭等常見蔬菜的美味，再略述

〔註19〕〈從《劍南詩稿》中的農村詩說到「俗氣」〉，氏著：《詩詞賞會》（廣州：廣東人民出版社，1987），頁359。

〔註20〕按：陳素貞《北宋文人的飲食書寫——以詩歌爲例的考察》（臺北：大安出版社，2007）一書即以此爲研究重心，「透過文人宦旅遷徙中的飲食生活，探討北宋文人在時空異動與味蕾感官的碰撞中，如何建構個人與時代的飲饍美學，以及飲食與詩學、文學社會、地理鄉土等關係。」（前揭氏著〈緒論〉，頁14。）

親自耕作的經過，最後以蔬菜烹煮時的香氣與自我的饞相作結。後首詩例情調更顯悠閒，詩人將耕種、烹飪等事全交由僕人處理，自己則在高枕無憂中，細細品味溫飽的滿足。但兩詩均流露出平淡簡樸生活中的深永滋味。其他如〈種菜〉四首、〔註21〕〈對食作〉、〔註22〕〈村居書事〉、〔註23〕〈鄰人送菰菜〉、〔註24〕〈晚秋農家〉八首之六、〔註25〕〈北園雜詠〉十首之四等詩，〔註26〕也都是專詠家居中飲食之樂的作品。還有部份田園詩寫包括「衣」與「食」等方面的充裕帶來的滿足之感，例如：

> 大布縫袍穩，乾薪起火紅。薄才施畎畝，朴學教兒童。羊要高爲棧，雞當細織籠。農家自堪樂，不是傲王公。（〈農家〉六首之一，卷78，頁4247）

> 翳翳魚鹽市，迢迢桑麥村。山家薪炭足，野叟褲襦溫。罝兔殘蕪盡，叉魚積水渾。詩書老無效，猶擬付兒孫。（〈遣興〉，卷80，頁4325）

首例所謂「農家」乃自指，因爲此組詩的第六首中「諸孫晚下學」、「爺嚴責程課」等句顯然是陸家情景，而非一般農家。此二詩具體內容雖有不同，但旨趣一致，都是在基本的物質條件、安全需求滿足後帶來的舒適之感。對陸游而言，農村不僅因遠離「王公」所在的政治中心而與世無爭，更能提供身心溫飽與安頓。即便在「詩書老無效」一句或以「農家」自居中，似乎還有一絲悵惘無奈，但全詩恬適知足的情味仍是相當明顯的。〔註27〕

---

〔註21〕卷82，頁4423。
〔註22〕卷72，頁3991。
〔註23〕卷46，頁2821。
〔註24〕卷78，頁4250。
〔註25〕卷23，頁1696。
〔註26〕卷35，頁2289。
〔註27〕其他如〈農家〉六首之五（卷78，頁4249）、〈龜堂雜題〉四首之三（卷37，頁2406）、〈幽居〉（卷37，頁2372）、〈村居〉四首之二（卷54，頁3182）、〈春日雜興〉十二首之二（卷81，頁4358）、〈病中雜詠〉十首之一（卷85，頁4535）等詩，亦屬其例。

陸游田園詩中的安居家園之樂還有一個維度，就是順應四季流變對自我生活的安排，與節物之美的受用。例如以下三首詩：

> 遶屋清陰合，緣堤綠草纖。起蠶初放食，新麥已磨鐮。苦筍先調醬，青梅小蘸鹽。佳時幸無事，酒盡更須添。（〈山家暮春〉二首之一，卷 24，頁 1745）

> 塞向傾書槐，開爐積豆萁。林居得溫暖，天遣養衰遲。甕盎藏蔬後，鉏耰下麥時。農家冬最樂，我老頗能知。（〈十月〉，卷 33，頁 2195）

> 小築幽栖與拙宜，讀書寫字伴兒嬉。已無歎老嗟卑意，卻喜分冬守歲時。羹膗芳鮮新刈雁，衣襦輕暖自繅絲。農家歲暮眞堪樂，說向公卿未必知。（〈歲暮〉，卷 16，頁 1292）

三首詩分別寫暮春、深秋與隆冬時節的安居之樂。首例開篇令人聯想起陶詩「仲夏草木長，繞屋樹扶疏。眾鳥欣有託，吾亦愛吾廬」〔註 28〕的名句，也爲全詩舖下安適、欣慰的基調。詩人品嚐苦筍、青梅、美酒的悠然形象，與具有季節特徵的寧靜恬和景物，成功地烘托出晚春獨特的清新氣氛。二、三例所寫雖爲蕭瑟的秋冬，卻沒有絲毫凜冽淒寒，在人爲的善加調護和豐足的物資支持下，屋外的寒冷反而使詩人格外能領略此季獨有的溫暖之感。

其他如〈五月一日作〉云：「處處稻分秧，家家麥上場。敢悲身老大，獨幸歲豐穰。酪美朱櫻熟，菰青角黍香。翛然一竹几，飽受北窗涼。」〔註 29〕〈春晚書齋壁〉云：「海棠已成雪，桃李不足言。纖纖麥被野。鬱鬱桑連村。……展墓秫餌美，坐社黍酒渾。早筍漸上市，青韭初出園；老夫下箸喜，盡屛雞與豚。幽居亦何樂，且洗兩耳喧。呼兒燒柏子，悠然坐東軒。」〔註 30〕都圍繞著特定的家居情景展開描

〔註 28〕〈讀山海經〉十三首之一，陶潛撰，袁行霈箋注：《陶淵明集箋注》（北京：中華書局，2003），頁 393。

〔註 29〕卷 27，頁 1891。

〔註 30〕卷 32，頁 2129～2130。

述，細膩地表達在年光流逝中品嘗時新之樂趣。〔註31〕此外，在此類詩篇中陸游身心各方面的舒泰愉悅之感經常得到或直接、或間接的描寫。這也使陸詩的日常生活之樂散發著格外恬適的氣息。

除了衣食的充足以外，親人、鄰里之間的關照互愛、互通有無，也是家園能提供人們心靈庇護與慰藉的重要原因。而且陸詩中的人際溫情，似乎表達得較物質層面的溫飽之樂更加細膩動人。在這些詩篇中，他或是將與人的互動過程細細寫出，或是直接道出對人情的喜愛與感動。無論哪種情況，都極爲親切且富於情味。例如以下二詩：

> 病臥湖邊五畝園，雪風一夜坼蘆藩。燎爐薪炭衣篝暖，圍坐兒孫笑語溫。菜乞鄰家作菹美，酒賒近市帶醅渾。平居自是無來客，明日衝泥誰叩門？（〈雪夜〉，卷60，頁3471）

> 諸孫晚下學，髻脫繞園行。互笑藏鈎拙，爭言鬬草贏。爺嚴責程課，翁愛哺飴餳。富貴寧期汝？他年且力耕。（〈農家〉六首之六，卷78，頁4249）

第一首詩例極爲感人，風雪夾帶著湖上凜冽的寒氣，吹倒了簡陋的籬笆，卻吹不進兒孫滿堂、充滿笑語人氣的家門。隆冬之際，詩人臥病於田園，與世俗相隔，物質生活也不豐裕，但同享天倫的溫馨卻使全詩依舊籠罩著一片濃濃的暖意，對眼前生活的知足之感盡在不言中。第二首詩以一位慈祥祖父充滿愛憐的口吻敘述諸孫放學後調皮嬉鬧的情狀；旁及爲父者督責中蘊含的關懷之心，以及父親與祖父態度的有趣對比。短短八句中，將陸家寬和溫暖的家庭氣氛、與三代間濃厚的天倫之情，表現得相當傳神。

此外如〈園中晚飯示兒子〉流露清貧生活中與兒子長相廝守的欣慰；〔註32〕〈南堂納涼〉全詩表達「環坐列胡床，兒曹共此涼」的悠

---

〔註31〕其他表達自我應時而動、體驗歲月遷流與感受節物之美的詩例尚有〈村居初夏〉五首之一、之三（卷22，頁1663、1665）、〈九月下旬即事〉（卷69，頁3835）等。

〔註32〕按：全詩云：「一飽何心慕萬鍾，小園父子自相從。蚍蜉布陣雨將作，

然自得；〔註 33〕〈小集〉以「兒曹娛老子，團坐說豐穰」的場景爲中心，洋溢著居家的閒適情味；〔註 34〕〈與兒孫小飲〉則書寫「短褐聯三世，幽窗共一樽」的幸福……。〔註 35〕這些詩篇都以平凡的生活細節爲題材，卻無不流露著詩人對血緣親情的重視與相聚時光的珍惜。

在部份詩篇中，親情雖未佔多數的篇幅，但詩人對之的感動卻無疑是最引人注目的亮點。如以下二詩：

> 筍輿伊軋暮山昏，水敗陂塘路僅存。出谷鐘聲知過寺，隔林人語喜逢村。廟壖荒寂新犁地，堤草淒迷舊燒痕。兒子念翁霜露冷，遙持炬火出柴門。（〈日暮自大匯村歸〉，卷 75，頁 4107）

> 去去沖朝霧，行行弄夕霏。移秧晴竭作，坐社醉扶歸。細草迷行徑，殘花點釣磯。牸牛將犢過，雄雉挾雌飛。野寺煙鐘遠，村墟績火微。諸孫殊可念，相喚候柴扉。（〈初夏出遊〉，卷 57，頁 3323）

它們所展現的，已不再是如王、孟筆下那種以明秀脫俗爲主要特色的田園風景了，而是一片更爲寫實、充滿人間特有的溫暖感的世界。寺廟鐘聲、村莊績火、林中人語、耕農、相扶醉歸者，共同烘托出閒適、和諧的氛圍。詩人對它們的一一描寫中透露的，正是對於回到富於人間煙火氣息的農村的喜悅。然而，全詩的結穴、同時也是最牽動人心

蛺蝶成團春已濃。澗底束薪供晚爨，街頭糴米續晨舂。盤餐莫恨無兼味，自繞荒畦摘芥菘。」（卷 75，頁 4112）

〔註 33〕按：全詩云：「環坐列胡床，兒曹共此涼。風生桐葉墜，露下稻花香。老幸返初服，窮宜歸故鄉。已無纓可濯，清嘯對滄浪。」（卷 46，頁 2831）

〔註 34〕按：全詩云：「烏桕遮山路，紅蕖滿野塘。病蘇身漸健，秋近夜微涼。杯酌隨宜具，漁歌盡意長。兒曹娛老子，團坐說豐穰。」（卷 46，頁 2835）

〔註 35〕按：全詩云：「歲暮寒多雨，村深早閉門。荒園摘葵芥，近市買雞豚。短褐聯三世，幽窗共一樽。吾曹常得此，餘事不須論。」（卷 60，頁 3445）

之處，還是詩末的兩個細節：由於掛念老父受寒而在半道上相候的兒子；以及守在門邊、呼喚著祖父歸來的稚孫。「可念」爲可愛、可憐之意。〔註 36〕兩詩中的「殊」字、「遙」字，畫龍點睛，將詩人對此情此景的窩心傳達得更爲深切。

除了天倫之情，鄰曲之情同樣得到詩人細膩的體會，引起他由衷的感動。例如以下詩例：

> 殘年鄰曲幸相依，眞似遼天老鶴歸。荷浦未疏魚正美，鄉俗謂夏秋魚爲荷葉下魚。豆畦欲暗雉初肥。款門路近時看竹，送酒人多不典衣。最喜夕陽閑望處，數家垣屋鎖煙霏。（〈自詠閒適〉，卷 43，頁 2705）

> 北陌東阡好弟兄，耄年幸復主齊盟。同嘗春韭秋菘味，共聽朝猿夜鶴聲。百世不忘耕稼業，一壺時敘里閭情。諸孫識字吾眞足，安用鵬摶九萬程。（〈示鄰曲〉，卷 61，頁 3487）

兩詩都在首聯就點出「幸」字，鮮明地表達了與鄰曲兄弟相稱、相依生活的滿足。首例中「款門」一句寫我與他人的親近，「送酒」一句寫他人對我的善意；從雙方渲染了彼此的深情厚意猶覺不足，在尾聯補上彼此屋舍於夕陽餘暉相互依偎的景象，從側面再烘托一次。次例則既寫現在雙方生活的密切，又表達對未來兩家子孫持續耕稼生涯的期待，言外之意是，希望彼此的親密情誼能永遠長存。〔註 37〕在陸游之前，只有陶淵明的田園詩曾出現寥寥兩首涉及天倫或鄰里之情的名篇，〔註 38〕而且這些情懷嚴格來說並非全詩的主要表現對象。其他作者描寫農民生活的詩中或也涉及農村家庭的和樂，但只是藉以表達對田家純樸之民情的嚮往。因此詩人對於「自我田園生活」中人間溫情

〔註 36〕中華書局編輯部編：《詩詞曲語辭辭典》（北京：中華書局，2014），頁 354。

〔註 37〕爲了彰顯陸游田園詩裡恬適知足之感情味深摯的特點，我們在上文對集中表現「親情」與「鄰里之情」的詩例作了仔細分析。其實陸詩中也有將兩者互相交融的例子。例如〈村居書事〉二首之一（卷 50，頁 3012）、〈村居〉四首之四（卷 54，頁 3183）等。

〔註 38〕只有〈移居〉二首之二、〈和郭主簿〉二首之一寥寥兩首。

的細膩品味與珍視，無疑是陸游田園詩又一顯著特色。

陸游田園詩中，安居家園的恬適之樂還有一個面向，那就是與周圍大環境中每一分子（包括其他人，甚至動、植物）生活的穩定、安適密不可分。亦即詩人的恬適感受既不是封閉的、獨享的，也不僅來自他人的溫情與善意，而是直接與其他生命的安居樂業、各得其宜緊密相繫，例如：

> 時雨及芒種，四野皆插秧。家家麥飯美，處處菱歌長。老我成惰農，永日付竹床。衰髮短不櫛，愛此一雨涼。庭木集奇聲，架藤發幽香。鶯衣濕不去，勸我持一觴。即今幸無事，際海皆農桑；野老固不窮，擊壤歌虞唐。（〈時雨〉，卷29，頁2024）

> 平生到處足間關，天遣殘年樂故山。社日連村饜酒肉，豐年無盜伏葄菅。秋來梁燕將雛去，雨過林鳩喚婦還。我亦葛衣新浴罷，爲君滿意說清閑。（〈閑詠〉，卷83，頁4453）

> 梅雨初收景氣新，太平阡陌樂閑身。陂塘漫漫行秧馬，門巷陰陰挂艾人。白葛烏紗稱時節，黃雞綠酒聚比鄰。掀髯一笑吾眞足，不爲無錐更歎貧。（〈夏日〉五首之五，卷37，頁2377）

在這類詩中，核心旨趣依然是表現個人的恬適知足之感。但這份安適之感最重要的基礎，是詩人身處的農村世界充盈著的安祥、和諧氣息。陸游在其中所強調的是，這種安祥和諧的氛圍，不僅源於與官場的疏遠、與自然原生態的接近；更直接孕育自萬物的各安其生，以及人際之間，甚至人、物之間的親密友愛。對陸游而言，家園的安頓感甚至不一定需要來自個人衣食的滿足（「掀髯一笑吾眞足，不爲無錐更歎貧」），也與個人的去就、窮達無關（「野老固不窮，擊壤歌虞唐」）。己身周遭其他生命的和諧與安寧，有時就足以帶來精神上的依託感、安頓感。由此可見他對他人處境的敏感、關切，以及對環境圓滿和諧的珍視。

經由以上所舉詩例也可見出，陸游經常鎖定特定場景、或特定人際關係裡發生的生活情事作集中刻劃。其中寫景敘事的細緻度不僅遠非一般北宋田園詩可比，並且總是與「我」的經驗、「我」的感動緊密融合，充分流露詩人對這些情事的珍視與滿足，深情濃摯，絕非浮泛之作所能比擬。其中蘊含的正是詩歌旨趣的轉移——從泛寫文人鄉居的悠閒情調，到仔細玩味並珍惜自我生活的點滴。

除了情味的淳摯之外，陸游詩中的恬適知足之感還有一個特點，那就是喜悅有時仍與某種不甚理想的主、客觀條件相交織。在其中，知足感依然是詩中的主調，但全詩揭露的卻並非因外境完全順心適意帶來的愉悅，而是陸游即便在某種主、客觀情況有欠完美的情形下，仍珍惜己所擁有之物，體會其中的美好面向，從而感到滿足。例如以下幾首詩：

> 店店容賒酒，家家可乞漿。白陂時雨足，綠樹午陰涼。病爲休官減，門緣謝客荒。今朝遇鄰叟，滿意說豐穰。（〈致仕後述懷〉六首之六，卷 39，頁 2501）

> 海燕翩將乳，戎葵粲已繁。魚船初入市，蕈擔未過門。年耄停朝課，家貧省小飧。近以病後，晨廢讀書，又以廩粟不繼，遂罷食粥。所欣行藥處，秧稻遍村村。（〈晨起〉，卷 51，頁 3039）

> 江吳霜雪薄，終歲富嘉蔬。菘韭常相續，萵蔓亦有餘。家貧闕粱肉，身病忌黿魚。幸有荒畦在，何妨日荷鋤。（〈鉏菜〉，卷 59，頁 3429）

第一例作於慶元五年夏，陸游在閒居故鄉近十年後終於決定致仕，心中不能毫無感慨。〔註 39〕此詩中「病爲休官減」兩句，不無自寬、自嘲之意。但詩人對現實處境中富庶、友善、安定等美好面的細細體會，與從中流露的幸福感，依然大爲沖淡了告別官場的失落，全詩的基調依然是愉快滿足的。在第二例中，前四句呈現的是初夏季節的活潑景象。從詩人的描述語氣來體會，他在面對這片景物時的心境是愉悅

〔註 39〕此組詩第二首云：「壯歲江湖去，還朝六十餘。輩流俱已盡，勳業固知疎。遽走寧黔突，長閑祇荷鋤。如今更何憾，終作愛吾廬。」（卷 39，頁 2499）將此時的失落、悵惘之感表達得頗爲深刻。

的。這份愉悅應不是景物直接引生的，因爲他接著表明自己既有病在身，又廩粟不繼。但另一方面他的態度又是不失開朗的：「年耄停朝課，家貧省小飧。」這意味在他看來，這種困境中仍不乏積極的、可樂的因素。正是在這種樂觀的心態下，自身境況不那麼理想的詩人才能不失賞玩眼前美景的興致。最後兩句爲全詩抹上格外明亮的色彩。遍布村野的油油新綠既象徵著農人生活的希望，也和詩人不以己悲的開闊胸襟相互呼應。第三例則流露在身病、家貧的境況下依舊隨遇而安的修養。又如〈雨中作〉：

> 湖曲雨淒淒，茆檐觸額低。衡門元少客，窮巷況多泥。解渴黃粱粥，嘗新白苣齏。吾生眞自足，不恨老鉏犁。（卷 82，頁 4430）

此詩作於陸游去世當年，屬遲暮之作。篇首展現一片霪雨不斷、房舍低小、令人抑鬱不歡的場景。然而就在這與世隔絕的淒清寂寞中，詩人仍能對簡陋的飲食感到津津有味。「衡門」兩句中，似有淡淡的失落感，卻又彷彿有將故人罕至的原因單純化以寬慰自我的意味。既然原本即稀少的故人又因「多泥」而不便前來，則自我不妨靜靜體會生活中平淡的美好。

　　這類詩篇除前舉詩例外還有十七首左右，〔註 40〕它們表徵了陸游的某系列心態：隨遇而安、淡化困乏、珍惜所有。在其中，我們很難找到刻意排遣的勉強語氣，也看不到從憂到樂，又從樂到憂的轉折跌宕。詩的整體情調依然是和諧的、以怡然自適爲主的，但詩的境界卻在感慨與欣悅的相互映襯、相伴相生之中走向深化。

---

〔註 40〕〈初冬〉（卷 13，頁 1071）、〈閒身〉（卷 36，頁 2324）、〈村居〉（卷 36，頁 2329）、〈東村步歸〉二首之二（卷 41，2583）、〈己未冬至〉（卷 42，頁 2617）、〈園中作〉二首二（卷 48，頁 2916）、〈自適〉（卷 48，頁 2917）、〈客至〉（卷 49，頁 2949）、〈五月初作〉（卷 51，頁 3045）、〈黃犢〉（卷 54，頁 3198）、〈飯飽晝臥戲作短歌〉（卷 54，頁 3202）、〈野步〉（卷 54，頁 3205）、〈殘春〉（卷 61，頁 3514）、〈閒中戲賦村落景物〉二首之二（卷 75，頁 4120～4121）、〈農家〉（卷 77，頁 4219）、〈閑咏〉五首之四（卷 82，頁 4397）。

就陸游個人的田園詩創作史而言，無論是「疏放自在」或「恬適知足」主題，都在寧宗慶元（1195～1120）以後才較頻繁地出現。〔註41〕這或許是因為從寧宗即位開始，隨著韓侂胄、趙汝愚之爭的日益激烈，朝局也日趨凶險詭譎，因此陸游特別能感受到田園生活得以疏遠政治的自由舒暢，並能細細品味它的踏實與恬靜。有趣的是，陸游少數此類主題的田園詩也見於孝宗淳熙八到十二年（1181～1185）蟄居山陰時期，當時此類詩篇還偶爾會出現諸如「農家歲暮眞堪樂，說向公卿未必知」〔註42〕、「百錢新買綠蓑衣，不羨黃金帶十圍。枯柳坡頭風雨急，憑誰畫我荷鉏歸？」〔註43〕之類的詩句。它們全詩的基調仍是愉悅的，但這分愉悅難免因其中的自我炫耀或向政敵喊話的意味，而似乎帶有某種「雜質」。然而這種情形到寧宗朝以後就幾乎不曾出現了。這也從另一個角度說明了，閱歷的增長與政局的變化，的確對陸游的心境產生影響。

要而言之，在陸詩的「日常生活的愉悅」主題中，無論是疏放自在之樂，或是恬適知足之樂，其相通之處在於，都未必以自我的舒適享受爲前提，更未因優渥的生活條件而沾沾自喜。因此題材雖然平凡，旨趣卻並不庸俗。舉凡遺落榮利、無往非快的自得其樂；對溫馨深醇的天倫之樂與鄰里之情的珍視；到對人間萬物各得其所的欣慰；在貧病寂寞中仍珍惜生命裡的美好，在在流露詩人心靈的自由、寬廣與溫厚。

〔註41〕兩類主題在不同時期創作情形如下表：

| 年份 | 疏放自在 | 恬適知足 |
| --- | --- | --- |
| 孝宗淳熙 8～12 年 | 3 首 | 2 首 |
| 光宗紹熙 1～5 年 | 2 首 | 6 首 |
| 寧宗慶元 1～6 年 | 5 首 | 12 首 |
| 寧宗嘉泰 1～4 年 | 5 首 | 22 首 |
| 寧宗開禧 1～3 年 | 8 首 | 4 首 |
| 寧宗嘉定 1～2 年 | 2 首 | 14 首 |

〔註42〕〈歲暮〉，卷 16，頁 1292。

〔註43〕〈蔬圃絕句〉之二，卷 13，頁 1077。

陸游寫鄉居閒適愉樂生活之詩（其中包括許多田園詩），與抒發憂國之情、報國之志的詩篇，在《劍南詩稿》中分屬性質迥異的兩類。前人多認爲此類詩作出於對壯志難酬的排遣、帶有避禍全身的考量。〔註 44〕然而若仔細品讀則能發現，陸游以日常生活之悅爲旨趣的田園詩，其中的喜悅、安足之感很少帶有表面、暫時或無奈的意味。因此，與其將這些詩篇定調爲陸游報國無成之際的排遣之作，似乎不如說它們反映了陸游從容裕如的自我調適能力。也正因爲陸游退居田園之際，仍能保持寬廣、自由的心胸，所以他仍能經常體會到天地間的欣欣生意、田家作息的活潑生氣，對生機蓬勃的審美愉悅因而成爲其詩著意表現的又一主題。

## 第二節　生機蓬勃的美感

本節探討的焦點，是陸詩中由萬物生機盈溢所觸發、喚起的審美愉悅。從根本來說，詩人所以會爲某種場景或生活事件所打動，是因爲他的內在狀態（感知、情緒、記憶、思維、審美情趣等）與外界的刺激有所契合。這種契合的實質，往往就是基於內、外的異質同構而生成的感應。〔註 45〕陸游就經常在表達對外界盎然生命力的體會的同時，一併揭露自我活潑強健的身心狀態，使外界的生機流轉之趣與個

〔註 44〕例如胡雲翼：《宋詩研究》（上海：上海商務印書館，1930，頁 147）：「這種『作得閑人要十分』的骨子裡，便是『用世』的反動行爲。原來陸游實在是一個『空懷救國心』的志士，懷抱莫展，只得浪游嘯傲終身，而『故作閑人樣』了。」沈其光：《瓶粟齋詩話（初編）》，頁 570，張寅彭主編：《民國詩話叢編》（上海：上海書店，2002）：「放翁詩，今人往往比之香山。……其實二人詩旨迥乎不侔。香山晚年棲心禪悅，世間榮辱得喪，一切俱空。故集中多悟道之言；而放翁則痛心兩京淪陷，每以上馬殺賊爲懷，其平居留連光景，徘徊風月，皆藉以攄其無聊之慨，非素志也。」

〔註 45〕此爲中國古代藝術創作與審美活動中常見的一種心理機制。詳參陶東風：〈自然的世俗化——心物論〉，氏著：《中國古代心理美學六論》（天津：百花文藝出版社，1999），頁 138～176。

人的身心狀態相融通。但對他而言，這種生機之美的具體內容又不局限於感性層面的愉悅，而帶有文化的內涵。因此，陸詩中的生機蓬勃之美感就涉及了三個維度：對外界的細膩體察；體察之際的身心狀態；與生機之美的人文意蘊。以下我們將就這三方面分別展開論述，以期更確切地把握陸詩的特點。

## 一、對田園世界生機的細膩體察

朱良志指出，在中國傳統觀念中「生」爲天地之心，藝術論則以表現生命爲最高原則，因此既要求藝術形象必須具有「生姿」——活潑潑的樣態，且要以「生姿」體現內在的「生意」。〔註 46〕然而，陸游之前實少見如此多方面地彰顯田園四季風物之「生姿」與「生意」的田園詩作。在陸游田園詩裡，四季流轉的蓬勃生機之趣既是突出的主題，也是有別於唐詩的一大特色。

田園既然是人爲了謀生而闢墾出來、持續耕耘並生活其中的世界，它的生機就可能從「田園景物」與「農民生活」兩方面體現出來。在陸詩裡，「田園景物的生機蓬勃」與「農民生活的生機蓬勃」兩個面向就經常融合於一首詩中。但它們畢竟有「偏向自然」與「偏向人文」的區別，其中展現的生趣型態自然也有所差異。爲了更能抉發陸游對農村生機各方面的細膩體察，以下仍將分別討論兩者。

### （一）田園景物

「生」的基本精神在於有機體的生長變化，所以事物的蓬勃生機首先由繁殖滋長凸現出來。陸游田園詩中常見對動、植物萌生狀態或茂密情狀的體會，例如：

> 暖日生花氣，豐年入碓聲。（〈過東鄰歸小憩〉，卷 50，頁 2996）
>
> 花氣襲人知驟暖，雀聲穿户喜新晴。（〈村居書喜〉，卷 50，

〔註 46〕氏著：《中國藝術的生命精神》（合肥：安徽教育出版社，2006），頁 6。

頁 3002）

日暖林梢鵯鵊鳴，稻陂無處不青青。（〈寓舍聞禽聲〉，卷 14，頁 1152）

地暖小畦花汞長，泥融幽徑藥苗肥。（〈初夏〉二首之一，卷 82，頁 4401）

村深麥秀蠶眠後，日暖鳩鳴鵲乳時。（〈春晚出遊〉六首之三，卷 56，頁 3299）

城上朱旗夏令初，溪頭綠水蘸菰蒲。花貪結子無遺萼，燕接飛蟲正哺雛。（〈初夏閒居〉八首之四，卷 66，頁 3736）

川雲散盡十分晴，繚出溪頭信意行。片片飛花隨步遠，離離芳草上牆生。（〈西村勞農〉，卷 50，頁 3020）

堤遠沙平草色勻，新晴喜得自由身。芋羹豆飯家家樂，桑眼榆條物物春。（〈肩輿歷湖桑堰東西過陳灣至陳讓堰小市抵暮乃歸〉，卷 81，頁 4361）

上述詩例均屬四季裡最富於生機的春、夏之景。在明暖清新的風日雨露之中，大地展現一片活色生香，欣欣向榮。這些詩篇蘊含的是，天時不僅是景物的背景，還隱然是萬物繁衍敷榮的動力。又如〈梅雨陂澤皆滿〉云：

雨暗迷行路，溪深沒舊痕。汪汪牛湩白，盎盎酒醅渾。暖浸千畦稻，橫通十里村。群蛙更堪笑，鼓吹鬧黃昏。（卷 14，頁 1155）

「雨暗」與「溪深」言梅雨的連綿不止；頷聯的兩個比喻既描繪積水的顏色與質地，也巧妙地以「牛湩」（牛乳）與「酒醅」兩個意象暗示：豐盈的雨水實為農村的生命與喜樂之源。頸聯的「暖浸」與「橫通」兩句更寫出綿綿梅雨的潤澤之廣，以及使大地充滿生機的偉力。以上詩句以寧靜中蘊含的生機為主，最後兩句則以「群蛙」渲染生命的喧鬧與歡樂。全詩就是一首對晚春農村生意蓬勃的讚歌。

其他如〈雜賦〉十二首之十二云：「得雨郊原已遍耕，東家西舍多逢迎。前山雲起樹無影，別浦潮生船有聲。」〔註47〕畫出豐沛雨勢下土壤鬆軟、雲水氤氳流動之景，也暗示蘊含其間的無限生機。〈春日雜題〉六首之三也先以「野水如棋枰，所至各成村」開篇，繼而描繪出「炊煙出茆屋，碓聲隔柴門。樹陰同戲兒，多已長子孫」〔註48〕的安居繁衍的光景。

陸游也樂於歌詠冬春之交逐漸回暖的氣候喚醒大地生機的景象，例如〈累日濃雲作雪不成遂有春意〉云：

> 釀雪經旬竟不成，一霜卻作十分晴。雲歸岫穴千峰立，暖入郊原萬耦耕。菖葉離離豐歲候，梅花眷眷故人情。道傍孤店新醅熟，已有幽禽一兩聲。（卷74，頁4075）

此詩的前半細緻地描寫出暖意從潛伏到舒張、氛圍從濁滯凝寒到溫暖明朗的過程。「雲歸」一聯的意境乍看之下與王維〈新晴野望〉所云「碧峰出山後」、「農月少閒人，傾家事南畝」類似，但顯然更凸顯冰消土融釋放出的活潑生意。後半各種細節景物的描寫，也暗示出大地生命即將蓬勃發展、農村又將迎來物阜民豐一年的態勢。類似的例子還有〈雪晴步至舍傍〉〔註49〕、〈初夏〉十首之一等。〔註50〕

除了有形可感的各種因素之外，陸游偶爾也強調天地無形的化育之力造成萬物的繁盛，如〈雨霽出遊書事〉云：

> 清溝泠泠流水細，好風習習吹衣輕。四鄰蛙聲已閣閣，兩岸柳色爭青青。辛夷先開半委地，海棠獨立方傾城。春工遇物初不擇，亦秀燕麥開蕪菁。薺花如雪又爛熳，百草紅紫那知名。（卷1，頁104）

「春工」即春季造化萬物之工，造化的動能衍生出風水清緩溫和、以及觀賞性花木、莊稼作物到雜草野卉的花繁葉茂等諸多變化，顯出「遇物不擇」、普施萬物的特性。

〔註47〕卷79，頁4296。
〔註48〕卷45，頁2776。
〔註49〕卷49，頁2966。
〔註50〕卷32，頁2145。

就連本身無生命的風、雨，或主要給人靜態印象的花草樹木，在他筆下也常迸發著力量；野水、村徑、川原彷彿有動能與意志，帶著活潑的動態融入大地的盎然生意中。例如：

雨斷歸雲急，沙乾步屧輕。風花嬌作態，野水細無聲。（〈新晴〉，卷 18，頁 1442）

山歌高下皆成調，野水縱橫自入塘。（〈農桑〉四首之一，卷 66，頁 3712）

淺深村落時分徑，高下川原自作層。（〈出遊〉四首之二，卷 66，頁 3715）

草徑盤紆入廢園，漲餘野水有殘痕。新蒲漫漫藏孤艇，茂樹陰陰失近村。（〈野步至村舍暮歸〉，卷 43，頁 2679）

瑞草橋邊水亂流，青衣渡口山如畫。……郵亭慈竹筍穿籬，野店葡萄枝上架。（〈瑞草橋道中作〉，卷 4，頁 391）

在這些詩句中，動作的發出者都是氣候現象或花草樹木，而且這些動作或是本身力度、速度明顯（如「歸雲急」、「水亂流」、「筍穿籬」、「枝上架」）；或是從姿態的多變中帶出力量感（如「風花嬌作態」、「野水縱橫自入塘」、「草徑盤紆入廢園」），無不流露活潑的生命力。

在陸游筆下即便是一年裡相對冷清的秋冬兩季，也一反古典詩中常見的蕭瑟面貌，依然煥發著萬物熙熙營營的活力，或依然數量繁茂，暗示出生命的強大韌性，例如：

野卉棲孤蝶，平川起亂鴉。（〈舍北野望〉四首之二，卷 38，頁 2437）

旱餘蟲鏤園蔬葉，寒淺蜂爭野菊花（〈西村〉，卷 13，頁 1065）

數蝶弄香寒菊晚，萬鴉回陣夕楓明。（〈步至近村〉，卷 25，頁 1819）

淺瀨水清雙立鷺，橫林葉盡萬棲鴉。（〈初寒示鄰曲〉，卷 59，頁 3426）

在這些詩句中近處或遠方、局部或大片的景物，或是吐露生命的芬芳美麗，或展現運動的力度與奔放，既概括出一片生機周流天地、巨細不遺的印象，也蘊含著詩人徜徉其間心悅神怡的感受。

其次，陸游也注意到田園季節交替的痕跡，尤其是春夏間的代謝。陸詩脫離了「傷春」的傳統格局，在其中，春天的流逝帶來的不是蕭條冷落的景象，而是另一撥物種勃發或長成的開始，例如：「萬花掃迹春將暮，百草吹香日正長」〔註 51〕；「密葉成陰花寂寂，舊巢添土燕匆匆」〔註 52〕；「紛紛紅紫已成塵，布穀聲中夏令新」〔註 53〕；「園林春已空，陂港雨新足，泥深黃犢健，桑老紫椹熟」〔註 54〕；「桑麻夾道蔽行人，桃李隨風旋作塵」〔註 55〕；「日暖遊絲垂百尺，花殘新蜜釀千房」〔註 56〕。

又如夏與秋交替時，在蕭瑟空曠中依舊活躍著生命的意志，如在「多稼如雲穫並空，牛闌樵擔畫圖中」〔註 57〕的大背景下，「梧桐已逐晨霜盡，烏臼猶爭夕照紅。脫網噞喁奔遠浦，避鷹撲握保深叢」〔註 58〕，各種生物依然奮力地保全自我、或揮灑出生命最後的力度與燦爛。甚至是肅殺之氣最重的冬天，也隱含著即將萌生的春意。例如「老牸行將新長犢，空桑臥出寄生枝」〔註 59〕，葉矯然評「老牸」一聯云：「以野逸勝」〔註 60〕，誠然，此聯的「新長」、「出」、「生」等描寫凸顯了枯槁中蘊含或噴薄而出的生意，從舊中體會新，從死中體會生，鮮明地呈現生命的頑強倔強與大化的流衍不息。又如「冰開地沮洳，

〔註 51〕〈春晚〉，卷 14，頁 1153。

〔註 52〕〈山園雜詠〉五首之五，卷 31，頁 2124。

〔註 53〕〈初夏〉十首之一，卷 32，頁 2145。

〔註 54〕〈三月二十日兒輩出謁孤坐北窗〉二首之一，卷 45，頁 2797。

〔註 55〕〈春晚即事〉四首之一，卷 70，頁 3920。

〔註 56〕〈南堂晨坐〉，卷 71，頁 3947。

〔註 57〕〈曉晴肩輿至湖上〉，卷 48，頁 2909。

〔註 58〕同前注。

〔註 59〕〈晚晴出行近村閒詠景物〉，卷 74，頁 4076。

〔註 60〕《龍性堂詩話續集》，頁 1017，收入郭紹虞編選，富壽蓀校點：《清詩話續編》（上海：上海古籍出版社，1999）。

雲破日曈曨。鴻入青冥際，草生殘燒中」〔註 61〕中的「冰開」、「雲破」、「草生」等，也都屬類似表現。這些屢次出現的「突破」性意象，彷彿象徵著生命衝決冰霜禁錮、難以抑止的強大動能。

再者，景物間的互動或影響是陸游抉發田園間生意的又一面向。誠如陶文鵬點出的：「自然界的種種事物，都不可能是孤立的存在，總是要同其他事物發生或近或遠、或親或疏、或顯或隱、或直接或間接、或和諧或矛盾等關係。正是事物間尋常的和特殊的、必然的和偶然的關係，使事物呈現或凸顯出各自的型態狀貌、聲色光影、生命性靈。」〔註 62〕上文論析陸詩中的春夏生意所提及的、天氣晴和或春雨綿綿中萬物勃發的描寫，其實就蘊含著景物間「滋養與被滋養」的因果關係。除此之外，陸游筆下景物的因果關聯還有多種，例如：

> 水深鵝唼草，雨細犢掀泥。（〈晚自北港泛舟還家〉，卷 39，頁 2484）
>
> 枝上花空閑蝶翅，林間葚美滑鶯吭（〈村居書觸目〉，卷 16，頁 1275）
>
> 露拆渚蓮紅漸鬧，雨催陂稻綠初齊。（〈湖邊曉行〉早晨耕耘所見。卷 14，頁 1155）

由於深水滋生植物，所以鵝吃得到水草；因爲細雨潤濕田壤，所以小牛得以掀開泥土；由於花落，所以蝴蝶休息；因爲桑葚甜美，所以黃鶯歡叫……。在這些詩句中，天候與環境、動物之間；動物與植物之間，無不環環相扣，而且其中有大化的變遷作爲暗線將它們貫通。也由於這些詩句表現的是在特殊時空狀況下，景物與平時不同的變化，因此爲景物注入了生命，使它顯得生動、有氣韻。而這種景物間的因果關係有時也以連貫的詩句揭示，例如：

> 草荒常日經行路，水到前村舊漲痕。黃犢盡耕稀曠土，綠苗無際接旁村。（〈五月得雨稻苗盡立〉，卷 29，頁 2020）

---

〔註 61〕〈雪後〉二首之二，卷 56，頁 3268。

〔註 62〕氏著：〈在物與物關係中融入感覺情思〉，《文學遺產》，2010 年第 3 期，頁 4。

雨霽山爭出，泥乾路漸通。稍從牛屋後，卻過鸛巢東。決決沙溝水，翻翻麥野風。（〈東村〉，卷42，頁2657）

波清魚隊密，風小鵲巢低。（〈東村〉，卷65，頁3688）

別浦回潮魚滬密，孤舟春近雁沙溫。（〈江村道中書觸目〉，卷29，頁1977）

在第一例中，前兩句點出雨水的旺盛聲勢與造成的盎然生機，後兩句據此鋪衍，「黃犢盡耕」又引起「綠苗無際」的壯觀景象。第二例裡，「雨霽」造成的鮮爽氣息對泥乾路通、水流風清等現象的作用也是明顯的。前兩例均先交待因，後說明果，顯得順理成章、水到渠成。後兩例則是後句的元素也作用於前句的景象。在「波清」一聯中，除了「波清」與「魚隊密」；「風小」與「鵲巢低」間爲前因後果之外，由於「風小」導致波瀾不興，所以也是水波顯得「清」的重要原因。在「別浦」一連中，「回潮」與「魚滬密」；「春近」與「雁沙溫」固有因果關係，但「春近」卻也是潮生水漲的根本因素。以上詩句似乎更能傳達能量的力度、傳導、轉移，也更貼近自然界中環環相扣的內在聯繫。在陸詩中，因與果間還有一定程度的互動或連動關係。例如陸游的名句：

飛飛鷗鷺陂塘綠，鬱鬱桑麻風露香。（〈還縣〉，卷1，頁32）

清人葉煒記錄自己與他人對此詩的評論云：「夫陂塘、鷗鷺、風露、桑麻，人所共知也。而一出以『飛飛』、『鬱鬱』等六字，便覺生趣溢於紙上，所謂化工之筆。……或謂：王益吾祭酒先謙鍊作五言云：『陂塘狎鷗鷺，風露長桑麻』，工則工矣，神韻轉遜。蓋陸純以虛寫，故靈；王之『狎』字、『長』字，坐實，故板耳。」〔註63〕所謂「虛寫」，即以意象的巧妙拼接傳達天地間浹洽的生意，而不指實景物的特定關係。在「鬱鬱桑麻風露香」一句中，「桑麻」與「風露」實有兩重關係：一是茂密的桑麻使拂過或點綴其上的和風露水染上香氣；二是在

〔註63〕《煮藥漫鈔》卷下，頁6700，收入張寅彭選輯：《清詩話三編》（上海：上海古籍出版社，2015）。

風露的滋潤下桑麻得以茁壯茂盛。由於詩人並不指時，所以讓讀者更有想像、回味的空間。

陸詩中景物間的因果關係有時還蘊藏在彼此的連動狀態裡，即一種事物之動引起另外一種或幾種事物之動，例如：

> 風翻翠浪千畦麥，水漾紅雲一塢花。（〈舟過季家山小泊〉，卷 24，頁 1740）
>
> 前山雨過雲無迹，別浦潮回岸有痕。（〈秋思〉九首之七，卷 72，頁 4001）
>
> 雲歸岫穴初收雨，水入陂塘正下秧。（〈自九里平水至雲門陶山歷龍瑞禹祠而歸凡四日〉八首之三，卷 70，頁 3914）

在「風翻」一聯中，風不僅掀動麥田、造成千頃的翠浪，也造成水波的蕩漾，在荷塘翻湧起陣陣紅雲般的花影。在第二、三例中，「雨收」導致「雲歸」，此外「雲歸」、「雨收」和「水入」、「下秧」；「雨過」和「潮回」、「岸有痕」之間，又有明顯的連帶關係。這類詩句以動能的傳遞貫串景物，造成景物間彼此映帶、氣脈貫通的態勢，尤能凸顯生機的灌注萬物、流衍互潤。

綜上所述可知，陸游不僅在爛漫的春夏體會萬物的生意，也在蕭瑟冷寂的秋冬挖掘生命的訊息；並且彰顯季節交替時推陳出新連綿不絕的生機。此外，他既從個別景物的萌發成長，體察它們的盎然活力；也從不同景物光色動態的聯繫，凸顯各部分的相互依存或感發，展現一片和諧共榮的畫面。以上幾個面向，在陸詩中經常相互交織，從而使天地間生意的繁殖滋生、旺盛運動、貫通四季、協和共存等特點，都得到精彩的表現。

力求景物描寫的生動，其實是歷代山水田園詩人共同的著力點之一。但就田園詩領域（甚至是寫景詩傳統）而言，在陸游之前以如此豐富精美的篇什，以及多角度、多方面地傳達對景物生命活力的深切感受的詩人，實屬罕見。

王、孟等詩人的寫景佳作（包括田園詩）所爲人樂道者，也包括對景物的「生動」刻劃。〔註 64〕葉維廉指出的：讓景物「自然興發與演出」〔註 65〕、「使它們原始的新鮮感和物性原原本本的呈現，讓它們『物各自然』的共存於萬象中」〔註 66〕是王、孟、韋、柳等山水詩經典作者的重要特色，也早已成爲學界的普遍共識。但專注、細膩的發掘景物的旺盛活力，畢竟並非王、孟的強項。雖然他們描寫景物時經常「點逗其湧現時的氣韻，其自渾沌中躍出時的跡線和紋理，捕捉其新鮮的面貌」〔註 67〕，但力求景物「本樣自存」與凸顯其「蓬勃的動態生意」仍有區別，前者可能、但不必然包括後者。葉維廉即認爲，「王維和一些他的同輩詩人中，寂、空、靜、虛的境特別多」〔註 68〕，還有學者指出，動態性在王維山水詩中只是一種藝術手段，「描寫和表現大自然中田園山水的靜美境界，才是王維山水詩主旨所歸」〔註 69〕，並認爲王維山水、田園兩類詩中表現的靜美仍有區別，「王維的田園詩，在優雅閒逸的情致和明朗淡泊的氣氛中描寫的多是閒靜的意境；而他的山水詩，在幽深冷寂的氛圍和濃厚豔麗的色彩中，表現的多是幽靜的意境。」〔註 70〕大歷詩人觀賞自然的趣味深受王維影響，寫景詩也在繼承王維清靜空寂詩境的同時，染上冷清蕭颯的色彩。〔註 71〕晚唐田園詩亦以靜爲基調。〔註 72〕在以靜態爲主的詩境中，雖然

〔註 64〕學者反駁王維「詩中有畫」之說，經常以王維詩中歷時性的或動態的描寫爲論證焦點。也有多篇專門討論王維詩中「動態美」的論文。

〔註 65〕〈中國古典和英美詩中山水美感意識的演變〉，《飲之太和——葉維廉文學論文二集》（臺北：時報文化出版事業有限公司，1980），頁 132。

〔註 66〕葉維廉前揭文，頁 133。

〔註 67〕葉維廉前揭文，頁 143。

〔註 68〕前揭文，頁 146。

〔註 69〕張西寧：〈論王維詩中的「動」與「靜」〉，《廣西大學學報・哲學社會科學版》，1983 年第 2 期，頁 29。

〔註 70〕同前注。

〔註 71〕相關研究詳參蔣寅：《大歷詩風》（南京：鳳凰屋出版社，2009），頁 99～114。

〔註 72〕晚唐田園詩整體境界相較盛唐偏於淒清枯寂、落寞惆悵。相關討論，詳參林繼中：〈田園夕照話晚唐〉，《漳州師院學報》，1994 年第 3 期，頁 1～7；周秀榮：《唐代田園詩研究》（北京：中國社會科學出版社，

不能說「生機」完全泯滅，但至少可以說是比較隱微，或是爲烘托靜境而存在。

直至宋代，在理學重視「活潑潑生機」的影響下，詩人們也善於從大自然中感受造化的生機，北宋田園詩因此開始出現對大化生生不息精神的歌頌。〔註 73〕但在陸游之前，此方面的表現仍相對零星或微弱。一直到陸游詩中，生機蓬勃的美感方才成爲一種動人鮮明的主題。

田園景物的盎然生意，既是大化之力促成衍化的結果，也與農人的勤奮耕耘密不可分。因此陸游詩裡田園的蓬勃生命活力不僅充盈於景物，更體現在農民的勞動之中。

## （二）農民生活

吉川幸次郎發現，在陸游的所有詩中，幾乎「每一首詩都使人感到充實，煥發著行動的精神」〔註 74〕，也就是說，經常洋溢著活潑的生命力。「活潑」的核心義是富有生氣與活力，既然它是生物生命力的躍動、外顯，所以傳達它的憑藉往往也是動感明顯的生命情態。在陸詩的田園世界裡，這類富於動感的情態還包括農人辛勤的工作情景、以發散輕揚爲特質的愉樂之情，〔註 75〕以及與之相關的種種活動。其中間或點綴著各種茂盛飽滿、富於生機的景物或作物。這一切融合爲有機的整體，呈現爲洋溢著生命的力量、熱度與歡躍的境界。

2013），頁 260～296。按：這種詩境的性質自然主要是「靜」的，與活潑之感、動態之美或生機之趣也更有距離。

〔註 73〕宋代田園詩出現了詩境更顯活潑熱鬧、充滿生趣的特點，與理學的影響不無關係。相關論點詳參劉蔚：《宋代田園詩研究》（北京：人民文學出版社，2012），頁 116～120。又，劉氏所舉詩例，多屬南宋田園詩。而正是在身處南宋初期至中期的陸游詩裡，此類主題開始大量出現，她則並未提及。

〔註 74〕日・吉川幸次郎撰，李慶、駱玉明等譯：《宋元明詩概說》（上海：復旦大學出版社，2012），頁 102。

〔註 75〕錢鍾書曾引述古人關於「歡樂」與「憂愁」情味差異的言論，從而指出「樂的特徵是發散、輕揚，而憂的特徵是凝聚、滯重。」詳參〈詩可以怨〉，氏著：《七綴集》（北京：生活・讀書・新知三聯書店，2007），頁 124。

陸游經常在描寫農民生活時，穿插生計豐裕的情狀，或節慶嫁娶等活動，展現一片片活潑安詳的農村風情畫。先看春、夏兩季的農村生活。〈江村初夏〉云：

紫葚狼籍桑林下，石榴一枝紅可把。江村夏淺暑猶薄，農事方興人滿野。連雲麥熟新食麪，小裹荷香初賣鮓。蘋洲蓬艇疾如鳥，沙路芒鞵健如馬。君看早朝塵撲面，豈勝春耕泥沒踝。爲農世世樂有餘，寄語兒曹勿輕捨。（卷 22，頁 1666）

開篇葚紫榴紅、繁茂豐豔的情景，既流露著大地的旺盛生機，也爲全詩鋪下活潑的基調。農村中既有「滿野」辛勤耕種的身影，也不乏食新嘗鮓的樂趣，迅捷的小艇與岸上輕快的腳步，不僅暗示出農民生活匆忙中的愉快興味，更爲畫面增添了動感，與江南初夏萬物茁長的生命力正相呼應。此詩作於紹熙二年（1191），即陸游自禮部罷歸的第二年，因此對京洛紅塵印象猶深。在他看來，這片廣闊清新的情景遠勝烏煙瘴氣的官場，篇末兒孫世代爲農的期盼，正蘊含著對眼前盎然生意的熱愛。又如〈農事稍間有作〉：

架犁架犁喚春農，布穀布穀督歲功。黃雲壓簷風日美，綠針插水霧雨蒙。年豐遠近笑語樂，浦漲縱橫舟楫通。東家築室窗户綠，西舍迎婦花扇紅。……（卷 57，頁 3324）

鳥兒們既喚起一片辛勤耕耘的情景，也迎來了豐饒美麗的田野，觸發了農民收成有望的喜悅。詩人不僅明言其「樂」，且以「遠近」、「縱橫」等可表示周遍的詞語渲染喜樂氛圍的流動，又以築室迎婦等細節描寫烘托歡快之感。句中連用了分別從屬八個主語的八個動詞：「喚」、「督」、「壓」、「插」、「樂」、「通」、「築」、「迎」，且其中的六個都是力度明顯的及物動詞，使各種動感畫面接連紛呈。「黃」、「綠」、「紅」等明亮色彩四度點綴其間，更增添了活潑之感。再如〈閒遊所至少留得長句〉五首之三：

太平人物自諧嬉，及我青鞵布襪時。丁壯趁晴收早粟，比鄰結伴絡新絲。圓鼙坎坎迎神社，大字翩翩賣酒旗。晤語

豈無黃叔度，欲尋幽徑過牛醫。（卷 72，頁 3969）

首聯即點出農村中各色人等的總特徵，二、三聯則就此生發，兩聯連用了四個主語，紛呈「太平」時代人物、景象的各種動態。「丁壯」兩句道出男男女女抓緊時間、集體勞動的辛勤，「圓聲」兩句則又透露豐年特有的喜樂富庶的氣氛。詩人則於此間悠然獨行，既與篇首的「諧嬉」形成呼應，也強調了題旨，爲全篇的人物活動增添了歡愉的意味。又如歌詠晚春情景的〈西村暮歸〉：

天氣清和修禊後，土風淳古結繩前。村村陂足分秧水，戶戶門通入郭船。亭障盜消常息鼓，坊場酒賤不論錢。行人爭看山翁醉，頭枕槐根臥道邊。（卷 51，頁 3025）

在此詩中，陸游從各個角度寫出鄉村暢盛的生機。頷聯的「足」與「通」不僅寫出水的渟蓄能量與暢旺流勢，令人聯想到即將鋪滿田野的盎然翠綠，與農民富裕的生活，更與首聯充盈天地間的清和之氣相互呼應，暗示出大化流淌不息的生命力。後半部關於酒豐價低、醉翁臥道、行人爭相圍觀的描寫，更洋溢著無憂的歡樂。故方回將此詩歸入「昇平」類，並評云：「此景未易得也，故取之。」〔註 76〕

萬物成熟的季節也是陸游的描寫焦點。即便是收成不豐的秋天，在陸游筆下也躍動著活力感，流淌著生活的情趣。〈秋晚村舍雜詠〉二首之二云：

秋晚年中熟，湖鄉未寂寥。步頭橫畫舫，柳外出朱橋。潮壯知多蟹，霜遲不損蕎。家家新釀美，鄰里遞相邀。（卷 47，頁 2886）

「中熟」指年成中等。歲晚且收入不豐，湖鄉卻仍「未寂寥」，尤可見出其內部蓬勃的生意。以下即承此意發揮筆墨。次聯不但意象色彩鮮豔，且句法頗具用心，一般的寫法應是「步頭畫舫橫，柳外朱橋出」，但詩人將「橫」、「出」兩個動詞前置，遂使「步頭」、「畫舫」這種原

〔註 76〕元・方回選評，李慶甲集評校點：《瀛奎律髓彙評》（上海：上海古籍出版社，2005），卷 5，頁 231。

本只能充當句子結構成分的「時空語」〔註 77〕彷彿帶有主語的性質與施事的力量，增加了畫面的動態感，也使兩組意象分外活潑。三四兩聯中景物聲勢的壯盛，與家家釀酒、遞相邀飲的場面，則烘托出晚秋農村昂揚的熱情，令人感受到飽滿的暖意。

陸游筆下的農村在冬季也流蕩著郁勃的生機，〈初冬絕句〉二首之二云：

> 道途冬暖衣裘省，村落年豐鼓吹喧。下麥種蕎無曠土，壓桑接果有新園。（卷 64，頁 3638）

次句歡慶豐收的描述，滿是喧鬧熱烈之感，而更巧妙的是三、四兩句，均採一筆雙寫的模式，既畫出農作物一望無際的壯觀場景，也讓這片田野間農人進行各種勞作的辛勤身影彷彿躍然紙上。而慶豐年後緊接著耕種的描寫，也有表現農村生命之流循環不息的意味。又如〈冬晴與子坦子聿遊湖上〉二首亦寫冬日農村情景：

> 湖邊細靄弄霏微，柳下人家晝掩扉。乘暖冬耕無遠近，小舟日晚載犁歸。（卷 41，頁 2595）
>
> 村南村北紡車鳴，打豆家家趁快晴。過盡水邊牛跡路，嶺頭猿鳥伴閑行。（卷 41，頁 2595）

在歲末時節，廣大農村的人家仍不惜路途遙遠，不畏日晚天寒，趁暫暖的天候趕緊進行勞作。詩人正是察覺了人的生命力在冬季大地的躍動，捕捉到最能凸顯農家勤勉耐勞的情景，方能使兩幅構圖單純的畫面流蕩著鮮明的生機。

農家一般的生活規律是日出而作，日入而息，但陸游的詩筆之下，農村的夜景也是那樣生意盎然。他頗喜描寫各種燈火之光，如：「夜行山步鼓鼕鼕，小市優場炬火紅」〔註 78〕、「社鼓賽秋聞坎坎，塔燈照夜望層層」〔註 79〕、「悠然又見江天晚，隔浦人家已上燈」〔註

〔註 77〕關於「時空語」的語法作用，參閱孫力平：《中國古典詩歌句法流變史略》（杭州：浙江大學出版社，2011），頁 225。

〔註 78〕〈夜投山家〉四首之二，卷 69，頁 3852。

〔註 79〕〈遊近村〉二首之二，卷 63，頁 3614。

80〕、「興盡還家殊不遠，漁燈績火鬧黃昏」〔註81〕、「莫笑山家拙治生，正緣亦足得身輕。滿爐葑火渾家暖，一盌松肪徹夜明」等等。燈火雖是古代詩歌中常見的意象，但農村夜晚的燈火前人少有描繪，就算稍有著墨，也多半照出農民的淒涼、貧寒。〔註82〕然而在陸游詩中經常看到「燈燭映照之處，總渲染著生命的吉慶熱烈」〔註83〕，恢復了一般古典詩詞中燈火意象溫暖、熱情的內涵。〔註84〕

李澤厚曾指出，中國山水畫以「人與自然那種娛悅親切和牧歌式的寧靜」爲主調，「即使點綴著負薪的樵夫、泛舟的漁父，也決不是什麼勞動的頌歌，而仍然是一幅掩蓋了人間各種痛苦和不幸的、懶洋洋、慢悠悠的封建農村的理想圖畫。」〔註85〕這種「懶洋洋、慢悠悠」的情調，在唐代以王、孟之作爲代表的田園詩歌，甚至是部分北宋田園詩中也頗爲常見。但透過上述詩例可知，陸游田園詩顯然與之前詩歌有別，它呈現的是一種活力盎然的美感類型。

經由以上的分析可知，陸游透過細膩的體察、多角度的描繪，表現對農村活潑安樂的生命情調的領悟，以及對田園景物自由生發的生命境界的體會。值得注意的是，陸詩中田園的生機蓬勃喚起的審美愉悅，既來自客體向主體傳送的審美信息（或主體對客體美感質素的理解），還與個人的身心狀態直接融通。此爲陸詩的又一醒目特點。

〔註80〕〈遣興〉四首之三，卷40，頁2540。

〔註81〕〈意行至神祠酒坊而歸〉，卷78，頁4235。

〔註82〕如文同〈宿東山村舍〉：「八十雪眉翁，燈前屢歔欷。問之爾何者，不語惟抆淚。」（卷434，頁5319）韓維〈郊居值雨〉（卷417，頁5117）：「俯念田家苦，罹此寒事切。北風卷平野，茅屋左右穴。驅牛入門去，爨下火明滅。場功始去畢，貧不具衣褐。」霍洞〈宿田舍〉（卷1846，頁20574）：「北風吹晴屋滿霜，翁兒赤體悲無裳。閨中幼婦饑欲泣，忍饑取麻燈下緝。」

〔註83〕傅道彬：〈燭光燈影裡的中國詩〉，氏著：《晚唐鐘聲：中國文學的原型批評》（北京：北京大學出版社，2007），頁250。

〔註84〕關於古代詩詞中燈燭意象的審美意蘊，詳參前揭傅道彬文，頁231～261。

〔註85〕《美的歷程》，氏著：《美學三書》（合肥：安徽文藝出版社，1999），頁167。

## 二、外界生機與個人身心狀態的融通

陸游田園詩表達詩人對田園間蓬勃生機的領會，不僅透過細緻的景物體察，有時還明白地加入體察之際的身心體驗。在這些詩篇中，審美不只是一種心理立場、靜觀態度，更是主體全身心的、多感覺的投入。

首先，對田園世界生機的玩味經常與詩人身輕體健、無拘無束的情狀相聯繫，多數時候是在篇首先點明自我的暢快或健康，諸如：「堤遠沙平草色勻，新晴喜得自由身」〔註 86〕、「近過父老遠尋僧，病起經行力漸增」〔註 87〕、「藥物扶持疾漸平，布裘絮帽出柴荊」〔註 88〕、「南陌東阡自在身，一年節物幾番新」〔註 89〕等。也有在盡情歌詠過生機盈溢的世界後總結的，諸如：「飄然且喜身彊健，不怪兒曹笑老狂」〔註 90〕；或者是在篇首與篇尾兩度點出的，如：「老入新年健，春逢小雨晴。……閑身有樂事，倚杖看農耕」〔註 91〕、「莫笑花前醉墮巾，放翁又看一年春。……要知不負年光處，南陌東阡自在身」〔註 92〕。

在詩篇中，或是由田園世界的活潑躍動引發自由自得之感，或是暗示在輕安強健的身心狀態下更能體會田園世界的活潑躍動。無論何種情況，都顯示詩人的個人生意與田園生意的相通，凸顯詩人流連物態、吟玩生趣的興味。

此外，「自我行動」的描寫也有力地渲染了興味的盎然。它或是出現在詩篇開頭，如：「破曉憑鞍野興濃，鷺飛先我過村東」〔註 93〕、「舒嘯蓬籠底，經行略彴西」〔註 94〕、「籃輿過鄰曲，綠野喜新晴」

〔註 86〕〈肩輿歷湖桑堰東西過陳灣至陳讓堰小市抵暮乃歸〉，卷 81，頁 4361。
〔註 87〕〈出遊〉四首之二，卷 66，頁 3715。
〔註 88〕〈步至近村〉，卷 25，頁 1819。
〔註 89〕〈仲夏風雨不已〉，卷 62，頁 3535。
〔註 90〕〈春晚〉，卷 14，頁 1153。
〔註 91〕〈出行湖山間雜賦〉四首之一，卷 57，頁 3303。
〔註 92〕〈晚春〉二首之二，卷 75，頁 4141。
〔註 93〕〈九里〉，卷 36，頁 2320。
〔註 94〕〈晚自北港泛舟還家〉，卷 39，頁 2484～2485。

〔註 95〕、「柳暗人家水滿陂，放翁隨處曳笻枝」〔註 96〕、「川雲散盡十分晴，繚出溪頭信意行」〔註 97〕、「垣屋參差桑竹繁，意行漫漫不知村」〔註 98〕等等。或是置於篇中，如：「閑覓啼鶯穿北崦，戲隨飛蝶過東岡」〔註 99〕、「穿市不嫌微雨濕，過溪翻喜壞橋危」〔註 100〕、「意行舍北三叉路，閑看橋西一片秋」〔註 101〕、「稍從牛屋後，卻過鸛巢東」〔註 102〕、「視菜荒陂北，尋梅小塢西」〔註 103〕等。

與詩篇中活色生香的景物描寫相較，這些行動描寫或許不那麼引人注意，但它們的存在其實表徵著饒富意味的訊息：詩中所寫的並非靜觀的鋪陳，而是某段實際行程的經歷；而接下來提及的郊原、門巷、山路、版扉、市樓、村舍、東阡、南陌等地點，也並非平面的或隨意的羅列，乃是標誌著詩人的行蹤。這一切暗示的是，詩中景色的變換，是隨著身體的移動生成、展開的；因此詩中呈現的色彩、光影、聲音、溫度、氣味，正是詩人視、聽、觸、嗅等官覺向自然敞開而獲得的美感體驗。正如美國環境美學家阿諾德．伯林特指出的：「對環境的欣賞需要我們積極地投入到各種不斷變化的環境中去，穿行於各種體量、質地、顏色、光和影構成的空間之中。」〔註 104〕在多重感官的接收吐納之中，田園世界的生意方才成爲一種環境體驗，方才與詩人的身心狀態成爲息息相通的整體。陸游的田園詩正因爲寫出詩人與環境的深層聯繫，所以其中的生機盎然之趣更顯深切、突出。

---

〔註 95〕〈過東鄰歸小憩〉，卷 50，頁 2996。
〔註 96〕〈春晚出遊〉六首之三，卷 56，頁 3299。
〔註 97〕〈西村勞農〉，卷 50，頁 3020。
〔註 98〕〈閒遊所至少留得長句〉五首之二，卷 72，頁 3968。
〔註 99〕〈春晚〉，卷 14，頁 1153。
〔註 100〕〈東關〉二首之一，卷 22，頁 1649。
〔註 101〕〈舍北行飯書觸目〉之二，卷 36，頁 2344。
〔註 102〕〈東村〉，卷 42，頁 2657。
〔註 103〕〈雪晴步至舍傍〉，卷 49，頁 2966。
〔註 104〕美．阿諾德．伯林特（Arnold Berleant）著，張敏、周雨譯：《環境美學》（長沙：湖南科學技術出版社，2006），頁 117。

## 三、生機蓬勃之美的文化意蘊

人的審美過程，往往從對象形象之美的感知，到情感意味或深層意蘊的領會，並相應地產生由悅耳悅目到悅心悅意、悅志悅神的情感變化。陸游之所以樂於描繪田園世界的欣欣向榮，不僅是基於身心感性的愉悅，許多時候更是因爲這片生機暢盛的景象含有豐富的文化意蘊。

首先是它表徵與官場、世俗相對立的純眞祥和的境界。陸游表現對此點之深刻感觸的詩，多作於早年仕宦之時，例如紹興廿九年（1159）作於福州的〈還縣〉〔註 105〕；作於淳熙元年（1174）三月離嘉州往蜀中道中的〈瑞草橋道中作〉〔註 106〕；淳熙七年（1180）五月作於歸撫州道中的〈小憩前平院戲書觸目〉〔註 107〕等詩，都明白地揭露此層意蘊。其中歌詠田園農村的眞淳自然，以表達對遠離塵囂的嚮往，與陶淵明開啓的田園詩傳統仍是一脈相承。

其次，它體現的是大化流衍的生生不已之道。陸游雖然不像理學家那樣，在這些詩篇中正面闡述欲「見造物生意」，或「觀萬物自得意」的哲理，但從他對理學觀念的一定熟悉度，以及如此熱衷於表達生機的循環不已來看，其中很可能也有體會造物仁心之意。〔註 108〕

---

〔註 105〕其詩云：「霽色清和日已長，綸巾蕭散意差強。飛飛鷗鷺陂塘綠，鬱鬱桑麻風露香。南陌東村初過社，輕裝小隊似還鄉。哦詩忘卻登車去，枉是人言作吏忙。」（卷 1，頁 32）

〔註 106〕其詩云：「經年簿書無少暇，款段今朝欣一跨。瑞草橋邊水亂流，青衣渡口山如畫。老翁醉著看龍鍾，小婦出窺聞姬妊。荒陂吹笛晚呼牛，古路倚梯晨采柘。殘花零落不禁折，香草丰茸如可藉。郵亭慈竹筍穿籬，野店葡萄枝上架。功名垂世端有數，利欲昏心喜乘罅。羈窮自笑豈人謀，閒放每欲從天借。草根蟲語秪自悲，風裡蓬征安稅駕？祖師補處浣花村，會傍清江結茆舍。」（卷 4，頁 391）。

〔註 107〕其詩云：「道邊小寺名前平，殘僧二三屋半傾。旁分千畦畫楸局，正對一山橫翠屏。修纖弱蔓上幽援，堅瘦稺柏當前榮。稻秧正青白鷺下，桑椹爛紫黃鸝鳴。村虛賣茶已成市，林薄打麥惟聞聲。泥行扶犁叱新犢，野餉燒筍炊香秔。十年此樂發夢想，忽然到眼難爲情。上車欲去復回首，那將暮境供浮名。」（卷 12，頁 967）

〔註 108〕關於陸游與理學的淵源，詳參本論文第三章第四節。

這種意識表現得比較明顯的詩是〈雨霽出遊書事〉，此詩先描繪大片春意爛漫的田園景色，結尾云：「小魚誰取置道側，細柳穿頰危將烹。欣然買放寄吾意，草萊無地蘇疲氓。」〔註 109〕一方面寄託了詩人的及物之心，也暗示此片仁心由天地的生意所喚起。《唐宋詩醇》評此詩云：「閒閒即目，有鳶飛魚躍之意。末句一轉，便追風人，非大家烏能有此。」〔註 110〕鳶飛魚躍既是自然生命的活力與和諧之表徵，也是天地之仁的體現。因此詩人放魚，使之遂生順性，融入生生不息的大化中，既慰藉了「無地蘇疲氓」之憾，也表達了自我的仁愛之懷與天地生物之心的相契。

復次，尤其特別的是，陸游還認爲田園中的生機蓬勃是時代太平、安定的表徵。他不像一般理學家只是強調在心靈上與萬物「同流」，體悟無往不在的天理，藉以進入「仁者渾然與物同體」之境界，或展示得道者悠然自得、無往不樂的胸襟；〔註 111〕而是直接賦予「生意盎然之景」以「時代太平」這種更具社會性的意蘊。明白吐露此種心聲的詩篇有：

> 鉏麥家家趁晚晴，築陂處處待春耕。小槽酒熟豚蹄美，剩與兒童樂太平。（〈北園雜詠〉十首之五，卷 35，頁 2289）

> 紛紛紅紫已成塵，布穀聲中夏令新。夾路桑麻行不盡，始知身是太平人。（〈初夏〉十首之一，卷 32，頁 2145）

> 九日春陰一日晴，強扶衰病此閑行。猩紅帶露海棠濕，鴨綠平堤湖水明。酒賤柳陰逢醉臥，土肥稻壟看深耕。山翁莫道渾無用，解與明時說太平。（〈春行〉，卷 35，頁 2314）

---

〔註 109〕卷 1，頁 104。

〔註 110〕《景印文淵閣四庫全書》，臺灣商務印書館，1983～1986 年，第 1448 冊，卷四二，頁 833。

〔註 111〕關於理學家重視對「活潑潑生機」的觀照的原因，詳參張鳴：〈即物即理　即境即心——略論兩宋理學家詩歌對物與理的觀照把握〉，陳平原、陳國球主編：《文學史》（北京：北京大學出版社，1996），第三輯，頁 42～62；蒙培元：《人與自然——中國哲學生態觀》（北京：人民出版社，2004），頁 310～313。

在第一例中，「剩」有「常」義。〔註 112〕由此詩可知，詩人的「太平」之感正源於廣大農戶辛勤勞動的活潑景象。次例春、夏景物新陳交替，生機不息的景象，也帶給詩人身處太平之世的感受。三例既凸顯景物的明麗、鮮活，又以「酒賤」、「土肥」等景象烘托農村的富庶，繼而表現自我對時世承平的欣慰與體悟。又如〈晨雨〉云：

過雲生谷暗，既雨卻窗明。低燕爭泥語，浮魚逆水行。山川增秀色，草木有奇聲。處處青秧滿，長歌樂太平。（卷 46，頁 2809）

全詩節奏輕快，由雨晴寫到山水間的盎然活力，最後歸結到青秧遍野的榮景，與歌頌太平的熱情。顯然，此詩中愉悅之情的源頭已遠非傳統田園詩的遠離塵俗、回歸自然，而是由生機暢盛引發的、對於時世安定繁榮的喜悅。

這些詩歌充分說明了，陸游未能忘懷社會的性格是何等根深蒂固。其田園詩最富特徵的文學精神——對民生狀況的關懷、對理想社會的憧憬——即便在以田園自然景物爲主要題材的「生機蓬勃的美感」主題裡，也依然並未消失。而這樣的精神，在其他藉由農村生活題材表達的旨趣，如「人情淳古的嚮慕」和「與民同樂的懷抱」中，有更鮮明的表現。

## 第三節　人情淳古的嚮慕

所謂淳古，即眞淳古樸。這個形容詞蘊含著對「古」的高度正面評價。中國古人對遠古時代總是充滿追慕、嚮往，普遍認爲當時生活自然且眞淳，是迥異現今污濁世界的淨土。

首先賦予田園世界這種理想色彩的是陶淵明。已有學者指出，陶淵明之辭官歸田有著深刻的象徵意味，即「企圖在現世空間的某個可能的角落去尋找人類在歷史時間上永恆失去了的那份美好的情

〔註 112〕參考魏耕原：《唐宋詩詞語詞考釋》（北京：商務印書館，2006），頁 334。

感。因為在生產方式落後、人際交往簡單、生活節奏緩慢的田園生活中，具有與遠古社會相似的『非文明』的東西：自然、淳樸。官場與田園，在陶淵明的詩文世界中，就是文明結構與自然狀態的一個縮影。」〔註113〕這種對遠古之世的美好想像源自老子的「小國寡民」與莊子的「至德之世」。在老、莊的設想中，與文明世界相對的原始社會儘管封閉、落後，但卻寧靜、單純、自然。陶詩中對後人影響極大的理想境界——桃花源，正是以老莊所追懷的遠古世界為文化原型的。〔註114〕

但在田園詩中，陶淵明主要透過自己自然眞淳的生活方式表達對素樸境界的認同，很少涉及現實中的農民生活。唐代王維等詩人雖然沒有陶淵明這般濃厚的懷古情結，但其詩中主要仍突出個人生活裡自然、眞淳的一面。直到宋代，隨著農家生活本身成為田園詩的重要題材，詩人也常以農家的生活狀況、農民的心地言行，為對立於欺詐攘奪的官場的生存方式。此時，農民的日常生活才被賦予了理想的色彩，並成為詩人寄託對本眞素樸境界之嚮往的憑藉。對「人情淳古」或「人情淳美」的傾慕，也才開始成為田園詩中的顯著主題。

然而若通讀北宋田園詩的此類詩篇，則可發現，此一主題到陸游筆下才開始流露鮮明的個性、煥發較為顯著的新意。北宋田園詩多按照陶淵明〈桃花源記〉與田園詩提供的現成模式，將道家的遠古想像注入農村之中，彰顯的幾乎都是寧靜、單純、自然的一面。

〔註113〕劉紹瑾：〈論陶淵明的遠古情結〉，《江蘇社會科學》，1998年第5期，頁139。

〔註114〕學者指出，中國古代的復古觀念其實包含儒家的復古與道家的復古兩大系統，前者是要回到文明時代的西周禮樂盛時，嚮往的是一個等級分明而又各安其分的秩序井然的社會群體。後者則把由「群」而「分」視為歷史的退化、人性的墮落，罪惡的根源；而崇尚遠古之時古人在對立、分化的意識尚未形成之前的那種無知無欲、樸素自然、與自然同體的渾一境界。詳參劉紹瑾：《復古與復元古》（北京：中國社會科學出版，2001）。按：劉說在學界甚有迴響，其說切實、可從。

陸游則轉而由儒家理想出發，體認、挖掘眼前的民情之美，〔註115〕突出其中守禮、和諧、尚義的特色。另一方面，他也仍帶著道家式的理想看農村，但別出心裁地強調它與世俗隔絕，卻又熱情好客的特質。其實歷代絕大多數田園詩寄託的古風之慕，內涵都是道家式的。像陸游這樣將儒、道兩家理想中的遠古之世都化入田園詩意境的詩人極爲罕見。

## 一、勤儉忠孝、恪守本分

陶淵明所設想的桃花源「春蠶收長絲，秋熟靡王稅」〔註116〕，是一個沒有君主和官吏壓迫的世界。但在陸游心目中的古代理想社會，其特徵之一卻是人們各安其分、守禮知義，能自覺地遵守社會等級間的倫理規範。〔註117〕而在現實社會中，農村就是依然存留此種淳古民風的場域。如〈記東村父老言〉云：

> 原上一縷雲，水面數點雨。夾衣已覺冷，秋令遽如許！行行適東村，父老可共語。披衣出迎客，芋栗旋烹煮。自言：「家近郊，生不識官府。甚愛問《孝書》，請學公勿拒。」我亦爲欣然，開卷發端緒。講說雖淺近，於子或有補。耕荒兩黃犢，庇身一茅宇。勉讀〈庶人章〉，淳風可還古。（卷55，頁3211）

---

〔註115〕儒家的復古理想，在政治上表現爲對社會統治秩序的維護與肯定；在文化上表現爲對禮樂制度的重視。詳參劉紹瑾：《復古與復元古》（北京：中國社會科學出版，2001），頁27～36；45～57。

〔註116〕陶淵明撰，袁行霈箋注：《陶淵明集箋注》（北京：中華書局，2003），頁480。

〔註117〕或許受到北宋以來重視禮樂教化的傳統，以及理學強調人性本善的影響，在陸游理想中的古代民風，其特徵之一就是人民蘊德抱義。如〈感寓〉（卷19，頁1512）云：「人生堂堂七尺身，本與聖哲均稱人。唐虞乃可讓天下，光被萬世常如新。哀哉末俗去古遠，斫喪太朴澆全淳。豆羹簞食輒動色，攘竊乃至忘君親。錙銖必先計利害，詎肯冒死求成仁？不欺當從一念始，自古孝子爲忠臣。」「末俗」去古已遠的表現既然是唯利是圖、目無君親，那麼陸游心目中古代民風的狀態自然就是謹守禮義，無私無我。

此詩中的農民雖然也「生不識官府」，但顯然對社會階層的秩序甚爲重視。〈庶人章〉是《孝經》中的一章，闡述庶人階層的行孝方式標準：「用天之道，分地之利，謹身節用，以養父母。」然而就全書宗旨而論，《孝經》「對『自天子至於庶人』的孝道要求，是從尊親、榮親、不辱親的潛在邏輯出發，強調各守本分、各安其位，最終的落腳點是政治倫理秩序。」〔註 118〕因此，這位父老學習《孝經》的主動態度顯示其對儒家禮教的由衷認同。而陸游欣然同意、熱心相授的反應，也表明他對老農「安分守己」的嘉勉。另外值得注意的是，宋代鄉村中的「父老」是與地方行政關係密切的領導階層，身負宣傳政令、勸諭鄉民之責，對維持民間社秩序有重要作用，〔註 119〕因此詩中東村父老的態度可謂暗示了該村中對倫理秩序的重視。而這種對聖人之道的嚮慕，正是民風質樸近古的體現。從詩人對老農的嘉勉中，不難察覺他對此種淳樸民風的喜愛。又如〈農家〉：

> 低垣矮屋俯江流，渾舍相娛到白頭。累世不知名宦樂，百年那識別離愁。飯餘常貯新陳穀，農隙閑眠子母牛。聞道少年俱孝謹，未應家法媿恬侯。（卷 24，頁 1731）

首聯中，房屋的低小與親情的融洽成爲明顯的對照，已暗示出民風的善良純樸。三四聯進一步鋪陳其各守分位與知足儉樸，其中以小牛母子依偎沉睡襯托恬和的氣氛，尤爲神來之筆。最後點出，此種和樂生活的基礎在於孝謹的家風。言外之意是，它並非無源之水，故可望綿延久遠。全詩筆調平淡，但將農家知禮守分的天倫之樂傳神地表達出來。〈湖堤暮歸〉亦刻劃出一片因服膺古道而秩序井然、恬淡美好的畫面：

> 出郭並湖無十里，我歸蟹舍過魚梁。川雲蒼白不成雨，汀

〔註 118〕段江麗：〈從家庭倫理到政治倫理——《孝經》在儒家孝道思想史上的意義〉，《中國文化研究》，2010 年秋之卷，頁 84。

〔註 119〕日．柳田節子著，游彪譯：〈宋代的父老——關於宋代專制權力對農民的支配〉，收入《漆俠先生紀念文集》編委會編：《漆俠先生紀念文集》（保定：河北大學出版社，2002），頁 332、335。

樹青紅初著霜。俗孝家家供菽水，農勤處處築陂塘。樂哉追逐鄉三老，半醉行歌詠歲穰。（卷 64，頁 3644）

「三老」爲掌教化的鄉官。由於「孝」與「勤」已成爲鄉里中普遍的風氣，無須刻意宣揚、教化，所以鄉官得以逍遙無事，半醉行歌於阡陌之間。又如〈春晚書村落閒事〉：

千古會稽城，閭閻樂太平。豐年覿米價，霽色聽禽聲。俗儉憎浮侈，民淳力鈞耕。〈豳詩〉有〈七月〉，字字要躬行。（卷 50，頁 3012）

篇首的「千古」既是實指，也概括出會稽城民風淳古的特質。而其淳古民風的體現即在於「儉」與「勤」，「憎浮侈」與「力鈞耕」分別從反面與正面寫出農民的心無旁騖、安於本分。篇末兩句期勉農民繼續躬行〈豳風‧七月〉中勤農事、盡本分之道，其實亦是讚許其淳厚氣象與〈七月〉若合符契。〈農家歌〉也讚美農村民風淳美如〈七月〉所描述者：

村東買牛犢，舍北作牛屋。飯牛三更起，夜寐不敢熟。茫茫陂水白，纖纖稻秧綠。二月鳴搏黍，三月號布穀。爲農但力作，瘠鹵變衍沃。腰鐮卷黃雲，踏碓舂白玉。八月租稅畢，社瓮醲如粥。老稚相扶攜，閭里迭追逐。坐令百世後，復睹可封俗。君不見朱門玉食烹萬羊，不如農家小甑吳粳香！（卷 55，頁 3217）

此詩依序描寫農民從春至秋的生活作息，強調其「夜寐不敢熟」、「爲農但力作」的艱辛，及完糧納稅、安分守己的生活型態，與〈豳風‧七月〉中的古樸民風可謂如出一轍，詩人的讚嘆之意不言而喻。結尾則明言農民令百世之後「復睹可封俗」。「可封俗」應典出《漢書‧王莽傳上》：「明聖之時，國多賢人，故唐虞之時，可比屋而封。」可見陸游對農民的品格提高到與「賢人」比並的程度，評價極高。此外如〈雜賦〉十二首之十一云：「齊民讓畔不爭桑，和氣橫流歲自穰。君看三山百家聚，更無一隴有遺蝗。」〔註 120〕則以熱情的筆調，歌頌

〔註 120〕卷 79，頁 4296。

廣大農村謙讓守禮、秩序井然、洋溢祥和之氣的情景。

除了農村內部的和諧秩序，陸游也屢次讚美農民忠於君主並對社會抱持責任感的高尚品行。〈記老農語〉云：

> 霜清楓葉照溪赤，風起寒鴉半天黑。魚陂車水人竭作，麥壠翻泥牛盡力。碓舂玉粒恰輸租，籃挈黃雞還作貸。歸來糠籺常不饜，終歲辛勤亦何得！雖然君恩烏可忘，爲農力耕自其職。百錢布被可過冬，但願時清無盜賊。（卷 55，頁 3230）

詩題中雖有「記語」字樣，但末四句才是老農心聲的集中吐露，之前的寫景、感嘆並非純粹「記語」，而是融入陸游對老農生活的體察。全詩之宗旨、同時也是老農深深觸動詩人的關鍵，是農民竭力耕作、循規蹈矩、衣食微薄卻仍堅守崗位，並對君王心存感恩、對社會抱持希望的忠厚胸懷。「勤勞、淳樸、忠厚，既能忍受眼前的苦難，又能憧憬著未來的美好。這是陸游對農民的一般理解。」〔註 121〕詩人的這種理解，也反映在以下詩篇之中：

> 輭炊豆飯可支日，厚絮布襦聊過冬。閭巷家家歌聖澤，子孫世世業春農。（〈泛舟過金家埂贈賣薪王翁〉四首之四，卷 69，頁 3872）

> 農舍雖云苦，君恩詎可忘？繭稠初滿簇，麥熟已登場。渺渺開村路，登登築野塘。但須時雨足，擊壤詠時康。（〈農舍〉，卷 29，頁 2018）

陸游詩筆下的農民，長年辛苦工作，對簡樸生活甘之如飴，且忠於君主、淳厚善良始終如一。這樣的視角與理解中流露的自是詩人的欣賞、愛重之情。〈夏四月渴雨恐害布種代鄉鄰作插秧歌〉云：

> 浸種二月初，插秧四月中，小舟載秧把，往來疾於鴻。吳鹽雪花白，村酒粥面濃。長歌相贈答，宛轉含〈豳風〉。日暮飛槳歸，小市鼓鼕鼕。起居問尊老，勤儉教兒童。何人采此謠，爲我告相公：不必賜民租，但願常年豐。（卷 29，

〔註 121〕邱鳴皋：《陸游評傳》（南京：南京大學出版社，2002），頁 333。

頁 2012）

此詩雖以「代鄰作歌」爲題，但飽含讚美之意，末兩句爲農民之語，尤有明確題旨、畫龍點睛之效。詩中凸顯的是農民勤於農事、養老教弱，不敢稍有懈怠，與即便乾旱威脅仍不求減免租稅的忠厚心理，可見其對君上的拳拳赤誠。「長歌相贈答，宛轉含豳風」正意謂其俗之美可比〈豳風・七月〉所描述者。

在陸游看來，農民對穩固國家統治有巨大貢獻，因爲「耕桑」是王業之本，〔註 122〕農民勠力耕作也就與從軍、獻策殊途同歸，都是愛國之舉。作於開禧北伐之際的〈秋日村舍〉兩首，在其一發出「傳聞新詔募新軍，復道公車納群策。忠誠所感金石開，勉建功名垂竹帛」〔註 123〕的期許後，其二云：

> 川雲慘慘欲成雨，宿麥蒼蒼初覆土。芋肥一本可專車，蟹壯兩螯能敵虎。村村婚嫁花簇檐，廟廟禱祠神降語。兒孫力稼供賦租，千年萬年報明主。（卷 73，頁 4010）

莊稼之蒼綠、物產的豐收與婚嫁、祭祀的熱鬧紅火，暗示著農村旺盛不息的生機，末二句則爲點題之筆：世世代代的農民以獻納賦租報效

〔註 122〕陸游認爲「重視農業」乃國家中興的要務，「農爲四民之本，食居八政之先」（〈丁未嚴州勸農文〉，卷 25，頁 223）、「爲政之術，務農爲先。使衣食之粗充，則刑辟之自省。」（〈戊申嚴州勸農文〉，卷 25，頁 223）實爲其一貫的理念。他對農民的關注與對農業的重視，在退居後依然如故。他明言耕桑爲王業之本，〈谿上雜言〉（卷 27，頁 1919）云：「樹桑釀酒蓄雞豚，是中端有王業存。」〈病中作〉二首之二（卷 35，頁 2305）：「唐堯授四時，帝道所以成。周家七百年，王業本農耕，造端無甚奇，至今稱太平。」〈雜興〉之一（卷 50，頁 3013）：「秦漢區區了目前，周家風化遂無傳。君看八百年基業，盡在東山七月篇。」到八十四歲時仍認爲：「總角入家塾，學經至豳詩，治道本畊桑，此理在不疑。」（〈幽居記今昔事十首以詩書從宿好林園無俗情爲韻〉之一，卷 76，頁 4167）並明確指出，農民得以滿足溫飽，社會才能長治久安。〈歲暮感懷以餘年諒無幾休日愴已迫爲韻〉十首之十（卷 31，頁 2114）即云：「井地以養民，整整若棋畫。初無甚貧富，家有五畝宅。哀哉古益遠，禍始開阡陌。富豪役千奴，貧老無寸帛。困窮禮義廢，盜賊起蹙迫。誰能講古制，壽我太平脈？」

〔註 123〕卷 73，頁 4010。

君王之恩德。它們雖非直接引述的農民之語，卻可視爲詩人基於對農民的理解而發的「代言」之語。此詩節奏有力、刻劃粗重，將農民忠於君主的赤誠寫得淋漓盡致。邱鳴皋對此有精確的總結：「陸游對農民的認識，終於超越了勤勞、樸素之類的表層化、現象化，而提高到了對國家民族的責任意識上，這種意識正是當時達官貴族士大夫所缺乏的。」〔註 124〕

值得注意的是，這類內涵是陸游田園詩的又一特點。在他之前，北宋的田園詩歌詠農民的淳樸時，大都只是強調其如上古之民般毫無機心，生活寧靜單純。〔註 125〕王禹偁是少數的例外，其〈畬田詞〉的小序明言此組詩乃因「愛其有義」而作，欲使采詩官聞之，傳於當政者，「使化天下之民如斯民之義」〔註 126〕。但所謂「義」也只是商州農民「更互力田，人人自勉」〔註 127〕時的相互合作，與其對國君的忠愛之忱無涉。甚至詩中還寫到「自種自收還自足，不知堯舜是吾君」〔註 128〕。可見在詩人心目中，農民自身的觀念還是「帝力於我何有哉」，但他們畢竟相互協作努力耕種，從這角度來說，農民還是擁有「義」之品質。而「願得人間皆似我，也應四海少荒田」，有助於天下的富庶，就是農民對整個社會最大的貢獻所在。

陸游則屢次強調農家溫厚無私的忠孝、勤儉等美德，以及他們對社會規範的自發遵循和對國家的責任感，並由此角度彰顯其俗之古樸完淳。在接下來的分析中，我們即將指出：其詩中所寫既有現實基礎，因此應非出於虛構；又寄託著自我對淳古民風的深切嚮往，並且在一定程度上帶有批判當時士風的意味。

陸詩所以會出現此類內容，有其時代背景。宋代立國之初就開始大量興學，各級學校將主流意識形態所規定的文明更爲普遍地傳播開

〔註 124〕氏著：《陸游評傳》（南京：南京大學出版社，2002），頁 336～337。
〔註 125〕詳參本節第二小節的分析。
〔註 126〕卷 64，頁 717。
〔註 127〕同前注。
〔註 128〕同前注。

來。仕紳也不斷地在民間辦學，推行鄉約、族規等規範禮儀，提倡合族親睦、尊老孝親之風。再加上士人階層社會影響的擴大、印刷術的發達與交通便利強化城鄉之間的溝通等因素，文明的推進達到前所未有的速度與廣度。南宋時期還出現相當多的〈勸農文〉、〈諭俗文〉等通俗教育文本，反復規勸世人勤於務農、遵守鄉俗、孝順父母。就在國家與社會一致的推動中，一些儒家原則被當成天經地義確定下來。國家、宗族秩序的基礎：「忠」與「孝」逐漸成爲普遍被認同的倫理。〔註 129〕陸游詩的內容，可視爲對當時現實情況的某種反映。

但陸游屢次歌詠鄉村的倫理秩序，並視之爲淳美古風的體現，其主要用意當然不在於反映現實，也不在於歌頌南宋政府教化基層的成功。毋寧說，他在與當時官場的參照中，亦發體認到農民品質的可貴。清人翁方綱指出陸游「苦心欲挽古風還，神往〈豳風．七月〉間」〔註 130〕，所謂「欲挽古風還」自然是在體認「今俗」世風日下後才會出現的心意。詩人熱情讚頌農村的淳古民風，其意正在於寄託自我的社會理想，並直接或間接地批判以「官場」爲代表的惡劣今俗。上文所引〈農家歌〉篇末在「坐令百世後，復睹可封俗」的感嘆後云：「君不見朱門玉食烹萬羊，不如農家小甑吳粳香！」就是批判之意表達得最明顯的例子。

早在淳熙十四年（1187），陸游在〈和周丞相啓〉中就曾憂心地表示：「方今風俗未淳，名節弗厲。仁聖焦勞於上，而士夫無宿道嚮方之實；法度修明於內，而郡縣無赴功趨事之風。」〔註 131〕在創作這類田園詩較多的紹熙、嘉泰、開禧年間，陸游更是經常或隱或顯地抨擊市朝。例如紹熙三至五年（1192～1194），他就有詩批判官員爭名奪利、不顧民間疾苦；或者視決策如兒戲，貽害久遠；並爲禍國殃

〔註 129〕詳參葛兆光：《中國思想史》（上海：復旦大學出版社，2001），第二卷，頁 253～255、275～278。

〔註 130〕翁方綱：〈讀劍南集〉四首之一，氏著：《復初齋詩集》，卷 49，頁 445，收入《清代詩文集彙編》（上海：上海古籍出版社，2010）。

〔註 131〕卷 12，頁 113。

民之元兇逃過兵災感到不平。〔註 132〕此外，作〈春晚書村落閒事〉詩的嘉泰二年春，有〈跋歐陽文忠公疏草〉、〈跋東坡諫疏草〉，「蓋均有感於近年黨禍而作」〔註 133〕。作〈記老農語〉詩的嘉泰三年，「有〈跋蔡忠懷送將歸賦〉，對朋黨之禍重致慨嘆」〔註 134〕。開禧年間，又有〈有所感〉詩感嘆「氣節陵夷誰獨立？文章衰壞正橫流。」〔註 135〕〈書歎〉則批判有司苛虐齊民等等。〔註 136〕

與詩人的這些感慨、批判合觀，我們便不難意會到，文化程度遠低於士大夫的農人「甚愛問《孝書》」、「起居問尊老，勤儉教兒童」，忠厚勤樸、守分盡責的品德，在陸游看來是何等可貴、可敬。詩人在這些田園詩中寄託的自我理想與對澆薄士風的否棄，也就不難從言外得知。

在陸游田園詩中，農村民俗之淳古不僅體現在村民的各盡其分、秩序井然，以及忠愛之心的渾厚，還藉由他們與世俗相隔和人際相處的古道熱腸而展現。前者為文明教化的結果，後者則彷彿出自天然，更帶有遠古的原始色彩。

## 二、與世隔絕，淳樸熱情

上文已經論及，北宋詩人大多從農村生活或農民心地的單純、自然、寧靜等角度表現田園的古風猶存、與當代文明社會的對立，以及詩人對此種淳古民風的嚮慕。現舉數首詩例為證：

> 農家秋物成，腰鐮刈新穀。得食雞豚肥，飽霜梨栗熟。牧童唱田歌，孺子宰社肉。野老醉亦謳，愛此羲皇俗。（胡宿〈田舍〉，卷 186，頁 2133）

〔註 132〕例如作於紹熙三年的〈歎俗〉（卷 24，頁 1738）；〈群兒〉（卷 26，頁 1844）；作於紹熙五年的〈董逃行〉（卷 29，頁 2013）等詩。

〔註 133〕于北山：《陸游年譜》（上海：上海古籍出版社，2006），頁 470，「嘉泰二年」條。

〔註 134〕同前注，頁 484，「嘉泰三年」條。

〔註 135〕卷 61，頁 3497。

〔註 136〕卷 68，頁 3806。

潭潭村鼓鳴，羨爾田家樂。閃閃綠榆叢，風清如葦籥。我懷物外趣，世味久零落。焉得太古民，相攜去耕鑿。（孔平仲〈村鼓〉，卷 925，頁 10854）

山居時散步，所接多耕夫。或揖或不揖，頗望爾與吾。陰晴話愁喜，豐約道有無。電迅歎人濤，風波驚世途。超然心不累，朝市何有乎。（李彌大〈散步山村喜風俗純樸小詩紀之〉，卷 1444，頁 16655）

逗曉復籃輿，平田細路迂。村墟元闃寂，籬落更蕭疏。吠犬行隨客，癡童喚覷渠。從來喜淳樸，況復野人居。（許景衡〈逗曉〉，卷 1357，頁 15543）

在上述詩篇中，農民依著自然營生、作息，心地也如自然般沒有一絲欺詐或貪欲的雜質，活得既單純又寧靜，容易感到滿足。它們足以代表北宋田園詩「人情淳古之慕」主題的主要內涵與一般面貌。

在陸詩中，雖然也可見到民風單純、寧靜、自然等面向，但表現的更突出的，卻是農村的遠離俗世與農民的古道熱腸。相較之下，北宋田園詩的民情淳古之慕偏向於寄託對宦途虛矯喧囂、桎梏身心等面向的厭倦。陸游此類詩蘊含的則是對整個因文明而異化的世界的厭棄，以及對其間人際交往的勢利、現實、冷酷的否定。

陸游屢次強調，農村的古樸意蘊生成於它的與世隔絕。這種情形在北宋田園詩中並不常見。在陸詩中，農村與外界的遙隔體現在現實空間與文化程度的疏遠。早在詩人尚在仕途時，就很嚮往農家的封閉、寧靜。〈登城望西崦〉云：

登城望西崦，數家斜照中。柴荊晝亦閉，乃有太古風。慘澹起炊煙，寂歷下釣筒。土瘦麥苗短，霜重桑枝空。恐是種桃人，或有采芝翁。何當宿樓上，月明照夜舂。（卷 6，頁 503）

此詩作於淳熙元年（1174），陸游時年五十歲，在代理榮州（四川榮縣）知州任上。在陸游看來，「柴荊晝亦閉」的寂靜正是村莊有「太古風」的寫照，因此該村即便蕭條貧寒，依舊不能阻止他對此間的美好想像，「恐是種桃人，或有采芝翁」的浮想聯翩，反映的正是被棄置在僻遠之所的詩人渴求超脫現實苦悶的情緒。〔註 137〕在晚年退居山陰後，從空間的封閉表達農村古樸氣氛之作更常出現，如：

數家茅屋自成村，地碓聲中晝掩門。寒日欲沉蒼霧合，人間隨處有桃源。（〈小舟遊近村舍舟步歸〉四首之一，卷 33，頁 2192）

今年四月天初暑，買蓑曾向西村去。桑麻滿野陂水深，遙望人家不知路。再來桑落陂無水，閉門但見炊煙起。疑是羲黃上古民，又恐種桃來避秦。（〈西村〉，卷 44，頁 2723）

詩中的村莊，或掩映於雲霧蒼茫之中，或隔絕於莊稼陂水之外，尤其值得注意的是常見到「掩門」的意象。此意象在古典詩中已成爲有特殊意涵的符號，傅道彬指出，「當門關閉的時候它首先意味著對外在世界的拒絕與分離，而詩恰好利用這一形式使之成爲一個逃離世界剝離人群的意象符號」〔註 138〕，而「因爲這種喪失自我不斷異化的場所集中在門外，那麼閉門就成爲擺脫異化走向樸素的象徵。」〔註 139〕在這些田園詩中，「閉門」同樣意味著隔離塵世的喧鬧浮華，維持寧靜淳樸的心靈。

陸游甚至認爲，除了空間的遠近，文字的有無同樣是古俗之淳能否維持的關鍵。〈太古〉云：「太古安知虞與堯，茹毛飲血自消搖。不須追咎爲書契，初結繩時俗已澆。」〔註 140〕〈感事示兒孫〉云：「人生讀書本餘事，惟要閉門修孝悌。畜豚種菜養父兄，此風乃可傳百世。我聞長安官道傍，至今人指魏公莊。北方俗厚終可喜，一字不識勤耕

〔註 137〕陸游在攝榮州之前，從南鄭前線被撤回，繼而在成都、蜀州、嘉州等地流徙兩年之久。因此，在他榮州時期的詩中不時表白淒涼、孤獨的現實處境，或流露寂寞、焦灼、憂憤的悲情。關於此期陸游的心境與詩境，詳參李亮偉：〈論陸游在榮州的處境與悲情〉，《西南民族大學學報・人文社科版》，26 卷 6 期，頁 102～106。

〔註 138〕氏著：《晚唐鐘聲：中國文學的原型批評》（北京：北京大學出版社，2007），頁 178。

〔註 139〕同前註，頁 184。

〔註 140〕卷 34，頁 2227。

桑。」〔註 141〕「造字」或「識字」既爲人們智巧的發端，同時也是淳澆俗薄的開始。因他也凸顯農村民情淳古與居民不識字的關聯。如以下二詩：

> 維舟入谷口，信步造異境。隔籬雞犬聲，滿地梧楸影。瓦甑炊香稻，石泉汲新井。人間苦偪仄，愛此須臾景。（〈舟中詠「落景餘清暉，輕橈弄溪渚」之句，蓋孟浩然〈耶溪泛舟〉詩也。因以其句爲韻賦詩〉十首之二，卷 34，頁 2268）

> 老圃髮如霜，見客能廢鋤。與坐使之年，自云八十餘。老身六朝民，草舍數世居。力守遠祖言，一字不學書。（〈舟中詠「落景餘清暉，輕橈弄溪渚」之句，蓋孟浩然〈耶溪泛舟〉詩也。因以其句爲韻賦詩〉十首之三，卷 34，頁 2268）

此組詩共有十首，寫乘舟游賞鏡湖流域沿途的見聞，此處所引兩首屬於田園詩。前一首開篇顯然化用了〈桃花源記〉的片段：「林盡水源，便得一山，山有小口，髣髴若有光。便捨船從口入。初極狹，纔通人，復行數十步，豁然開朗。土地平曠，屋舍儼然。……」〔註 142〕也暗示此地與外界在形勢方面的隔絕。第二首則揭示谷中之人對文字的生疏。谷中老圃世居深谷的經歷與〈桃花源記〉中人的「不知有漢，無論魏晉」、「遂與外人間隔」相近，而他力守「一字不學書」的祖訓，則是心地能維持渾樸、無有旁騖地過著單純生活的重要因素。

在陸詩中，農村民俗的淳古也體現在人們與世俗的享樂、爵位、榮利等追求的疏遠。農民們甚至對這些概念都是極爲陌生的：

> 白米乾薪好井泉，甘餐美睡若登仙。從來不慣嘗鹽酪，席下何須有一錢？（〈述野人語〉二首之一，卷 48，頁 2893）

> 重重大布敵風霜，籬外桑陰五月涼。軟飯一盂千萬足，那知世有郭汾陽。（〈述野人語〉二首之二，卷 48，頁 2893）

> 無懷葛天古遺民，種畬歸來束澗薪。亭長聞名不識面，豈

〔註 141〕卷 44，頁 2723。

〔註 142〕晉・陶淵明撰，袁行霈箋注：《陶淵明集箋注》（北京：中華書局，2003），卷 6，頁 479。

知明府是何人！（〈村舍〉七首之一，卷 78，頁 4259）

雞鳴犬吠相聞地，穴處巢居上古風。飽飯不爲明日慮，酣歌便過百年中。（〈村舍〉七首之二，卷 78，頁 4260）

露草乾時兒牧羊，朝日出時女采桑。一床絮被千萬足，不解城中有許忙。（〈村舍〉七首之三，卷 78，頁 4260）

這些七絕都在後兩句道出農民的「心聲」。盡管它們與前兩句一脈相承因此應有現實依據，但詩人顯然同時將自我設想投射到農民身上，使之具有比較濃厚的理想色彩。〈村舍〉中的三首詩，或是引用陶淵明〈五柳先生傳〉、《老子》〈小國寡民章〉的典故，或是明確地將樸素的農村與官府、城市等代表現實文明的領域對立起來，對道家式遠古理想的認同表現得尤爲鮮明。詩人不只歌頌了農村「帝力於我何有哉」的愜意生活，且對「城中」、「明府」等世俗中人的輕蔑態度十分明顯。

又如〈鳥啼〉描寫「野人無曆日，鳥啼知四時」的與大化流轉節奏相同的樸實生活，最後強調「樂處誰得知？生不識官府。葛衫麥飯有即休，湖橋小市酒如油。夜夜扶歸常爛醉，不怕行逢灞陵尉。」〔註 143〕末兩句明顯融入身世之感。李廣隱居終南山時夜歸遭逢灞陵醉尉的侵辱，是陸游常引以比況宦途失意的自己的典故。〔註 144〕因此，末六句不僅是嚮往農家生活遠離文明禮法桎梏，更是欣羨身爲農民能終生與榮辱升沉等意念絕緣，保持自然的本性與純淨的心地。

陸游田園詩還有一個特色，就是強調農家雖然與世相隔，但彼此往來密切，毫無隔閡。這仍與道家的遠古社會理想一脈相承。先秦道家認爲，「古之人」的分化意識尚未形成，更無禮樂文明的制度框架，因此人群間也維持著泯除差別與對立的和諧。最早將這種遠古理想引

〔註 143〕卷 29，頁 2016。

〔註 144〕如〈夜抵葭萌惠照寺寓榻小閣〉（卷 3，頁 246）：「夜行觸尉那能避，旦過隨僧不待招。」〈野飲夜歸戲作〉（卷 14，頁 1136）：「未辦大名垂宇宙，空成痛哭向蓬蒿。灞亭老將歸常夜，無奈人間兒女曹！」〈排悶〉（卷 48，頁 2895）：「頗思從李廣，小獵聊吐氣；復恐灞亭歸，邂逅逢醉尉。」

入對田園的審美觀照的是陶淵明。〔註 145〕其田園詩表現的雖然只是自己與他人的和諧交往，卻影響後代文人對農村整體民情的審美印象。但是在陸游之前，詩人往往只是泛寫農民生活的和諧。陸游則頻繁、且深情地吟詠農村互通有無、親密無間的人間溫情。

在知嚴州時，他就因「困於力役，悒然不樂」〔註 146〕而有〈思故山賦〉，讚嘆農村的渾樸人情：「耕壟參差，蔬畦交錯。則有野父樵童，迎揖而勞苦；道翁藥叟，一笑而相握。扶藜床以延坐，持黍酒而請酌。……超世俗之澆僞，有太古之簡樸」〔註 147〕。類似的意境也在其晚年田園詩中一再出現，如〈東西家〉：

> 東家雲出岫，西家籠半山；西家泉落澗，東家鳴佩環。相對籬數掩，各有茆三間。芹羹與麥飯，日不廢往還，兒女若一家，雞犬意自閑。我亦思卜鄰，餘地君勿慳。（卷 37，頁 2389）

此詩以十句的篇幅凸顯兩家的密切聯繫。前四句先以「東家」、「西家」兩個主語的回環疊用，與其謂語在語意上的呼應，暗示兩方在空間上雖有距離，但情意緊密的關係，後六句再從生活細節的角度渲染雙方的融合無間。又如〈予讀元次山與瀼溪鄰里詩意甚愛之取其間四句各作一首亦以示予幽居鄰里〉之一〈峰谷互回映〉云：

> 北起成孤峰，東蟠作幽谷。中有十餘家，蘆藩映茆屋。土肥桑柘茂，雨飽麻豆熟。比鄰通有無，井稅先期足。煙中語相答，月下歌相續。兒童不識字，未必非汝福。張芸叟〈過鄭公故莊詩〉曰：「兒童不識字，耕稼鄭公莊。」（卷 39，頁 2517）

首二句先以「峰谷回映」的地勢寫出小村的幽閉孤絕，再強調彼此的關係融合、親若一家。末二句其實與首二句遙相呼應，與中間數句共同烘托出小村遠離文明的淳樸氛圍與渾一境界。又如〈湖邊小聚〉云：

---

〔註 145〕詳參劉紹瑾：《復古與復元古》（北京：中國社會科學出版，2001），頁 36～45；166～187。

〔註 146〕《渭南文集校注・放翁逸稿》，錢仲聯、馬亞中主編：《陸游全集校注》（杭州：浙江教育出版社，2011），第 10 冊，頁 495。

〔註 147〕同前注。

> 小聚遠塵囂，淳風獨未澆。鳴機燈煜煜，飲犢雨蕭蕭。異味常交致，新醪亦苦邀。人間交道絕，令我慕漁樵。（卷 79，頁 4303）

此詩先點出小村淳風獨存的原因：遠離塵世的習氣與喧囂；再以勤苦而不失詩意、平凡中見深情的事象，點染人們簡樸的生活與親切的人際交往。篇末與第一例類似，都直接道出自我的傾慕，與先前的寫景融合無間，流溢無限留戀之意。

其他如「三家小聚落，兩姓世婚姻。父老衣冠古，閭閻風俗淳。不應陶靖節，獨號葛天民」〔註 148〕、「湖光分別浦，嶺路過前村。泉石相縈帶，雲煙互吐吞。耕犁無易業，鄰曲有通婚」〔註 149〕、「人情簡樸古風存，暮過三家水際村。見說終年常閉戶，仍聞累世自通婚。罾船歸處魚餐美，社甕香時黍酒渾」〔註 150〕、「深巷鳴雞犬，長陂下羊牛。棗熟稻當獲，桑落酒可篘。寧無賓祭須，柿栗良易求。醫翁日過門，得藥疾自瘳。婚嫁不出村，百世加綢繆。」〔註 151〕「舍後盤高岡，舍前面平野。防盜枳作藩，蔽雨篠代瓦。數家相依倚，百事容乞假。薄暮耕樵歸，共話衡門下。」〔註 152〕也都描繪出農村封閉寧靜、和洽溫馨的境界，並屢次致以自我的認同與嚮慕之情。

陸詩中的農人不僅與鄰里親密無間，對外來的訪客也熱情相迎，例如：

> 野人知我出門稀，男輟鉏耰女下機。掘得茈菇炊正熟，一杯苦勸護寒歸。（〈東村〉二首之一，卷 41，頁 2594）
>
> 野人喜我偶閑遊，取酒怱怱勸小留。舍後攜籃挑菜甲，門前喚擔買梨頭。村人謂小梨爲梨頭。（〈東村〉二首之一，卷 41，頁 2594）

〔註 148〕〈埭西小聚〉，卷 82，頁 4415。
〔註 149〕〈泛湖至東涇〉三首之二，卷 22，頁 1657。
〔註 150〕〈散步至三家村〉，卷 39，頁 2507。
〔註 151〕〈近村〉，卷 75，頁 4118。
〔註 152〕〈村居〉，卷 62，頁 3551。

……興來思一出，霜晴及初冬。父老捨杖迎，衣冠頗嚴恭。語我：「相識久，幸未棄老農。聞者傳伏枕，喜聞足音跫。貧舍有盤飡，勿責異味重。蕎餅新油香，黍酒甕面濃。已遣買撲握，亦可致噞喁。願公領此意，秣蹇聊從容。」我起爲太息，厚意敢不從。「吾生行逆境，平地九折邛。況今又老退，如子豈易逢。但願從今健，衰疾緩見攻。遇興即扣門，草具煩炊舂。但恐乘月來，妨子睡味濃。」（〈贈湖上父老十八韻〉，卷 33，頁 2189）

農人對詩人殷厚的關心與誠摯的邀請，令人動容；從農人招待之物的微小與招呼的熱忱，又能見出其內心之純樸無僞。在陸游之前，將農民對詩人披肝瀝膽的眞情厚意寫得如此詳細而動人的田園詩，確實不多見。

此外如著名的〈遊山西村〉中農家的「古風存」，不僅體現在「衣冠簡樸」，更洋溢於「豐年留客足雞豚」的好客與詩人對「從今若許閑乘月，拄杖無時夜叩門」〔註 153〕的期待。〈宿野人家〉則描寫「避雨來投白版扉，野人憐客不相違」〔註 154〕的動人情景；此外如〈訪村老〉云：「強健如翁舉世稀，夜深容我叩門扉。……骨肉團欒無遠別，比鄰假貸不相違。」〔註 155〕〈訪隱者〉云：「湖曲有隱者，時時容叩門。」〔註 156〕〈秋晚閑步隣曲以予近嘗臥病皆欣然迎勞〉：「放翁病起出門行，績女窺籬牧豎迎。酒似粥醲知社到，餅如盤大喜秋成。歸來早覺人情好，對此彌將世事輕。」〔註 157〕〈山行贈野叟〉二首之二：「莫笑孤村生理微，茅茨煙火自相依。客來旋掃青苔榻，日在先關白版扉。」〔註 158〕都是類似的例子。

上述詩例中，饒具興味的是「夜叩門」或「時時容叩門」等意

〔註 153〕卷 1，頁 102。
〔註 154〕卷 22，頁 1651。
〔註 155〕卷 78，頁 4235。
〔註 156〕卷 49，頁 2966。
〔註 157〕卷 27，頁 1912。
〔註 158〕卷 56，頁 3294。

象。它在〈訪村老〉、〈遊山西村〉、〈宿野人家〉、〈訪隱者〉等詩中屢次出現，恰與陸詩中經常出現的農家與世相隔的描寫形成有趣對照，更與陶淵明〈桃花源詩〉中「奇蹤隱五百，一朝敞神界。淳薄既異源，旋復還幽蔽」〔註 159〕的神奇世界形成強烈對比。在陸游筆下，農家雖與世俗存在有形或無形的隔閡、各自代表不同的生活模式與價值取向，但它對人仍帶有隨時敞開心扉的、毫不設防的善意。桃花源是只能憑藉想像力遨遊的、永不可能眞正達致的樂土；陸游筆下的淳古農村則是人人都能身歷的、願意向所有人敞開的美好天地。因此，前者激起的是陶淵明「願言躡清風，高舉尋吾契」〔註 160〕的憧憬與失落，後者則以更富人情味的眞誠善意，溫暖陸游及其讀者。

因此，面對農人們互通有無、互助互愛的親密生活，或是對外人（詩人自己）古道熱腸的邀請，陸游也不吝於表達自我的由衷喜愛。此意通常於篇末點出，諸如：「試覓誅茆地，吾將遺子孫。」〔註 161〕「記取放翁扶杖處，渚蒲煙草濕黃昏。」〔註 162〕「散人世襲江湖號，剩欲溪頭借釣磯。」〔註 163〕「熟聞高臥常扃戶，剩欲頻來共荷鉏。從此夢遊端有地，淵明不獨愛吾廬。」〔註 164〕「我來每絕歎，恨不終歲留。人生正應爾，底事須王侯！」〔註 165〕或深感其足慰餘生，或欲與之長相廝守，熱愛之情溢於言表。

王立指出，「作用於主體內心的懷古意緒，常常是共時性現實引起的自我失落感、幻滅感與歷時性回憶中的憧憬、企盼交織融會。懷

〔註 159〕晉・陶淵明撰，袁行霈箋注：《陶淵明集箋注》（北京：中華書局，2003），卷 6，頁 480。

〔註 160〕同前注。

〔註 161〕〈泛湖至東涇〉三首之二，卷 22，頁 1657。

〔註 162〕〈散步至三家村〉，卷 39，頁 2507。

〔註 163〕〈山行贈野叟〉二首之二，卷 56，頁 3294。

〔註 164〕〈遊西村贈隱者〉，卷 51，頁 3045。

〔註 165〕〈近村〉，卷 75，頁 4118。

古思潮及創作最熱的時候，通常又恰恰是現實規定性最不合於內心理想模式的時候。」〔註 166〕陸游與許多古代文人一樣，對過去的嚮往追慕經常與對個人身歷之現實的不滿相聯繫，或至少以後者爲生成的潛在背景。從而使懷古之情與所懷之古的具體樣貌，帶有明顯的理想色彩，透露某種程度上的身世之感，甚至或隱或顯地指向對現實的批判。

上面引述過的〈贈湖上父老十八韻〉、〈湖邊小聚〉等詩，都較明白地揭露了「懷古」與「嘆今」的關係。雖然明言對現實失望的情況在陸游此類詩中不多，但《劍南詩稿》中與這些歌詠農村民風古道熱腸之詩幾乎作於同時的，還有許多悲嘆故人親朋之薄情或臣僚構陷自己的作品，〔註 167〕給讀者之印象是，農民的古風猶存之所以能頻繁地引起陸游的感動，與現實中自我故交的現實勢利、不念舊情不無關係。兩者並觀，我們彷彿理解陸游何以會那樣滿懷深情地讚嘆農民的熱情，同時讀出陸游在沉醉於淳美民情背後無法完全揮去的感慨，以及對士大夫世界世態炎涼的否定。

綜上所述可知，同樣以農村爲與現實對立的美好樂土，北宋詩人

〔註 166〕氏著：《中國古代文學十大主題：原型與流變》（臺北：文史哲出版社，1994），頁 137。

〔註 167〕如〈次季長韻回寄〉（卷 40，頁 2528）「野人蓬户冷如霜，問訊今惟一季長。舊好自均親骨肉，新知何怪薄心腸。」〈讀書〉（卷 40，頁 2543）：「門前車馬久掃跡，老病又與黃卷疏。人情冷煖可無問，手不觸書吾自恨。」〈次韻鄭盱眙見寄並簡其甥劉君〉（卷 40，頁 2551）：「衣上空嗟京洛塵，故交半作白頭新。」〈寓歎〉（卷 42，頁 2632）：「眼底誰爲耐久朋，倚肩按膝一烏藤。虛名但可欺橫目，薄俗何時復結繩？」〈雜興十首以貧堅志士節病長高人情爲韻〉十首之四（卷 52，頁 3098）：「少年喜結交，患難謂可倚；甯知事大謬，親友化虎兕。出仕五十年，危不以讒死。始畏囊中錐，甯取道傍李。」〈東齋雜書〉十二首之六（卷 66，頁 3743）：「門低不通車，室隘劣容膝。掩脛無全衣，作字用挫筆。親朋孰可望，門內自相恤。」閑詠（卷 82，頁 4397）：「謝事歸來一把茅，村深樵牧日論交。……戀戀故袍誰復念，便便癡腹敢辭嘲。卜居雖僻吾猶悟，失卻岷山理鶴巢。」

多從農家生活的單純、自然、寧靜等角度表現農家的古樸，接受的是道家追慕遠古的思想。陸游則彰顯農家「勤儉忠孝、恪守本分」；和「淳樸熱情、與世隔絕」兩方面的特質。在陸詩中，前者展現的是一幅各守分位、富於人文之美的和諧社會圖景，與儒家的復古思想有明顯淵源，並且或隱或顯地指向對現今士大夫怠忽職守、忠誠蕩然的批判。後者所嚮往的則是無知寡欲，質樸渾一的遠古民風，受道家思想的影響，同時蘊含對「人間交道絕」的感慨。此外，北宋詩與陸詩雖然均承繼了道家的復古理想，但只有陸詩經常滿懷深情地歌詠誠摯濃厚的人情味，個性色彩更加明顯。

在陸游此類詩中，致力於凸現的是其中純樸近古、與現今遙相對立的一面，其中旁觀的立場、主觀的眼光和寄託的用意都比較明顯。但懷抱著某種文化理想彰顯農村民俗之美，使農民生活成為個人嚮往的遠古美好社會的表徵，並非陸游看待農村生活的唯一態度。他在許多時候還嘗試更貼近農村喜怒哀樂的原初狀態，使自己與農民本身的情感產生深切的共鳴、互動。「與民同樂」因而成為其田園詩的又一重要主題。

## 第四節　與民同樂的懷抱

「與民同樂」意指與平民之樂同情共感，屬於「同情」的表現。「同情」即人們對同一種情感的分享，或對他人情感的參與。換言之，「只要人們各自的情感在一定情境下發生了一致性關係，我們都可稱之為同情現象。」〔註 168〕而詩歌中詩人「與民同樂」的表現，除了直接道出對其樂的共鳴，也應包括蘊含在細膩刻畫他人愉悅情狀中的，對他人情感的體察與認同。

「與民同樂」是田園詩發展至宋代後較常出現的內容。陶淵明

〔註 168〕「同情」的解說，參考張志平：《情感的本質與意義：舍勒的情感現象學概論》（上海：上海人民出版社，2006），頁 116～117。

與王、孟、韋、柳等唐代山水田園詩派詩人，注重表達個人閒適超逸的經驗感受，或遠離塵俗的人生境界。因此，他們對眞正的農村生活無太大興趣，偶然涉筆，多半也是藉以傳達自我的隱逸志意或情趣。〔註 169〕北宋田園詩則較前代頻繁且細緻地描寫農村的風土人情，而且此類詩除了表達對眞淳、自由之境的嚮往，也有部份詩篇開始表現較明顯的「與民同樂」之意。

陸游的田園詩則發展並深化了此種創作方向，使此類主題煥發出前所未見的光彩。首先，他是第一位大量寫作此類田園詩的詩人，其作品有約五十首。如此豐沛的創作量不僅前所未見，在當時也是一枝獨秀。其次，陸詩的內蘊更爲新穎、深廣。北宋的此類詩篇內容較爲雷同，多數描寫農民歲收有望、安居樂業的滿足，且仍有部份詩在流露共鳴後直接表達對之的嚮往，旨趣仍未脫離自我的歸隱之思。而陸游以「與民共樂」爲旨之詩篇，則基本上已脫離了歌詠田家之樂而引生仕隱反省的傳統，且以更爲深入的同情理解，更爲多元敏銳的感受，來分享、體會農民的各種生活之樂，從而引生豐美獨特的人生感懷，展開了嶄新的詩歌境界。

## 一、平凡之樂

陸游田園詩中，詩人與農民所共享或共鳴的樂趣有時並不特別，只是個別人家日常生活中隨處可見的普通的樂趣、微小的幸福。與上一節討論過的「人情淳古的嚮慕」相較，這類詩同樣以農民的日常生活爲題材，也都涉及農民對詩人的態度。但在這類詩中，除了「樂」的情緒程度更明顯之外，更重要的是，詩中幾乎見不到對特定美德的頌揚，或由某種理念出發對農村景象所作的剪裁與詮釋。在主觀的價值評判消褪之際，詩人單方面傾慕之情、感動之懷的抒發也淡化了，取而代之的是雙方對同一種情感的共享，與彼此的互動。

〔註 169〕劉蔚：〈從言情志到觀民風——論田園詩創作旨趣在宋代的新變〉，《蘇州大學學報・哲學社會科學版》，2005 年第 3 期，頁 67。

宴飲之樂是陸游最常表現的與農民共享的日常之樂。這些作品，都或隱或顯地點出彼此平時的密切關係或深厚情誼，並且展現對所共享酒宴的珍惜、品味。前者（彼此情誼）在詩的情感脈絡中是後者（珍惜飲宴）的基礎，也令後者煥發出醇美的情味。例如〈與村鄰聚飲〉二首之一：

冬日鄉閭集，珍烹得徧嘗。蟹供牢九美，聞人懋德言〈䭔賦〉中所謂牢九，今包子是。魚煮膾殘香。雞跖宜菰白，豚肩雜韭黃。一歡君勿惜，豐歉歲何常？（卷 60，頁 3446）

詩人或鄰人為了彼此聚飲而特地用心準備酒筵，從這點已可見彼此的好交情。末二句詩人希望大家盡情享用的，也是他所真正珍惜、品味的，其實是豐年時鄰里的同樂。此組詩的第二首即正面抒寫「交好貧尤篤，鄉情老更親」、「一杯相屬罷，吾亦愛吾鄰」〔註 170〕的心聲。〈鄰曲〉則云：

濁酒聚鄰曲，偶來非宿期。拭盤堆連展，淮人以名麥餌。洗鬴煮黎祁。蜀人以名豆腐。烏牸將新犢，青桑長嫩枝。豐年多樂事，相勸且伸眉。（卷 56，頁 3273）

首句平凡無奇，但次句「偶來非宿期」立刻點出彼此的熟識與隨興的交往方式。有鄰如此，又正值生意逐漸萌生的冬末，故即便是濁酒粗餚，也令詩人由衷喜悅，而彼此杯觥交錯的熱絡，也就盡在不言中了。〈歲暮與鄰曲飲酒用前輩獨酌韻〉更是集中地表現農村宴飲的樸野率真：

出會稽南門，九里有聚落。雖非衣冠區，農圃可共酌。野實雜甘酸，草具無厚薄。小童能擊筑，一笑相與樂。徒手出叢花，空中取丸藥。主禮雖可笑，眾客亦起酢。聊持綴宿好，未用嘲淡泊。窮達則不同，亦踐眞率約。……（卷 60，頁 3479）

席間雖然只有簡單粗陋的飯食，但詩人仍陶醉在村俗娛樂炒熱的歡樂氣氛，與主客間輕鬆親切、脫略形跡的互動中。而他所以能與農

〔註 170〕卷 60，頁 3447。

人水乳交融，正因彼此的「宿好」——平日的濃厚情誼。此種農圃之會雖不如司馬光名園古寺之會高雅，但交往的眞率無僞是一致的。〔註 171〕其他如「北陌東阡節物新，往來饋餉走比鄰。出籠鵝白輕紅掌，藉藻魚鮮淡墨鱗」〔註 172〕；「今年病微減，耕稼樂江村。燈火耿破屋，歌呼圍老盆。常時但葵莧，盛饌有雞豚」〔註 173〕等詩，也都藉由饋享食物的種類隨時、豐儉隨興、交往熱絡，表達彼此的親密感。除了平時的來往外，陸游與鄰曲交誼的深厚也從未來的約定中見出。如〈鄰餉〉：

> 結隊同秋穫，連牆聽夜舂。薄持聊共飽，熱啜卻煩供。炊玉吳粳美，浮蛆社酒濃。時平多樂事，莫厭數從容。（卷 50，頁 3010）

鄰居之間唇齒相依，互通聲息，一同勞作，也共享收穫。因而即便是簡單的薄餅白飯、熱飲社酒，也毫不見外地相互餽享。所謂「樂事」，自非騷人墨客之逸事，而是「全家衣食出耕桑」〔註 174〕的人們才能體會的難得輕鬆。「從容」有盤桓、交往之意。〔註 175〕篇末殷殷期盼鄉鄰經常來訪的心聲，彰顯的正是對彼此友誼的珍惜。又如〈過鄰家〉云：

> 東村望鶴巢，西阜過獾峒。父老意欣然，爲我撥春瓮，豈惟澆舌燥，亦用輭腳痛。形骸去繩檢，談笑得少縱。吳蠶初上簇，陂稻亦已種。端五數日間，更約同解糉。（卷 51，頁 3040）

父老的殷勤溫慰使得自釀的春酒洋溢著濃郁的人情溫暖，不僅令詩人

---

〔註 171〕錢仲聯注「亦踐眞率約」句云：「溫公居洛，與楚正叔通議、王安之朝議，耆老六七人，時相與會於城內之名園古寺，且爲之約，果實不過三品，肴饌不過五品，酒則無算。以爲儉則易供，簡則易繼，命之曰眞率會。」《劍南詩稿校注》，卷 60，頁 3480。

〔註 172〕〈村居初夏〉五首之二，卷 22，頁 1664。

〔註 173〕〈戲作野興〉，卷 48，頁 2911。

〔註 174〕陸游：〈野意〉，卷 78，頁 4234。

〔註 175〕參王鍈：《唐宋筆記語辭滙釋》（北京：中華書局，2001），頁 30～31。

放鬆舒暢、談笑風生，也期待下次再聚，共享端午佳節。末四句既透露「談笑」的內容，亦可見雙方生活的共通與相互理解。與孟浩然〈過故人莊〉的「開筵面場圃，把酒話桑麻。待到重陽日，還來就菊花」〔註 176〕相較，悠閒高雅的文士情趣已滌蕩淨盡，取而代之的是純粹的農村氣息與鄉土情味。

在陸游之前，實罕見田園詩中詩人與農民切實的交流互動，及與其日常之樂的眞誠共鳴。陶淵明雖也有少數涉及與田夫野老往來的田園詩，〔註 177〕且其中的關係也是和諧的，但更爲強調者，乃是個人身世或襟抱的發抒，而非彼此喜悅的交流或分享。王國瓔師即指出，「陶淵明更爲珍惜，且一再描述的，還是與同調友人共享逸趣雅興之樂」，〔註 178〕單純的農夫其實無法寬慰他的寂寞。唐代與北宋田園詩偶有描寫與農民的接觸者，以下是有代表性的幾首：

> 寒食江村路，風花高下飛。汀煙輕冉冉，竹日靜暉暉。田父要皆去，鄰家鬧不違。地偏相識盡，雞犬亦忘歸。（杜甫〈寒食〉，卷 226，頁 2441）
>
> 水香塘黑蒲森森，鴛鴦鸂鶒如家禽。前村後壟桑柘深，東鄰西舍無相侵。蠶娘洗繭前溪淥，牧童吹笛和衣浴。山翁留我宿又宿，笑指西坡瓜豆熟。（貫休〈春晚書山家屋壁〉之二，卷 826，頁 9311）
>
> 藜杖扶來雪滿簪，諄諄好語意深深。酒傾白墮杯行玉，橘破黃苞坐釘金。醉起莫辭田父肘，廿餘須識野人心。匆匆不盡遮留意，挽袖丁寧更一臨。（孫覿〈山行憩田舍老父出迎以黃柑白酒爲餉〉，卷 1481，頁 16911）

〔註 176〕《全唐詩》，卷 160，頁 1651。按：本文所引之唐詩，均以清・馮定求等編：《全唐詩》（北京：中華書局，2003）爲據。爲節省篇幅，原則上只標注卷數、頁碼，不再詳注。

〔註 177〕如〈歸園田居〉五首之二、之五、〈癸卯歲始春懷古田舍〉二首之二。

〔註 178〕王國瓔：〈陶詩中的隱居之樂〉，收入氏著：《古今隱逸詩人之宗：陶淵明論析》（臺北：允晨文化，1999），頁 87。

杜詩寫景佔大半篇幅，且主要傳達的是自我閒淡之情；〔註 179〕貫詩強調的是農家的和諧無爭；〔註 180〕孫詩著重描寫的則是農人的開朗、純樸。〔註 181〕三者均未突顯彼此的互動。陸游則不但以雙方的交流爲筆墨重心，而且展現前所未見的緊密關係：憂樂與共、分享感情，並相約後期，期待著親密友好能持續下去。此外，前人基本上抽離出農村生活的脈絡，以審美的距離與眼光欣賞其安恬質樸的一面；陸游則呈現和作爲「鄰曲」的農人共同的生活經驗，並津津樂道共享日常之樂的喜悅。因此其詩境煥發出更淳摯的人際和諧、更切身而眞實的生活情味。

這種誠摯的與民同樂情懷，不僅流露於與鄰曲的日常交往，更見於共感豐收之喜與國家太平之樂的時刻。相較之下，蘊於日常生活者，爲恬淡而雋永的熙悅之情；生成於年歲豐熟與時代太平等情境的人我之樂，調性則以熱情歡快爲主。

## 二、豐收之樂

農民的耕耘有成之樂，在北宋田園詩裡即曾出現。但陸游的此類詩歌，仍展現顯著特色。就詩人的立場而言，北宋田園詩人多數以置身局外且相對平靜的態度觀察農人。而在陸游之作中，詩人與農民的心理距離大幅拉近，經常深度涉入其歡樂情境，展現因其豐收引生的、由衷的興奮之情。他甚至直接以農人自居，流露爲莊稼收成歡欣鼓舞的心聲，從而其詩中之樂也更爲濃摯。此外，在全篇題旨方面，部分北宋詩人流露與農民之樂的共鳴後，立即轉入人生道路的感悟，創作旨趣雖涉及對村野文化的某種認同，但仍以個人反省爲主。陸游

〔註 179〕唐詩中此類作品還有白居易〈秋遊原上〉（卷 429，頁 4730）、杜牧〈村行〉（卷 520，頁 5948）、李洞〈過野叟居〉（卷 722，頁 8286）等。

〔註 180〕唐詩中此類例子還有耿湋〈贈田家翁〉（卷 268，頁 2982）、王建〈田家留客〉（卷 299，頁 3394）、貫休〈宿深村〉（卷 828，頁 9336）等。

〔註 181〕宋詩中此類作品還有蘇轍〈將築南屋借功田家〉（卷 869，頁 10115）、李彌大〈散步山村喜風俗純樸小詩紀之〉（卷 1444，頁 16655）等。

則始終聚焦於農民的喜悅，或為其喜深感欣幸，或傳達對豐收之珍貴的深刻理解，從而流露更深厚的農村關懷。

早在淳熙十四年（1187），身為嚴州知州的陸游就表達過對農人豐收之樂的深切共鳴。例如：

> 城南城北如鋪雪，原野家家種蕎麥。霜晴收斂少在家，餅餌今冬不憂窄。胡麻壓油油更香，油新餅美爭先嘗。獵歸熾火燎雉兔，相呼置酒喜欲狂。陌上行歌忘惡歲，小姑紅妝穗簪髻。詔書寬大與天通，逐熟淮南幾誤計。（〈蕎麥初熟刈者滿野喜而有作〉，卷 19，頁 1474）

> 苦寒勿怨天雨雪，雪來遺我明年麥。三月翠浪舞東風，四月黃雲暗南陌。坐看比屋騰歡聲，已覺有司寬吏責。腰鐮壯丁傾閭里，拾穗兒童動千百。玉塵出礱飛屋梁，銀絲入釜須寬湯。寒醅發剤炊餅裂，新麻壓油寒具香。大婦下機廢晨織，小姑佐庖忘晚妝。老翁飽食笑捫腹，林下擊壤歌時康。（〈屢雪二麥可望喜而作歌〉，卷 19，頁 1516～1517）

此二詩的標題均已點出詩人乃因農民的豐收或豐收有望而喜。前者先以如雪般鋪滿原野的壯闊蕎麥田，為全詩鋪下熱烈的基調，再以農家壓油製餅、飲酒歌呼的場面，與「陌上行歌」、「小姑簪髻」的細節傳達滿城郊的歡樂，並點出身為地方官的自己的欣慰，和對朝廷不令饑民就食本州的慶幸。後者則畫出一片想像中的壯麗農田景觀，與男女老幼的歡欣雀躍之情。雖然此二詩中詩人仍以「有司」自居，但從具體生動的描述中，不難體會到他對此歡樂情境的高度同情共感，可謂將題中的「喜」字發揮得淋漓盡致。

陸游晚年鄉居時更常抒發此類情懷，且相較前此類似詩作在意境上略有發展。它們不僅亦以收成場面或慶祝活動的盛大、氣氛的富庶歡悅為顯著特徵，並流露與一般務農維生者的立場心聲更相契合的喜悅。在這些詩中，陸游明確地將自我形象置入畫面，描繪自我之喜與農民之喜同源共生、交相共鳴形成的熱鬧氛圍，從而煥發前所罕見的鮮明的歡躍活潑氣息，以及詩人與農人休戚相關的深摯情懷。

首先，詩人與農民一樣都因風調雨順、收成有望而樂，〈村居初夏〉五首之四云：

> 天遣爲農老故鄉，山園三畝鏡湖旁。嫩莎經雨如秧綠，小蝶穿花似繭黃。斗酒隻雞人笑樂，十風五雨歲豐穰。相逢但喜桑麻長，欲話窮通已兩忘。（卷 22，頁 1664）

首聯即展現明顯的自述口吻，則「斗酒」句中的「人」包括詩人自己，自不待言。而尾聯自我與他人的對話姿態，雖從陶詩的「相見無雜言，但道桑麻長」〔註 182〕句化出，但透出更濃厚的喜悅之感。且全詩傳達的，也不僅是鄉間純樸的人情，更是大家因萬物向榮、豐收可望而共同感到的欣喜。類似之例還有〈初春記事〉之一：「窗櫺無日影，庭樹無風聲，微雲淡天宇，非陰亦非晴。美哉豐年祥，入我屠蘇觥。父老亦共喜，驩言叩柴荊。一飽已有期，惟當力春畊。遣兒牧雞豚，作社賽西成。」〔註 183〕氣候上的祥瑞之兆，引生了自我與鄰曲共同的美好展望。而有助莊稼生長的甘霖更令詩人歡悅，〈喜雨〉云：

> 去年禹廟歸梅梁，今年黑虹見東方。巫言當豐十二歲，父老相告喜欲狂。插秧正得十日雨，高下到處水滿塘。六月欲盡日杲杲，造物已命摧驕陽。夕雲如豚渡河漢，占書共謂雨至祥。南山雷車載膏澤，枕上忽送聲淋浪。猛思濁酒大作社，更想紅稻初迎霜。六十日白最先熟，食新且領晨炊香。（卷 39，頁 2519）

在各種祥瑞出現之後，果然降下及時雨，令包括陸游在內的人們欣喜欲狂。詩中的「相告」、「枕上」等描寫，已突出了詩人對天降甘霖的熱切期待與關心，最後四句分別推出三種對豐收作物的計畫安排，更充分流露其狂喜。這些都顯示詩人主要不是因爲「理解農民之樂」而樂，而是與農民一樣，因風調雨順、豐收可望而樂。另一首〈喜雨〉也在描述夜間「樂哉甘澍及時至，九衢一洗塵沙黃」之後，鋪敘與鄰

〔註 182〕〈歸園田居〉五首之二，陶淵明撰，袁行霈箋注：《陶淵明集箋注》（北京：中華書局，2003），頁 83。

〔註 183〕卷 56，頁 3280。

曲慶祝的場面：「明朝鄰曲各驩喜，賽廟沽酒刲豬羊。不勞轣轆蹋龍骨，轉盼白水盈陂塘。呼兒掃地設菅席，與汝一醉歌時康。豈惟磨鎌待收麥，小甑已覺吳粳香。」〔註 184〕村廟鄰舍、田野陂塘豐盈熱鬧的景況，共同烘托出大雨帶來的喜悅。不僅喚起詩人美好的想像，也令他迫不及待掃地設席，與鄰居同樂共醉。詩中含蘊的是，陸游已然站在耕者的立場，與之成爲歡戚與共的命運共同體了。因此，他不僅爲歲稔有望而雀躍，更熱情歌詠收成季節的歡樂，〈豐歲〉云：

> 豐歲驩聲動四鄰，深秋景氣粲如春。羊腔酒擔爭迎婦，鼉鼓龍船共賽神。處處喜晴過甲子，家家築屋趁庚申。老翁欲伴鄉閭醉，先辦長衫紫領巾。（卷 37，頁 2400）

首聯重筆勾勒豐收時的歡聲雷動與明麗景色，爲全詩鋪下喜慶的基調。接下來以鄉鄰的迎婦、賽神、築屋等場景，渲染熱鬧的氣氛，意象豐富，筆調熱烈，充分展現詩人的歡欣鼓舞。尾聯更直接將自我形象攬入詩中，點明自我亦因豐收而喜不自勝。吳焯評此詩云：「通首一氣呵成，足見滿心歡暢。」〔註 185〕此詩所以予人「滿心歡暢」的印象，不僅是因爲脈絡安排水到渠成，更由於詩人並非以旁觀者自居，而是深深契入農村之樂的源頭與氛圍中，與之有強烈的共鳴。〈初冬步至東村〉：

> 八月風吹粳稻香，九月蕎熟天始霜。男耕女饁常滿野，宿麥覆塊皆蒼蒼。豐年比屋喜迎客，花底何曾酒杯乍。家人但覓浩歌聲，不在東阡在南陌。（卷 69，頁 3840）

各種莊稼繁茂地生長，交織成金黃、棕褐、蒼綠等繽紛的色塊，農夫農婦們辛勤耕作、歡欣收成的身影穿梭其間。後半轉而描寫慶祝的景象。「比屋」寫鄰里之濃郁熱情，「花底」句又見宴會之場景優美與盛況不絕。從字裡行間不難感受到詩人對豐收與富饒的陶醉。篇末放懷高歌的意象，更明確點出其狂喜。再如〈書喜〉三首之二與〈秋詞〉

〔註 184〕卷 39，頁 2487。

〔註 185〕清・吳焯撰：《批校劍南詩稿》，卷 37。按：此書臺灣似未見館藏，故轉引自程千帆主編：《中華大典・文學典・宋遼金元文學分典・宋文學部三・陸游》（南京：江蘇教育出版社，1999），頁 844。

三首之三兩詩：

今年端的是豐穰，十里家家喜欲狂。俗美農夫知讓畔，化行蠶婦不爭桑。酒坊飲客朝成市，佛廟村伶夜作場。身是閑人新病愈，賸移霜菊待重陽。（卷 37，頁 2417）

蓐收功成將整駕，萬頃黃雲收晚稼。公私逋負一洗空，懷抱喜看兒婭姹。從來婚聘不出鄉，長自東家適西舍。年豐人樂我作詩，朝耕夜織誰能畫？（卷 67，頁 3791）

前者首聯即以飽滿的筆墨道出歡樂的周遍，接下來則分別以民風的淳美與酒坊戲場的熱鬧興隆，渲染喜慶的氛圍。後者則以「萬頃黃雲」滿載而歸與逋賦清償、安居樂業的情景，交織成一片美好的畫面。兩者均在篇末點明自我對農民之樂的共鳴，與先前描寫中蘊含的歡欣熱情相互呼應。其他如〈有年〉、〔註 186〕〈道上見村民聚飲〉，〔註 187〕也都以描述歡慶情景的大篇幅在前，個人態度在篇末點出的結構，傳達對農民豐收之樂的深刻印象與同情共感。〈村鄰會飲〉更以醒目的篇幅、淋漓的筆墨，將歡樂之情渲染得格外濃烈：

陸子白首安耕桑，樂事遽數烏能詳？長羅家家雪作麵，畫楫處處青分秧。迎荻船歸潮入浦，祈蠶會散月滿廊。有時鄰曲苦招喚，茅簷掃地羅壺觴。堆盤珍膾似河鯉，入鼎大臠勝胡羊。披綿黃雀麴糝美，斫雪紫蟹椒橙香。老人飽食可無患，摩挲酒瓮與飯囊。兒孫扶侍遞相送，笑語無間歌聲長。人間哀樂不可常，掠剩有鬼在汝傍。常憂水旱虞螟蝗，力行孝悌招豐穰。（卷 40，頁 2557）

此詩開篇即接連推出各種耕織活動，畫出一片安居樂業的圖景，也為接下來的物阜年豐之樂作了鋪墊。而詩人以這些平凡的生活片段爲「樂事」，可見其關切生產的程度已與一般老農無異，也使首句中的「白首安耕桑」落到實處，顯得具體而眞誠。「有時」句以下極力描繪宴會之豐盛，「老人」以下四句更使一幅老幼同堂會飲的溫馨畫面

〔註 186〕卷 37，頁 2388。
〔註 187〕卷 79，頁 4283

躍然紙上。末四句詩人對晚輩的教誨，既流露憂患意識，也點出了對來年歲穰的期待，與對豐熟之喜的眷戀。

豐收不但保證了農民的衣食來源，也能大爲緩解其租稅負擔，使往年的窘迫暫時消失，陸游對此亦深有體會。因此，他經常以某種辛酸的況味爲背景，體認當前豐碩年景的歡樂，〈秋穫後即事〉云：

> 多稼如雲接百城，村村鼓樂賽西成。頓寬公賦私逋責，一洗兒啼婦歎聲。社酒粥醲供晚酌，秋菰玉潔芼晨烹。放翁醉飽摩便腹，自炙毫甌試雪坑。（卷 68，頁 3823）

此詩仍在開篇以酣暢筆墨呈現豐年的歡欣鼓舞，又以詩人醉飽摩腹、用閩甌品嚐閩茶的特寫鏡頭，突顯與民同樂之際的閒適。全篇的基調無疑是欣喜的，但「頓寬」、「一洗」等詞中流露的慶幸，仍令人印象深刻。陸游能注意到「兒啼婦歎」的消失，是因爲他見多了農村歉歲時的窘況。如〈喜雨歌〉中的今昔對比：「十年水旱食半菽，民伐桑柘賣黃犢。去年小稔已食足，今年當得厭酒肉。斯民醉飽定復哭，幾人不見今年熟！」〔註 188〕眞實地道出農村豐年之樂的五味雜陳。除了天災，陸游也不忘指出人爲因素對農村苦樂的重要影響。〈豐年行〉云：

> 南村北村春雨晴，東家西家地碓聲。稻陂正滿綠鍼密，麥隴無際黃雲平。前年穀與金同價，家家涕泣伐桑柘。豈知還復有今年，酒肉如山賽春社。吏不到門人晝眠，老稚安樂如登仙。縣前歸來傳好語，黃紙續放身丁錢。（卷 34，頁 2248～2249）

根據學者的研究，南宋時紹興地區由於人口暴增，糧食問題日益突出，一旦發生天災即可能出現缺糧窘況。〔註 189〕若奸商墨吏再趁機哄抬，「穀與金同價」的情形應非誇張之語。引人注意的是詩中兩度點出了官府與農民福祉的緊密關聯，類似的筆墨在陸游詩中頗爲常見，如〈秋詞〉之二：「……穗多粒飽三倍熟，車軸壓折人肩頳。常

〔註 188〕卷 39，頁 2520～2521。

〔註 189〕劉孟達、章融：《越地經濟文化論》（北京：人民出版社，2011），頁 105。

年縣符鬧如雨，道上即今無吏行。鄉閭老稚迭歌舞，竈釜日饜豬羊烹。」〔註 190〕與〈秋穫歌〉在豐收情景後的描述：「萬人牆進輸官倉，倉吏炙冷不暇嘗。訖事散去喜若狂，醉臥相枕官道傍。數年斯民阨凶荒，轉徙溝壑殣相望，縣吏亭長如餓狼，婦女怖死兒童僵。豈知皇天賜豐穰，畝收一鍾富萬箱。……」〔註 191〕「數年」以下四句流露之前的熱鬧描寫無法淡化的悽慘色彩，也展現了詩人的悲憫情懷。其實，曾任知州的他深知只要「王稅」存在，吏胥凶狠追稅的行爲就難以杜絕，〔註 192〕而前者是他不便批評的，故此詩也只能以「我願鄰曲謹蓋藏，縮衣節食勤耕桑，追思食不饜糟糠，勿使水旱憂堯湯」收尾，提醒百姓們居安思危。但無論如何，這些詩中流露的慶幸與疼惜交織的語氣，和農村之樂得來不易的體會，都是前人詩中難以見到的。

陸游之前，北宋不少田園詩也涉及農民因收成良好而產生的愉悅滿足，從而表現對其樂的某種共鳴。但陸詩的整體情味仍與之有頗大區別。如：

> 禾頭低映黍頭昂，處處溝塍水面涼。村路扶攜無凍餒，里門嬉戲有丁黃。雞豚入市溪魚美，梨棗登盤社酒香。歲樂田家風景好，待君模寫奏明光。（王禹偁〈次韻許推官行縣道中紀事〉，卷 70，頁 791）
>
> 田家歲事霜飛後，五種收成十分有。征輸早了吏不來，柴荊晝掩閒雞狗。兒童飽暖歡呼走，堂上樽罍湛春酒。力耕歲晚足餘歡，五陵裘馬眞遊手。（華鎭〈田園四時・冬〉，卷 1083，頁 12316）

---

〔註 190〕卷 67，頁 3791。

〔註 191〕卷 37，頁 2420。

〔註 192〕淳熙十三年，任嚴州知州的陸游即有「如何僶章綬，日夜臨箠楚」（〈上丁〉，卷 18，頁 1391）、「榜笞督租賦，涉筆騂我顏」（〈秋興〉之二，卷 18，頁 1401）的無奈。所以他退居山陰後有詩云：「官富哀我民，榜笞方甚威。渠亦豈得已，撫事增歔欷！」（〈九月七日子坦子聿俱出斂租穀雞初鳴而行甲夜始歸勞以此詩〉，卷 40，頁 2564，作於慶元五年）對官府嚴厲催租的行爲有一定程度的諒解。

> 秋風動禾黍，泛泛淒芳馨。散策步田野，欣此百穀成。林下父老醉，雲間雞犬聲。豐年誠可樂，安得遂吾生。（李綱〈秋思〉之七，卷1550，頁17604）

> 東家西家蠶上簇，南村北村麥白熟。小兒腰鐮日早歸，大兒去就田間宿。斗酒相邀不爲薄，鄰翁相對且斟酌。聖主當陽億萬年，年年歲歲田家樂。（呂本中〈田家樂〉，卷1615，頁18131）

王禹偁和李綱之詩基本上均以寫景爲主，農人的歡樂只是綴於其間、點到爲止。這意謂使詩人印象鮮明者，主要是豐年時的農村概貌，也透露其對農民之樂雖有所感，但仍帶著置身局外的膈膜。李綱詩在結尾轉入對自我人生的感嘆，似乎即意味著，他其實是懷抱著對自身生活坎坷的體認、或以個人不平順的生活爲反襯，來感知眼前的田家歡樂的。華鎮、呂本中之詩雖主要寫農民的活動，且也點出其「樂」，但或是以少量詩句作情景特寫，或只是作概括式的白描敘述，其描述的具體程度與感受的深切度較不明顯，彷彿與農人的歡樂情狀仍有距離。且他們也與王禹偁、李綱一樣，都只聚焦於「豐收當下」的繁榮表象，故較難見出其對豐年之可貴的體認。總之，四詩雖均展現對秋收時可喜情景的興趣，但對農民之樂均持比較明顯的旁觀態度。而這也是大多數涉及「與民同樂」的北宋田園詩的共同特色。〔註193〕相

〔註193〕其他例子如胡宿〈田舍〉（卷186，頁2133）、梅堯臣〈田人夜歸〉（卷249，頁2968）、〈和民樂〉（卷249，頁2971）、歐陽修〈歸田四時樂春夏二首〉（卷289，頁3655）、〈出郊見田家蠶麥已成慨然有感〉（卷290，頁3666）、韓維〈登城樓呈子華〉（卷426，頁5232）、文同〈田舍〉（卷433，頁5310）、劉敞〈後出郊〉之二（卷473，頁5734）、劉攽〈春日〉（卷604，頁7138）、劉摯〈縣北馬上〉（卷679，頁7917）、〈春日述懷〉（卷680，頁7934）、韋驤〈江墩鋪〉（卷732，頁8578）、彭汝礪〈觀稼亭〉（卷895，頁10470）、賀鑄〈和崔若拙四時田家詞〉之一（卷1110，頁12589）、張耒〈田家〉之二（卷1163，頁13124）、〈夏日〉之五（卷1166，頁13168）、李廌〈道中即事呈岑使君吏部次和德麟韻〉之二（卷1203，頁13632）、釋德洪〈初夏〉之二（卷1342，頁15306）、李綱〈田家〉之二、三、四（卷1543，頁17524）、鄭剛中〈送季平道中〉之三（卷1694，

較之下，陸游對農村歡慶狂喜的氛圍無疑有更強烈的感受，對「豐收之樂」之於農家的意義，顯然也有較深刻的體會。再者，陸游還在豐收相關的各個環節上、也可說從眞實農耕生活的各種角度中，與農民產生同情共感。其詩「與民同樂」的細膩深切的程度，實爲前此田園詩所未見。

風調雨順、收穫豐富固然是農村安樂的重要前提，但整個時代環境的安定，更是不可忽略的要素。對此方面的體察，是陸游田園詩爲「與民同樂」主題所開闢的又一新境。

## 三、太平之樂

陸游深切認識到富饒的田園生活，乃基於社會的安定，因此其田園詩中的「樂」，不僅來自於物阜民豐的表象，更來自對現象的根源——時世太平——的幸福感受。

值得注意的是，同樣呈現了農村的「太平」景象，陸詩與之前宣揚政績或意在諂諛的田園詩卻有本質的不同。有論者認爲，陸游田園詩的「太平」書寫有虛矯之嫌，因爲南宋並非眞正的太平盛世。〔註194〕但其實南宋自有繁榮的一面，尤其是孝宗（1163～1189）在位時期更臻於極盛，〔註195〕對之後的光宗（1190～1194）、寧宗（1195～1224）二朝仍有正面影響。陸詩中描述的內容，確有所本，可視爲對實況的某種反映。

就具體內容而言，陸詩也異於有鮮明宣傳或阿諛等意圖的田園詩。如王安石的〈元豐行示德逢〉、〈後元豐行〉、〈歌元豐〉五首等，〔註196〕均明白道出「歌元豐」的意圖，表達了對推行新法的支持。〈元豐行

頁19078）、李若水〈村家引〉（卷1805，頁20110）、劉子翬〈新涼〉（卷1916，頁21386）等。

〔註194〕劉蔚：〈論陸游田園詩的「太平」書寫〉，《東岳論叢》33卷10期，2012年10月，頁61。

〔註195〕詳參本文第三章第一節。

〔註196〕分別見於《全宋詩》，卷538，頁6474；卷564，頁6684。

示德逢〉與〈歌元豐〉五首頌揚神宗的德政睿智，〈後元豐行〉的構思則取自《禮記．禮運》，〔註 197〕極力描寫國富民安之狀，「把《禮記》上記載的大順境界織進了富於江南水鄉特色的農村豐樂圖中，頓使這首史詩化作一團神光，不僅護住了自己，而且還替新法抹上了神聖的光彩。」〔註 198〕而陸詩雖然熱鬧歡躍，卻無明顯的政治立場。此外，曾諂事秦檜的曾協、曾惇，分別作有〈老農〉十首、〈書事〉十絕，〔註 199〕充斥獻諛與歌頌。〔註 200〕陸詩則很難讀出粉飾的意圖。給讀者之印象是，他只是以真誠深情的筆觸，抒發「幸生無事之時」的感受。〔註 201〕

陸游認為農村的安樂歸根究柢因時世承平而起，所以常與太平時代的特有徵象相聯繫。而他心目中「太平」的具體徵象主要包括：一、兵革偃戢、農桑方興；二、刑清政平、民無侵擾；三、時和年豐、安居樂業；四、禮修樂舉、風俗淳美。〔註 202〕這四者關係密切，一般情況下，一、二項是第三項的前提；第三項是第四項的基礎。對陸游而言，太平之感是一種整體性的感受，故其生成經常源於諸種徵象的協同交織。而這些徵象的內在聯繫，也使它們的組合能有效地形成氛圍。所以他往往同時選取「太平之象」的幾個層面，並強調其分布的廣大周遍，從而繪出農村田野間的太平歡樂圖。

〔註 197〕此為吳汝煜說。詳參繆鉞等撰：《宋詩鑑賞辭典》（上海：上海辭書出版社，2002），頁 217。

〔註 198〕同前注。

〔註 199〕分別見於《全宋詩》，卷 2048，頁 23026；卷 1947，頁 21765～21766。

〔註 200〕詳參劉蔚：〈宋代田園詩的政治因緣〉，《文學評論》2011 年第 6 期，頁 181。

〔註 201〕學者管舒對陸游「鄉居詩」（筆者按：其中有部份屬於田園意象較為明確、因此可視為嚴格意義上的田園詩者）中，「太平氣象」的出現有頗為深入的分析。她也不認為此種現象出於頌美、奉承，並從南宋繁榮的社會經濟狀況、陸游的「盛世思想」、宋金和戰與時人心態、以及陸游晚年民族觀和對戰爭看法的轉變等，論證此種詩歌現象的成因。其說詳實可從。詳參氏著：《論陸游鄉居詩中的「太平氣象」》，安徽師範大學 2012 年碩士論文，胡傳志、葉幫義先生指導，頁 21～38。

〔註 202〕對於陸游詩中「太平」之具體徵象的歸納結果，曾參考前揭劉蔚：〈論陸游田園詩的「太平」書寫〉，頁 57～58。

陸游曾經歷過靖康之禍、完顏亮南侵等重大戰事，對戰亂止息、人民得以安於耕桑有特別深的感觸。〈春夏雨暘調適頗有豐歲之望喜而有作〉云：

> 二十年無赤白囊，人間何地不耕桑。陂塘處處分秧遍，村落家家煮繭忙。野老逢年知飽煖，書生隨例得猖狂。雨餘天氣初清潤，曳履長歌出草堂。（卷 16，頁 1270）

此詩作於淳熙十一年（1184），陸游六十歲。隆興和議簽訂後，宋金雙方停戰至此已二十年。在這段期間，南宋得以休養生息，逐漸修復戰亂的破壞，以致耕桑藩衍的盛況席捲大地，從野老到詩人，均沉浸在豐年有望的喜悅之中。雖然此時陸游仍懷強烈的抗金之志，但仍忍不住歌頌長年和平帶來的豐饒景象。這或可從側面說明，他支持北伐絕非因爲好戰，主要也非爲了個人的名利，歸根究底來說，他最關切的還是民生福祉的確保。〔註 203〕

年逾七旬後，逐漸淡化功名追求的陸游，更常或隱或顯地以昔日的戰禍經歷爲認知背景，體會如今太平無事的美好。〈書喜〉云：

> 雨足郊原正得晴，地縣萬里盡春耕。陰陰阡陌桑麻暗，軋軋房櫳機杼鳴。亭鼓不聞知盜息，社錢易斂慶秋成。天公不負書生眼，留向人間看太平。（卷 37，頁 2383）

此詩所寫的情景，含括春、夏、秋三季，然而使詩人產生「看太平」的滿懷喜悅者，除了大半年來人民安居樂業的景況，更有當年戰亂破敗的消弭無形。尾聯在欣慰中夾雜著感嘆，道出曾經動盪之人特有的體認。值得注意的是，此詩頸聯的亭鼓希鳴，是陸游此類詩屢次出現的意象。其他的例子還有「村村陂足分秧水，戶戶門通入郭船。亭障盜消常息鼓，坊場酒賤不論錢」〔註 204〕、「蠶收戶戶繅絲白，麥熟村

〔註 203〕吉川幸次郎即指出，陸游的「愛國意識，以對宿敵金的武力復仇爲軸心；而即使爲了謀求國內同胞的幸福，也當然要抗戰。」日・吉川幸次郎撰，李慶、駱玉明等譯：《宋元明詩概說》（上海：復旦大學出版社，2012），頁 109。

〔註 204〕〈西村暮歸〉，卷 51，頁 3025。

村搗麮香。民有袴襦知歲樂，亭無桴鼓喜時康」〔註 205〕等。此類意象固可解讀爲藉治安良好彰顯民生富庶的程度，但由於其再三出現，予讀者之印象是，親歷戰禍的詩人更能意識到「社會的安定」，或更易爲相關情景所觸動，乃至屢次以時平無事與物阜民豐之象並舉，以襯托自我的欣慰，刻劃盛世的歡樂。此外，〈村居書事〉的「……春深水暖多魚婢，雨足年豐少麥奴。小飲杯盤隨事具，閒行巷陌倩人扶。題詩非復羌村句，誰與丹青作畫圖？」〔註 206〕亦隱然以往昔的戰亂殘破與如今的熙樂景象相對照，傳達對承平的讚嘆與感慨。

由於深知安居樂業得來不易，詩人既爲農民感到欣幸，也有出於關心的提醒。如〈書喜〉三首之二云：

> 滿川秋穫重頳肩，拾穗兒童擁道邊。夜夜江村無吠犬，家家市步有新船。奪攘不復憂山越，安樂渾疑是地仙。惟有衰翁最知達，避胡猶記建炎年。（卷 37，頁 2417）

時世和平又遇上豐年是何等幸運，農民既傾家而出忙於收割，也享受著收成帶來的富饒。但這一切在曾經亂離的詩人看來，顯然別有滋味。「不復憂山越」與「渾疑是地仙」的對照，既蘊含著欣慰與感喟，又浮現一絲危機感。故最終仍歸結到當年的「避胡」慘況，而居安思危之意與對太平永保的期待，遂於言外透露出來。又如〈郊行〉云：

> 春郊無處不堪行，滿路人家笑語聲。賣劍買牛知盜息，乞漿得酒喜時平。西村日落川雲暝，東嶺虹收海氣清。農事方興戒遊惰，爲君來往主齊盟。（卷 82，頁 4403）

此詩作於詩人逝世當年（嘉定二年，1209）夏天，仍流露其對時世安寧的感觸。清朗暮色下的小村莊，在盈耳的笑語與「賣劍買牛」、「乞漿得酒」等細節烘托下，充滿了和諧的氣息。「知盜息」、「喜時平」分明傳達出詩人對社會安定的敏銳感受與珍視。篇末的殷切叮嚀與熱心表態，正是此種心聲的反映。

---

〔註 205〕〈初夏閒居〉八首之八，卷 66，頁 3738。

〔註 206〕卷 50，頁 3012。

戰火停息，民眾的租稅負擔方有可能大為減輕，〈岳池農家〉即勾勒出時清政簡之下，人民免於侵擾的祥和景象：

> 春深農家耕未足，原頭叱叱兩黃犢。泥融無塊水初渾，雨細有痕秧正綠。綠秧分時風日美，時平未有差科起。買花西舍喜成婚，持酒東鄰賀生子。誰言農家不入時，小姑畫得城中眉，一雙素手無人識，空村相喚看繅絲。農家農家樂復樂，不比市朝爭奪惡。宦遊所得眞幾何？我已三年廢東作。（卷3，頁218）

此詩為乾道八年（1172）赴南鄭途中所寫，屬於早年之作。從表面結構來看，「綠秧」兩句承上啓下，由不違農時的勞動情景轉入婚慶往來的歡樂畫面，但仔細體味，詩人「時平未有差科起」的感喟應由整片安居樂業的景象所觸發，此句不僅點出喜慶活動的背景而已。此時距隆興和議簽訂方八年，但這段期間的安定已使農家緩解了賦役的壓力，也恢復平靜和樂的樣貌，而煥發出「市朝」遠遠不及的吸引力，乃至詩人在為民欣幸之際，不禁發出歸歟之歎了。在晚年的鄉居生活中，陸游對薄賦措施的正面影響更有切身感受。〈書喜〉二首之二云：

> 十月東吳草未枯，村村耕牧可成圖。歲收儉薄雖中熟，民得蠲除已小蘇。家塾競延師教子，里門罕見吏徵租。老昏不記唐年事，試問元和有此無？（卷60，頁3454）

雖然年成僅有中等，但由於朝廷蠲除稅捐，〔註207〕農民不但得以休養生息，還有餘裕讓子弟讀書。在收成欠佳之時，廣大的農村仍能安於耕讀，使詩人不禁感嘆：這番景象，應是號稱「中興」的唐代元和時期（806～820）也罕見的。而村民稍微寬裕即延師教子，也可見民風的淳厚。此外如〈水村曲〉云：「山村今年晚禾旱，奏下民租蠲太半。水村雨足米狼戾，也放三分慰民意。看榜歸來迭歌舞，共喜清平好官府。」〔註208〕〈村居即事〉云：「西成東作常無事，婦饁夫畊萬

〔註207〕該年（嘉泰四年，1204）朝廷兩度減免紹興地區稅捐。詳參此詩錢仲聯注。

〔註208〕卷29，頁1972。

里同。但願清平好官府，眼中歷歷見豳風。」〔註 209〕均道出減輕賦稅傜役帶給農民的歡喜。陸游衷心希望朝廷能持續施行政簡稅輕的仁政，使〈豳風．七月〉中安定純樸的生活與民風得以重現。

《管子．牧民》云：「倉廩實則知禮節，衣食足則知榮辱。」〔註 210〕社會富裕之後，禮義道德方可能眞正落實。因此陸詩也將民生寬裕與風俗淳美之況並舉，如「黃雲卷盡綠針齊，夏木陰陰滿古堤。耆老往來無負戴，比鄰問道有提攜。……共喜豐年多樂事，扶歸先判醉如泥」〔註 211〕、「白稻登場喜食新，太倉月廩厭陳陳。叢祠懷肉有歸遺，官道橫眠多醉人」〔註 212〕等，均點染出盛世的文明氣象。〈書村落間事〉一詩表現得尤爲突出：

> 東巷西巷新月明，南村北村戲鼓聲。家家輸賦及時足，耕有讓畔桑無爭。一村婚娉皆鄰里，婦姑孝慈均母子。兒從城中懷肉歸，婦滌鐺釜供刀匕。再拜進酒壽老人，慈顏一笑溫如春。太平無象今有象，窮虜何地生煙塵！（卷 70，頁 3891）

此詩令讀者印象最深者，應是溫馨和睦的人情：鄰里間相互謙讓，爭端不起；家庭中父慈子孝，長幼有序。村落間洋溢著和樂融融的氣氛。這既是衣食無虞的結果，也是時世清平的具體徵象。此番情景既令詩人深感欣幸，也引生出對國運的祝福。此詩作於開禧三年（1207）春，名將李好義在誅殺叛變的吳曦後趁勝追擊，收復吳曦獻給金人的關外四州，大快人心。陸游或有感於時事，因此面對眼前的太平情景時，對北伐的前景更充滿信心、感到振奮。其實在前一年他就希望這種太平之象終能出現在中原故土上。〈賽神〉云：

> 落日林間簫鼓聲，村村倒社祝西成。扶翁兒大兩髦髧，溉水渠成千耦耕。家受一廛修本業，鄉推三老主齊盟。日聞

〔註 209〕卷 84，頁 4486。

〔註 210〕春秋．管仲撰，黎翔鳳校注：《管子校注》（北京：中華書局，2004），卷 1，頁 2。

〔註 211〕〈過鄰曲〉，卷 76，頁 4160。

〔註 212〕〈村飲〉，卷 62，頁 3562。

淮潁歸王化，要使新民識太平。（卷 67，頁 3774）

此詩作於開禧二年（1206）夏，正值宋軍在北伐初期取得較多勝利之時。在此詩中，山陰鄉間富足和樂、安分有序的景象不僅喚起陸游對南宋時代太平的感受，也使他興起這片「王化」氣象能霑及北方遺民，亦即「天下太平」終能實現的美好憧憬。

總之，陸游透過剪裁親身經歷的，承平時期特有的各類景象，將自我與農民的太平之樂，豐滿而自然地烘托出來。其中雖間或指出促成太平的政治因素，但並無虛浮頌美或阿諛之語，而多是實有其事的具體措施或國家局勢。正由於融入個人的現實見聞、感觸，故能予讀者真誠之感。如果說，一般農民的「太平之樂」只是因當前生計壓力減輕而自然產生的歡悅，陸游的「太平之樂」則蘊含撫今追昔的深沉感觸。詩中展現的，往往不是現狀的平面描繪，而是以昔日親歷的戰禍亂離爲參照，突顯今日平和安樂之可貴，從而真切地表達對生於「無事之時」的慶幸與感慨。非但如此，詩人還期待和平氣象能延續久遠，並周遍天下，傳達出對國家人民的祝願，與寬廣的仁愛胸懷。

陸游詩中的「與民同樂」主題雖爲古代田園詩境界的一大拓，但其所蘊含的博愛胸襟與歡樂情調，與北宋文學實有淵源。程杰指出，北宋詩文革新造成的新變之一，就是「樂」主題的發展打破傳統文學悲哀爲主的格局，獲得了與「悲」主題近乎平分秋色的地位。由於范仲淹倡導道義自期、開濟自任的人格，確立了士大夫憂以天下、樂以天下的人生觀，因此當時散文中「樂」主題也出現「與時爲樂」、「與民爲樂」等意向。它們與傳統士人徜徉山水的遺世之樂不同，「有著樂在社會、合乎人倫的世俗性、現實性。……讀一讀〈醉翁亭記〉便不難感受到『山林之樂』與『吏民之樂』、越世之樂與世俗之樂相互渲染所產生的歡快熱鬧的節奏。這是充實的儒者情懷賦予樂觀主題的美感新意。」〔註 213〕然而從我們以上的分析可知，北宋時「與民同

〔註 213〕程杰：〈詩可以樂——北宋詩文革新中「樂」主題的發展〉，《中國社會科學》1995 年第 4 期，頁 161～179。

樂」主題的田園詩仍流露對農民較明顯的旁觀態度。相較之下，更能突出北宋詩人仁愛之懷者，是慶曆以降大量出現的，繼承中晚唐「憫農主題」的田園詩。〔註 214〕其中充斥著對民生多艱的哀憐、對社會黑暗的撻伐，從而詩人對農村的同情關切，主要展現爲感時傷世、悲憤不平。陸游的貢獻，在於繼承中唐以來田園詩關懷民生的核心精神，並眞正將北宋文學「與時爲樂」、「與民同樂」的感懷與胸襟，引入田園詩的創作。其量多質精的佳篇，將視角與主旨轉至對農民之「樂」的同情共感與深刻體察，並增添了俯仰今昔的欣慰、對時代太平的珍惜、對社稷安定的關注等新內涵。從而既展現儒者與民休戚相共的仁厚情懷，也爲中晚唐確立的田園詩關心民瘼的傳統增添了悅豫溫暖的色彩。

綜合以上四小節的討論可以得知，陸游田園詩中多采多姿的田居樂境，在延續著唐代以至北宋田園詩中的重要傳統——追求眞淳、回歸自然，以愉樂閒適爲情感基調——的同時，也發展出「日常生活的愉悅」、「生機蓬勃的美感」、「人情淳古的嚮慕」、「與民同樂的懷抱」等多種新穎的主題面向。而陸詩之所以展現這樣的開拓，與他和北宋詩的淵源有密切關係。

〔註 214〕劉蔚指出，梅堯臣的部份田園詩自覺繼承中晚唐憫農詩和新樂府針砭時弊、同情民瘼的精神，詳參氏著：〈論梅堯臣田園詩的集成與開山意義〉，《寧夏社會科學》2012 年第 6 期，頁 133～134。其實，此類田園詩在其他慶曆詩人也頗常見，如韓琦〈庚申相臺閱稼〉（卷 325，頁 4036）、〈閔農〉（卷 325，頁 4113）、李覯〈穫稻〉（卷 348，頁 4294）、蔡襄〈鄭陽行〉（卷 387，頁 4774）、韓維〈郊居値雨〉（卷 417，頁 5117）、文同〈織婦怨〉（卷 433，頁 5313）、〈宿東山村舍〉（卷 434，頁 5319）、劉敞〈出城〉（卷 464，頁 5632）、〈田家行〉（卷 478，頁 5787）、〈農哀〉（卷 490，頁 5941）、司馬光〈又和夜雨宿村舍〉（卷 498，頁 6020）等。這些詩除了主題與中晚唐憫農詩類似，連字句、結構亦有繼承之迹，如李覯〈穫稻〉的末二句與齊己的〈耕叟〉結尾極爲雷同；文同〈宿東山村舍〉、司馬光〈又和夜雨宿村舍〉的結構有杜甫〈石壕吏〉、唐彥謙〈宿田家〉的影子；韓維〈郊居値雨〉寫法與白居易〈村居苦寒〉相似等。

陸游作爲宋廷南渡後成長的第一代詩人，其詩自然與北宋詩歌在取材與精神上有較直接與更全面的承傳發展。他的田園詩諸多主題上的新變，可以歸納出共同的精神，那就是將北宋開始盛行的「抒情寫景貼近日常生活情事」與「對民生的關懷普泛化」的傾向往廣處、深處開拓。

在「抒情寫景貼近日常生活情事」方面，首先，陸詩詩情的廣度大幅超越北宋詩。其詩中之「樂」就來源而言，含括了個人日常生活、田園景象與農村風俗民情與等面向；就性質而言，則兼容個人的欣悅與對他人的同情共感。其田園詩巨大的題材容量是任何一位北宋詩人都無法望其項背的。

其次，陸詩抒情的深度和內容的個性化也超越北宋。他雖然繼承北宋詩以農家或士人日常生活情事入詩的路線，但是在很大程度上避免了抒情寫意瑣屑細碎的弊病，往往能圍繞某種特殊的生活情味、樂趣或理想境界，進行集中深入的開掘，從而豐富了詩的情蘊。其詩旨趣新穎、面向多元、情感愛憎鮮明，個性色彩明顯，而且與詩人的性情、經歷緊密相關。充分展現陸游退居鄉間時對生活的熱愛與投入，以及他活潑多彩的精神和情感世界。

在「關懷民生」方面，北宋已有關切民生之意識逐漸顯著的新趨勢，但此種精神只在個別詩人作品中零星地出現。而且，通常不是爲農民的艱苦貧困等特定情景所喚起；就是有宣傳政治立場或理想的性質，偶發性或功利性都比較明顯。直到陸游田園詩中，關懷民生、注重人倫的精神才發展到飽滿淳摯的程度。在其田園詩中，所有展現創新性的主題，無不或隱或顯地表現此種精神。例如，恬適安居之樂浸潤著對天地間每一份子各得其所、和睦安祥的珍視，以及與兒孫、鄰曲間互愛的深情；閒居時的遊賞之樂充斥著對農村間的欣欣生意與「太平」氛圍的讚頌。在對農村民風淳古的傾慕中，寄託著人人忠愛淳孝、古道熱腸的社會理想；在與民同樂的時刻裡，更流露著對農民生計不易的憐憫，與對天下安定局面的珍惜。總之，陸游田園詩中的民胞物與之懷，已遠遠超越了個別情景所引起的民生念慮，而是深入到自己數十年的鄉居生活中，使其田園詩時時搏動著與人世間休戚與共的脈息，流淌著對現實社會的溫情。

與他人情感、處境的相通，或是說對社會的關懷，可說是貫穿陸游田園詩的、最具個性特徵的精神。在陸游之前，田園樂境的追求眞淳、回歸自然之旨，主要聚焦於詩人心靈擺脫世俗物欲羈絆的自適、自得。葛曉音即指出：「田園詩的基本精神是以自然眞淳反對虛僞污濁，尋求心靈的自由和淨化。」〔註 215〕唐君毅也認爲：陶淵明的田園詩「多是表現道家型的超塵俗的精神，而自化於自然的心情者。」〔註 216〕「表示一種由塵俗中超拔，以返於自然的心情。」〔註 217〕因此，陶詩與受其深刻影響的王維、孟浩然等人的田園詩甚至是山水詩，都帶有鮮明的遺世獨立的品格。陸游則跨越了只追求一己身心之超離世情的藩籬。因此，其詩雖然不像以陶詩爲代表的傳統田園詩那樣，以神韻的飄逸或胸襟的超脫見長，但卻以情感的眞摯、社會關懷的深刻與氣象的博厚取勝，並浸潤著儒者特有的仁愛精神。〔註 218〕

朱東潤反覆地強調，「陸游身在鄉間，有時也去了解生產勞動，但是他的內心卻嚮往當時的社會活動，他所耿耿不忘的只是對敵作戰、收復失地，同時也爲自己建立功名。」〔註 219〕但從陸詩的實際情況來看，讓他「耿耿不忘」的，顯然還有對社會乃至天地間安定和樂的敏感與珍視。可以說，陸詩田居樂境的底層精神——對同胞的熱

〔註 215〕〈盛唐田園詩和文人的隱居方式〉，氏著：《詩國高潮與盛唐文化》（北京：北京大學出版社，1998），頁 100。

〔註 216〕〈中國文學與哲學〉，氏著：《中華人文與當今世界》（臺北：臺灣學生書局，1975），上冊，頁 294。

〔註 217〕同前注。

〔註 218〕唐君毅指出，古代受儒家影響之文學，多善於表現「生」之情，與受道家影響之文學善於表現「化」之意不同。前者的表現之一，就是「個人之生與他人之生相感相生之文學」。（前揭文，頁 299～300）陸游詩，無論是愛國詩或田園詩，無疑都是前者中的代表。

〔註 219〕氏著：《陸游傳》（西安：陝西師範大學出版社，2009），頁 167。

愛、對社會的關懷——與主張北伐恢復的詩是相通的。

管舒則指出，「廣義的愛國情感」除了包括捍衛領土完整、抵禦外來侵略，也應包括對人民的熱愛與關懷。陸游鄉居期間所作的「太平氣象」類詩，與抗金恢復類詩，同樣體現了他對國家和人民的熱愛，而且相較於抗金恢復類詩往往透過發表抗敵復國的口號來表達愛國之情，「太平氣象」類詩則透過日常生活的細節表達這類感情，從而更能與現實人生緊密地貼合，也更能體現詩人對國家社會眞摯的關愛。「以廣義上的愛國情感作爲聯接點，兩者有如同源異流，在詩意上並不構成矛盾，反而是可以互補和兼容的。」〔註 220〕我們很同意這種看法，但同時要補充的是，這種對國家和人民的關愛，不僅體現於「太平氣象」類詩之中，更是幾乎貫穿陸游所有田園詩的重要特徵，並使此種向來與個人閒適之情關係較密切的詩類，增添了更溫厚、動人的內涵。

〔註 220〕詳參氏著：《論陸游鄉居詩中的「太平氣象」》，安徽師範大學 2012 年碩士論文，胡傳志、葉幫義先生指導，頁 49～51。

# 第五章　陸游田園詩旨趣的拓展（二）——困境的承受與轉化

陸詩的內涵旨趣雖以各種田居樂境爲大宗，但不可否認的是，就建功立業這個陸游最重要的人生追求能否實現的角度而論，「田居」的處境本質上是一種困境。雖然陸游努力調適自我心態，避免墮入感傷個人仕途坎廩、悲慨此生壯志難酬的深淵，乃至仍能創作出許多境界開闊博大的詩篇，但功業無成等苦悶依舊不時襲上心頭，「困境的承受與轉化」因而成爲陸游田園詩中另一值得仔細探討的重要面向。此分面的旨趣，大致可歸納爲「安於貧窮的志意」、「困頓失意的感觸」與「勤勉耕作的心聲」三個方面。以下將分別加以論述。

## 第一節　安於貧窮的志意

「安貧」指安於貧困，亦即雖處於貧乏，心卻能無所憂懼，保持一定的坦適穩定。〔註1〕田園詩中以安貧爲主題者，興發的感懷自以「貧中無所憂懼」爲主要歸趨。人所以能安貧，主要由於內在的正面

〔註1〕「無憂無懼」之爲「安」的論點，受到陳大齊的啓發。其說云：「人生的不安，大致來自憂愁與恐懼，故若能做到無憂無懼，則人生當可安寧了。故人生安寧，可描述爲人生無憂無懼的狀況。」氏著：《平凡的道德觀》（臺北：臺灣中華書局，1971），頁22。

力量或精神寄託消除了物資匱乏造成的壓力，達到心理的某種平衡。但由於士人之貧經常與仕宦不順相關，其「貧」中不只面臨物質的短缺，更有多年理想落空的困窘，因而其「安貧」既須以溫飽之外的價值安頓自我，往往也必須重新衡定生活的重心。總之，詩人的「安貧」很可能涉及對整個生命處境的認知與反思，從而在「無所憂懼」的基調中融入多樣的情思況味，既有別於心如止水的純然恬和，也使作品平添豐富的蘊涵。

「貧窮」是陸游從淳熙十六年底（1189）自禮部罷歸後難免遭逢的境況。在長達十三年的蟄居歲月中，他的俸祿只有如「雞肋」般的祠祿。〔註2〕慶元五年（1199）夏，他主動致仕，此後只能領取半俸，〔註3〕從當年秋天起，他又因慚愧而拒領半俸，〔註4〕幾乎全仰仗田產生活，自然更爲拮据。嘉泰二年（1202）他復出修史，但一年後工作完成立即回鄉，且三度上〈乞致仕札子〉，獲准再度致仕。嘉定元年（1208）春，陸游受韓侂胄連累，遭到落職處分，半俸也被停發，〔註5〕生計又陷入困頓。

雖然陸家擁有田產，但收穫必須與佃戶對分，還得付出高於一般

---

〔註2〕〈幽居〉五首之五（卷28，頁1936）：「放翁家山陰，其貧蓋一國。骨相異虎頭，祠祿眞雞肋。」

〔註3〕陸游〈五月七日拜致仕敕口號〉（卷39，頁2489）：「坐糜半俸猶多媿，月費公朝二萬錢。」又，「半俸」爲宋代致仕官給俸之常規。詳參金中樞：〈宋代公教人員退休制度研究（五）〉，氏著：《宋代的學術和制度研究》（臺北：稻鄉出版社，2009），第6冊，頁98～119。

〔註4〕陸游〈致仕後即事〉十五首之十一（卷39，頁2493）：「歸耕所願雜民編，乍脫朝衫喜欲顛。但得吾兒能力穡，不請半俸更超然。」〈遣興〉四首之二（卷40，頁2539）云：「湖海元爲汗漫游，誤恩四領幔亭秋。掃空薄祿始無媿，閉上衡門那得愁？」慶元五年秋，又有〈絕祿以來衣食愈不繼小兒力圖之殊未有涯予謂不若痛節用爾示以此詩〉。邱鳴皋據以上詩篇指出：「陸游似乎感到拿這個半俸，不僅是一種慚愧，而且還是一種束縛，不拿會更痛快些。」「從『絕祿』二字看，陸游在致仕當年的秋天，已不領那份半俸了。」詳參：《陸游評傳》（南京：南京大學出版社，2002），頁199。

〔註5〕相關考證參前注，頁240～241、251～253。

農民的稅賦、花費，〔註6〕因此生活實不寬裕。陸游致仕後曾語其子云：「吾居貧，不喜爲人言，故知者少。」〔註7〕「吾承先人遺業，家本不至甚乏，亦可爲中人之產，仕宦雖齟齬，亦不全在人後。恆素不閑生事，又賦分薄，俸祿入門，旋即耗散。今已懸車，目前蕭然，意甚安之。他人或不諒，汝輩固不可欺也。」〔註8〕並叮囑子孫料理其後事時務求簡樸。這些話是對自家人說的，言及家境之困窘，並無作僞的動機或誇飾的必要，應該可信。

此外，長壽的陸游在生前已有眾多子孫，據錢仲聯統計，在開禧二年（1206）之前他已有十八位孫子與曾孫，〔註9〕加上兒子六人，則男性直系血親至少有二十四人，若再加上孫女、曾孫女、兒媳、孫媳等女眷，與「傭耕食于我，客主同爨炊」〔註10〕的大批佃農、奴僕們，可謂食指浩繁。如此的大家庭只靠陸游的官俸維生顯然不夠，他四個較年長的兒子雖也出仕，但所任的大抵只是通判、縣令、縣丞、縣簿、縣尉、司理之類七、八品以下的小官（陸游歿後才有升任較高官職者），他們雖然辛苦地奔波養家，對家境的改善應也相當有限。

綜上所述可知，陸游晚年時或陷入貧困，乃事出有因，且應屬可信。這種困境雖與其自我的價值選擇相關，但貧困本身畢竟並非主動、刻意追尋所致。窮苦向來容易觸引詩情，陸游也不例外，其詩不

〔註6〕梁庚堯即指出，南宋的士人、官宦「擁有田產，必定出租給佃戶，收成和佃戶對分，所得不過與佃戶相當，但地主必須負擔佃戶所不必負擔的二稅，士人、官宦之家要扶養的家口也常不只五口，更何況他們有許多一般農民所沒有的花費，使得他們要以有限的田畝來維持溫飽，比起農民更加困難。」氏著：〈南宋的貧士與貧官〉，《國立臺灣大學歷史學系學報》，第16期，1991年8月，頁120。

〔註7〕《放翁家訓》，《陸游全集校注》（杭州：杭州教育出版社，2011），第13冊，頁115。按：孔凡禮認定《放翁家訓》確爲陸游作品，詳參《陸游集・附錄》（北京：中華書局，1976），頁2549。

〔註8〕同前註《放翁家訓》，頁113。

〔註9〕詳參〈湖村〉，卷68，頁3833錢仲聯《注》中對陸游孫子、曾孫人數的統計。

〔註10〕〈弊廬〉，卷48，頁2904。

時出現與貧寒之境相關的吟詠，亦在情理之中。

陸游以「安貧」爲主題之詩在田園詩史上實有其特殊性。陶淵明田園詩裡，也隱約可見「固窮」之志，但此類詩中往往充斥著對貧困的無奈哀嘆甚至慷慨悲歌，固窮意念則藉篇末的自我勉勵、寬慰曲折地傳達出來，而不像陸游這樣比較正面地抒發安貧情懷。〔註11〕陶淵明也有直接詠安貧之志的作品，但都見於詠懷詩，而非田園詩。〔註12〕

唐代以降，尤其是宋代的詩人，開始在詩歌中自覺地將「安貧」與「田園生活的情境感受」連結在一起，明確、集中地表現了基於特定情境——貧困的田園生活——的感知，而開展出來的生命反省，包括對此種困境造成的挑戰的認識，與應戰方式的抉擇。〔註13〕換言

〔註11〕詳參本文第二章第二節。又，「固窮」與「安貧」經常並提，其實仍有區別。首先，對後世影響甚大的「固窮」概念出於《論語・衛靈公》篇，它是孔子在陳絕糧時，求仁得仁、無所怨悔的精神境界的體現，所以此概念在後來也偏向於指涉崇高的人格。「安貧」則無如此明顯的道德意涵，它可以只指現實中的態度或行爲傾向。「固窮」精神的現實表現之一是「安貧」，但「安貧」者未必都具有、或表現出「固窮」的人格境界。其次，「固窮」者在人生各種困境都能堅守道德理想，「安貧」則特指於物質匱乏中無所憂懼。「固窮」指涉的困境內容，實比「安貧」爲寬。

〔註12〕龔斌指出，陶淵明除了田園詩外，也有不少詠懷詩，其主題包括肯定自我歸田選擇（如〈飲酒〉二十首），抒寫安貧樂道之志（如〈詠貧士〉七首）等。氏著：《陶淵明傳論》（上海：華東師範大學出版社，2001），頁178～183。

〔註13〕柯慶明師指出，「情境的感受」與「生命的反省」既是生命意識的兩種根本型態，也是一般文學作品的根本內容。前者即「生命自身與時空中具體情境的連結的意識」。而由於我們的自我認識主要是對特殊情境造成的挑戰的意義的認識，以及對如此情境的應戰方式的抉擇。因此，「情境的感受」只是生命意識的初步喚醒，它的充分開展必然是一種「生命的反省」的狀態。而所謂「生命的反省」則爲基於「情境的感受」而發展出來的更進一步對自我與世界之適當關係的尋求（包含存在自覺與倫理抉擇）。詳參〈文學美綜論〉，氏著：《文學美綜論》（臺北：長安出版社，1986），頁15～17。本文此處所論，曾受其啓發。

之，以安貧為主題的田園詩，被創造出來。翻查《全唐詩》與《全宋詩》可以得知，陸游實為唐宋以來最注意於創作此類詩歌的詩人。唐代以「安貧」為主題的田園詩極少，只有王建〈原上新居〉十三首之四、之八。北宋此類詩作稍有增加，但仍屬少數，僅有胡宿〈怨詩楚調示龐主簿及鄧治中〉、張載〈題北村〉六首之二、李彭〈赴鄰舍招〉、程俱〈戲書古句題山居〉、蘇轍〈新霜〉、蘇過〈和叔寬田園〉六首之六、賀鑄〈題黃崗東坡潘氏亦顏齋〉、晁補之〈閻子常攜琴入村〉、李復〈題步生所居〉等九首。而陸游詩無論就篇數或內涵的豐富性而言，都是佼佼者。對之進行仔細的研究，自有助於了解陸游對田園詩史的開展。

以安貧為主題的詩歌，必然包含兩方面基本內容：對「貧」的覺知，以及安於其中的表現。由於前者是生活物資匱乏、短缺的感受，因此能安於其中絕非對情境的直接反應，而是由於某些正面的心理因素起了作用，使其淡化或無視於貧困的拮据不適。這些因素，往往也是讀者深入理解詩中情懷的關鍵。陸游田園詩中，詩人的安貧態度即以數種精神力量或主觀體驗——包括「對道德信念的執著」、「全身養生的欣慰」與「對鄉里的歸屬感」——為基礎，它們也可說就是安貧情懷的主要內涵。因此，我們將從這些「安貧的基礎」切入，分析此類詩的內容特點與豐富情味。

必須先說明的是，陸游此類田園詩都作於淳熙十六年退居山陰之後，其中包括的三種內涵情調雖然各自分佈的年代略有出入，但就該類內涵本身而言，卻並未隨時間而出現大幅的演變。因此，我們不會緊扣創作年份的先後展開論述，而是將在分析完陸詩中「安於貧窮的志意」之後，再說明其中三類內涵分佈時間的差異，並略論此現象出現的原因與意義。

## 一、對道德信念的執著

在孔子的影響下，傳統士人普遍讚許「安貧」的修養。孔子指出，

「不義而富且貴，於我如浮雲。」〔註 14〕與其違背道義而獲得富貴，寧可恪守道德而過著曲肱飲水的清貧生活。儒家認爲道德行爲的本質即「直從心之所安」，不違某種自認爲不可逾越的人生律則，而無視外界之利害禍福，〔註 15〕並強調由持守道義獲致的心安，遠比現實的名利更爲可貴。

陸游自覺地繼承了此種文化傳統，在晚年更常將「心安」與道德的「無愧」相提並論，如「忍窮過日卻差易，負媿終身良獨難。……人生樂處君知否？萬事當從心所安。」〔註 16〕或明言「心安」與「守道」的直接關係：「爲謀須遠大，守節要堅完。……方知至危地，自有泰山安。」〔註 17〕只有堅守自我道德的完美，才能獲得坦蕩安適。因此他又說：「卒歲勿多求，壺餐與褐裘。心安由自足，身貴爲無求。」〔註 18〕惟其如此，「萬事寧容媿天地，一心常若蹈淵冰。區區僻見君無怪，人固終身有不能」〔註 19〕成爲年邁的陸游自我惕勵的重點。他因而屢次聲言寧願因守道而貧，也不攫取不義的富貴。〔註 20〕其田園詩也出現了類似的態度，如〈戲作貧詩〉二首之二云：

> 左券頻稱貸，西成少蓋藏。苦飢炊稻種，緣病賣桑黃。土焙憐煙煖，藜羹愛糝香。君看首陽叟，窮死亦何傷？（卷38，頁 2471）

---

〔註 14〕宋・朱熹：《四書章句集注・論語集注》（臺北：大安出版社，1996），卷 4，〈述而〉，頁 130。

〔註 15〕此爲先秦儒家之說，而可追溯於春秋時人之行爲觀念。詳參錢穆：〈論春秋時代人之道德精神〉，氏著：《中國學術思想史論叢》（臺北：東大圖書股份有限公司，2005），第一冊，頁 256～291。

〔註 16〕〈初春感事〉二首之二，卷 45，頁 2774。

〔註 17〕〈寓言〉三首之一，卷 48，頁 2920。

〔註 18〕〈學易〉二首之一，卷 59，頁 3415。

〔註 19〕〈故里〉，卷 56，頁 3259。

〔註 20〕如〈自詠〉（卷 17，頁 1377）：「但令窮死心無媿，也勝鳴珂事早朝」、〈冬初薄霜病軀益健欣然有賦〉（卷 41，頁 2579）：「一貧自是書生分，忍媿看人卻似難」、〈病雁〉（卷 37，頁 2418）：「雖云幸得飽，早夜不敢安。乃知學者心，羞媿甚饑寒。讀我病雁篇，萬鍾均一簞。」。

此詩作於慶元五年（1199）春，詩人罷歸山陰已近十年，仍時常遭遇困頓，在貧病交加的現實壓力下，連賴以爲生的稻種、桑樹都只得用於應急，但他不僅甘之如飴，對困窮終生也抱持豁達、坦然的態度。因爲在他看來，自己如伯夷叔齊一般，乃爲了維護道義而窮，所以心安理得，至死無憾。與陸游作此詩前後「對統治集團中黨派傾軋，隱致慨嘆」〔註 21〕、「對權貴逞私見而置國仇，深致不滿」〔註 22〕等心聲合而觀之，此詩中引夷齊之典，除了抱節守志之外，顯然還有不願與朝臣同流合污之意。果然到了該年五月他就主動致仕，正式告別官場了。又如〈蝸舍〉云：

> 蝸舍茨生草，龜腸飽淖糜。麥因多雨損，蠶遇閏年遲。徙義憂無勇，求仁戒自欺。此生雖欲盡，吾志未應衰。（卷 51，頁 3027）

此詩作於嘉泰二年（1202）春，時年七十八，詩人拒領半俸已邁入第三年。一方面家境貧困，另一方面近年的黨禍又令他不勝憂憤，〔註 23〕對政治充滿失望，遂只能抱道自守以安頓內心。此詩首聯即呈現生活的潦倒，頷聯點出原因：蠶、麥皆因天候而收成不佳。此爲典型的農家貧況。次句的「龜」字尤可注意。陸游晚號龜堂，「其中有老而無用之謙，又有年高壽長的自慰。」〔註 24〕因此，「龜腸」句就不僅是「飢腸」的比喻，更有老而貧賤的意味。但在前四句詩人只是平靜的敘述，彷彿毫無怨尤。後半部直接道出「固窮」心聲。頸聯兩句均用《論語》之典，表達對儒家之道的服膺，詩人於貧中無所憂懼的原因亦得到揭示：「徙義」與「求仁」乃餘生中將專志以赴者，如此則心能舒坦充實，有所安止。而困窮之境則不暇顧，亦不必顧。

陸游明白，自我境遇之窮的主因是與時相忤。但其所重者爲無愧

〔註 21〕于北山：《陸游年譜》，「慶元四年」條，頁 431。
〔註 22〕于北山：《陸游年譜》，「慶元五年」條，頁 439。
〔註 23〕于北山：《陸游年譜》，頁 463、470。
〔註 24〕詳參歐明俊：〈從齋名變更看陸游的心態歷程〉，《安慶師範學院學報·社科版》，26 卷 2 期，2007 年 3 月，頁 77。

於心，故仍難以隨俗俯仰。〈窮居有感〉在自述村居貧困之狀後云：「人亡耆舊多時學，地廢陂湖失古堤。迂闊自知無著處，敢因窮厄怨推擠。」〔註25〕坦然地接受了新貴當道，耆舊凋零，自己則因拒絕與時推移而備受排擠的現實。又如〈村居〉之一在描述潦倒的田園生活後云：「不恨閑門可羅爵，本知窮巷自多泥。暮聞鼓角猶人境，更欲移家入剡溪。」〔註26〕不僅對門庭冷落與境況蕭條毫無遺憾，還要盡可能地遠離人世紛擾，狷介之意溢於言表。同樣作於晚年的〈澹齋居士詩序〉讚美秦檜專權時退隱不仕的陳德召之詩云：「尤中律呂，不怨不怒，而憤世疾邪之氣，凜然不少回撓。」〔註27〕陸游的這些詩也與之類似，體現了平靜而剛正的風範。

在許多時候，陸游表明捍衛操守之志的同時，更毫不諱言鄙棄或不甘屈服於當政者的態度。〈自詠〉云：

> 萬事不挂眼，終年常避人。荒畦荷鋤晚，環堵結茆新。病馬何勞斥，輕鷗未肯馴。雖慚市門卒，聊作葛天民。（卷24，頁1767～1768）

此詩作於紹熙三年（1192）夏，詩人罷歸山陰才二年餘，對光宗朝的奔競之風頗感厭惡，〔註28〕故此詩在安貧的基調下，仍有情感的湧動。首聯標舉與世不諧的態度，爲貧況作張本。「荒畦」與「環堵」點出田園生活的貧窮，「荷鋤」、「環堵」、「葛天民」等詞來自陶淵明詩文，用以表明安貧的意向。頸聯「病馬」句用唐代杜璡事，〔註29〕表達當年不合則去的果決，「輕鷗」句則繼續申明貧境中的立場，傳

---

〔註25〕卷32，頁2138。

〔註26〕卷54，頁3182。

〔註27〕卷15，頁141。按：此文作於開禧元年（1205）。

〔註28〕于北山：《陸游年譜》（上海：上海古籍出版社，2006），「紹熙三年」條，頁366。

〔註29〕按：杜璡事爲陸游詩常用的典故，首見於〈書意〉（卷19，頁1458）詩中「一鳴輒斥不鳴烹」句。錢仲聯注此句云：「《新唐書》卷二二三〈李林甫傳〉：『林甫居相位，……諫官皆持祿養資，無敢正言者。補闕杜璡再上書言政事，斥爲下邽令，因以語動其餘曰：……君等獨不見立仗馬乎？終日無聲而飫三品芻豆，一鳴則黜之矣。』」

達不願屈從的意志。尾聯語氣一收一放，意謂雖不及「大隱隱於市」者，但作爲陶淵明的異代同調，守道固窮，躬耕自資，亦足以自豪。與淵明〈五柳先生傳〉相較，此詩中的自我形象實少了幾分怡然自得，倔強之氣湧動於字裡行間。他甚至不客氣地批判乞名求利之人。〈薪米偶不繼戲書〉云：

> 仕宦不諧農失業，敗屋蕭蕭書數篋。藜羹不糝未足嗟，爨竈無薪掃枯葉。丈夫窮空自其分，餓死吾肩未嘗脅。世間大有乞墦人，放翁笑汝驕妻妾。（卷 40，頁 2547）

此詩作於慶元五年（1199）秋，陸游首度致仕之後。詩人不擅耕作，田園生活也難免窮困，但蕭條的生計並未磨滅昂揚的意氣。他不僅隨遇而安地以野菜爲羹，以落葉爲薪，更引用前賢之語自我明志、自我砥礪。「丈夫」一句引用榮啓期「貧者士之常」〔註 30〕之意，以下三句連用《孟子》之典，既表白絕不曲意逢迎的志節，更直接嘲諷眾多的諂媚之人就像驕其妻妾的齊人那樣乞求施捨，毫無廉恥，可鄙可笑之至。詩人剛正嫉惡的懷抱、頑強傲世之意態，可謂躍然紙上。再如〈書志〉云：

> 飲水蕭然臥曲肱，桑村麥野醉騰騰。老身長子知無憾，泛宅浮家苦未能。南畝服勞勝乞食，腐儒垂死恥依僧。柴荊常閉斜陽裏，剝啄雖聞亦嬾譍。（卷 58，頁 3367）

此詩作於嘉泰四年（1204）秋，詩人已年屆八十。該年春他再度致仕，表明了終老隴畝的決心。此詩所書之「志」亦與此相關。次句點明自我處於農村，「醉騰騰」的貌似放達，與「飲水臥曲肱」的儒家語典既形成了對照，也引起懸念。四句反用「煙波釣徒」張志和之典，表明無法遁世遠引，而仍欲盡爲「士」者之責任，既使首聯中的守道之意得到強調，亦淡化了「醉」的頹放感，而凸顯了其中的兀傲。總的看來，前半部主要傳達的仍是融合孤高與執著的安貧之志。後半部續明此意：自己甘於躬耕自資，寧可餓死也拒絕低頭。尾聯意謂拒絕與

〔註 30〕戰國・列禦寇撰，楊伯峻集釋：《列子集釋》（北京：中華書局，1985），卷 1，〈天瑞〉，頁 23。

官場的接觸，凸顯倔傲之意態。此詩結構峭折，正與其蘊於安貧情懷中的嶔崎志氣相應。又如〈窮居〉云：

> 仕宦初何得，窮居半士農。清宵叔夜鍛，平旦伯鸞舂。馬磨猶支日，牛衣亦過冬。湖中有嘯父，何計得相從？（卷73，頁4041）

此詩作於開禧三年冬（1207），正值北伐漸近尾聲之時。年邁的陸游既關心前線戰況，又因看透官場本質，而止息建功之心，屢陳遠離宦海之志。〔註31〕此詩表白的，亦是對雖艱辛卻能保全清操的隱逸之途的認可。開篇點出窮居的處境，頷聯以下即敘寫「半士農」所指：既在田園自食其力，又有人格的持守。詩人自比爲與世相忤的嵇康，與剛直敢言而不容於世的梁鴻，〔註32〕道出清苦境況的同時，也意謂自己絕不因外界壓迫而移易固有堅持。對節操的執著，使他能安於貧困的耕隱生涯。正如〈醉賦〉所云：「直令依馬磨，終勝拜車塵」〔註33〕，自力更生總比趨附權貴令人坦然。篇末對「湖中隱士」的思慕既流露幾許寂寥，也表明了耿介守道的孤高情懷。全篇反覆強調的，仍是「君子固窮」之志。

陸游詩中的安貧守道之詠，在精神內蘊的方向上應與北宋中期以來士大夫討論顏子或「孔顏樂處」的思潮有直接淵源。〔註34〕從北宋

---

〔註31〕相關心聲，見於卷73的〈秋日村舍〉二首之一，頁4009、〈吳歌〉，頁4010、〈枕上〉，頁4017、〈書志〉，頁4027等詩。

〔註32〕東漢梁鴻因賦〈五噫之歌〉批判帝王的奢侈、哀嘆百姓的疾苦而遭章帝追捕，最後避居吳地賃舂維生。卒後，友人葬之於要離冢旁，因爲「要離烈士，而伯鸞清高，可令相近。」陸游屢次在詩中引用這些事蹟，尤其對其作〈五噫歌〉與「葬近要離墳」再三致意，可見在其心目中梁鴻不僅是一位出世的隱士，更有敢於指責王室、不惜觸怒龍顏的剛烈血性。此詩中將他與嵇康並舉，凸顯的應也是此層意涵。

〔註33〕卷41，頁2576。

〔註34〕據朱剛研究，北宋中期之後由於黨爭的影響，著名士人幾乎都討論過顏子窮居自樂的話題。可說從那時起，「顏子學」就是宋代學術中甚具特色的領域。詳參氏著：《唐宋「古文運動」與士大夫文學》（上海：上海古籍出版社，2013），頁214～222。又，陸游本人也屢次聲

中期開始，由於激烈的黨爭消解士人的用世熱情，顏子固窮樂道的精神境界獲得廣泛關注，且這一傾向延續到南宋。〔註35〕在此背景下，北宋也有極少數的田園詩以「安貧」爲主題。但它們的風格都較爲恬淡，與陸詩顯然有別。例如：

> 求富誠非憚執鞭，安貧隨分樂丘園。兩間茅屋青山下，贏得浮生避世喧。（張載〈題北村〉六首之二，卷517，頁6289）
>
> 〔註36〕
>
> 東坡有田誰料理，黧面蒼毛潘氏子。結茅題榜亦顏齋，農隙把書聊自喜。潘乎潘乎信是顏之徒，終日何所論難眞如愚。世無孔父四科友，猶辦簞食瓢飲陋巷環牆居。百畝之收粒可數，天南有待東坡主。更輸什一補官倉，餘勺幾何供雀鼠。會須不改其樂媚而翁，力田水旱由天公。大勝心跡相違阮校尉，東西南北哭途窮。（賀鑄〈題黃岡東坡潘氏亦顏齋　潘鰌老昆仲躬耕于東坡，葺亦顏齋以偃息，求詩於我，爲賦之。元符戊寅六月江夏作〉，卷1102，頁12509）

張詩抒發個人安貧樂道的懷抱，賀詩讚美潘氏兄弟躬耕隴畝、清貧自樂的品德。兩詩均表示對孔顏守道安貧的認同，而且凸顯的主要是順其自然、恬淡自得的生活態度，與較純粹的平和情懷。陸游田園詩的安貧主題則不僅聲明處貧卻無所憂懼，更傳達在困窮中對道德原則的堅守、對自我人格力量的肯定與張揚，和抗衡世俗的決心與氣魄，甚至毫不掩飾鄙棄官場的態度，總的來說，彰顯的是獨立、兀傲的精神面貌。

陸游詩此種既繼承北宋，又富於特色的精神，與南渡初期特殊的政情與士風，以及詩人「尚氣」的文學思想相關。南宋文士處於外事無可

明「平生師顏原，本自藐晉楚」（〈獨夜〉，卷43，頁2669）、「原貧道尊顯，回夭死芬芳」（〈雜感〉六首之四，卷66，頁3721）、「吾曹亦聖徒，可不學顏孟？」（〈雜感十首以野曠沙岸淨天高秋月明爲韻〉之五，卷77，頁4208），可見他頗爲注意此類議題。

〔註35〕同前註朱剛書，頁217。

〔註36〕本文所引宋詩，均以傅璇琮主編：《全宋詩》（北京：北京大學出版社，1991～1999）爲據。爲節省篇幅，將只標明卷數、頁碼。

作爲、政治迫害又仍頻繁的局面，遂延續崇寧黨禁時期書寫內心修爲的「內傾化」創作趨向。〔註37〕但另一方面，國破之痛畢竟造成巨大的心理衝擊，也大幅清洗了北宋末的消沉暮氣。尤其在南宋初年，靖康之難促成士人高漲的政治熱情，使他們謳歌愛國義士的氣節，重新樹立「救時行道」的君子人格理想，再加上宋高宗爲了儘快穩定局勢而集思廣益，對直言敢諫有所寬容，因此士林一時展現勁直激壯的新風貌，〔註38〕秦檜專權之後，大批反對和議的士人堅拒與秦黨合作，在惡劣環境中持續保持骨氣，磨礪操守，〔註39〕其中即包括了陸游終身尊敬的師長曾幾、呂本中、朱翌、李光、傅崧卿等人。〔註40〕可以說，陸游田園詩的特色既源於個人倔強的秉性，也與師長的薰陶有關。

〔註37〕沈松勤、姚紅：〈「崇寧黨禁」下的文學創作趨向〉，《文學遺產》，2008年第2期，頁76。

〔註38〕南宋初年危急時勢與勁直士風的關係，詳參錢健狀：《南宋初期的文化重組與文學新變》（廈門：廈門大學出版社，2006），頁137～139。

〔註39〕關於南渡士人的君子理想與人格追求，以及秦檜專權時「山林之士」的詳細名單與分布情形，可參王建生：《通往中興之路：思想文化視域中的宋南渡詩壇》（上海：上海古籍出版社，2011），頁57～116。

〔註40〕陸游晚年仍爲文追懷朱、李的風範。〈跋朱新仲舍人自作墓誌〉（卷28，頁255）讚嘆其雖遠貶嶺南十四年，但「胸中浩然無愧」，拒絕「諂附以苟富貴」。〈跋李莊簡公家書〉（卷27，頁243）追憶李光罷歸鄉里時的言行：「每言秦氏，必曰咸陽，憤切慨慷，形於色辭」、「謂先君曰：『聞趙相過嶺，悲憂出涕。僕不然，謫命下，青鞋布襪行矣，豈能作兒女態耶！』方言此時，目如炬，聲如鐘，其英偉剛毅之氣，使人興起。後四十年，偶讀公家書，雖徙海表，氣不少衰，丁寧訓戒之語，皆足垂範百世，猶想見其道『青鞋布襪』時也。」字裡行間流露無限景慕。此外，周聿與傅崧卿也是影響陸游很大的前輩。二人皆爲陸宰之友，經常拜訪陸家，陸游的〈跋周侍郎奏稿〉（卷30，頁270）追述「當時忠臣烈士憂憤感激之餘風」，又有〈跋傅給事帖〉（卷31，頁276）：「紹興初，某甫成童，親見當時士大夫，相與言及國事，或裂眥嚼齒，或流涕痛哭，人人自期以殺身翊戴王室。雖醜裔方張，視之蔑如也。」〈傅給事外制集序〉（卷15，頁142）：「公自政和訖紹興，閱世變多矣。白首一節，不少屈於權貴，不附時論以苟登用。每言虜，言畔臣，必憤然扼腕裂眥，有不與俱生之意。」以上例子中，後三篇都作於八十歲之後，追述一甲子前之事，栩栩如生，可見對兩位志士印象之鮮明與推崇之深。

南宋初風雨飄搖的國勢不僅激發陸游的愛國熱情，也促成其「尚氣」的文學觀，即重視作者道德修養，高倡卓犖不平的忠義之氣，推崇以之爲基礎的詩文的陽剛風格。〔註 41〕陸游晚年心境與審美趣味整體來說趨向平淡，〔註 42〕但仍推許雄健的人格與詩風。〔註 43〕其田園詩安貧情懷中的豪傑特立之氣，即是他剛腸嫉惡的性格與「尚氣」文學觀共同作用下的產物。

就田園詩史發展的大脈絡觀之，陸游此類詩的美感更煥發鮮明的特色。陶淵明奠定了古典田園詩以追求眞淳、回歸自然爲主要宗旨、以雅淡爲基本風格的創作格局，繼之而起的唐代田園詩派既延續其主旨，也推擴發展了雅淡之美。宋人亦極推崇陶氏任眞恬淡的品格與詩風，〔註 44〕或因如此，宋代田園詩雖轉而以眞實的農家生活爲主要題材，〔註 45〕但風格仍維持平淡樸實的基調。陸游則別開生面，其田園安貧之詠或是以較平和的語調展現兀立不屈的人格力量，或直接以剛健昂揚的道德精神貫通全篇，兩者在情感取向上，都與平淡風格恬和超然的基本特徵有不小差距。〔註 46〕田園詩傳統的平淡風格屬於陰柔之美，陸游的部分田園詩則體現了陽剛之美，其中蘊含的人文精神，一爲沖淡曠達的襟抱，一爲剛健執著的情懷。〔註 47〕陸游無疑爲田園

〔註 41〕詳參顧易生等著：《宋金元文學批評史》（上海：上海古籍出版社，1996），上冊，頁 263～270。

〔註 42〕據韓立平考察，陸詩由雄奇宏肆轉向簡淡自然雖是一漸變過程，但在嘉泰三年（1203）前後，其對平淡詩風始有較爲顯豁且自覺之主張與追慕。詳參氏著：《南宋中興詩風演進研究》（上海：華東師範大學出版社，2013），頁 135～137。

〔註 43〕詳參駱小倩、楊理論：〈陸游養氣說的詩學闡釋〉，《西南大學學報・社科版》，34 卷 3 期，2008 年 5 月，頁 172～173。

〔註 44〕同前註李劍鋒書，頁 229～242。

〔註 45〕劉蔚：《宋代田園詩研究》（北京：人民文學出版社，2012），頁 25、27。

〔註 46〕宋代推崇的平淡美的核心精神爲從容不迫、超然自得的境界。它主要表現爲處窮而淡然、淡泊卻又不忘忠愛的心態。而陶淵明正是此種人格理想的典範。詳參王順娣：《宋代詩學平淡理論研究》（成都：巴蜀書社，2009），頁 16。

〔註 47〕周裕鍇指出，「平淡」與「雅健」是宋詩的兩大基本風格，「一表現

詩的美感表現打開了嶄新的境界。

固守道德信念，是陸游自青壯年以來尊崇的價值。對他而言，這既是自我被迫退隱且復出無期的關鍵，也是歸田後得以確立人生方向、獲得精神滿足，從而化解物質困乏之苦的重要因素。此外，陸游得以安於貧困，也與深感從政的危險且無意義，和長年的田園生活本身促成的某些心態直接相關。

## 二、全身養生的欣慰

對陸游而言，退隱不僅有保持尊嚴與道義的價值，也有全身遠禍的現實意義。也許因為故鄉就位於離京城不遠的山陰，〔註 48〕朝中各種黑暗的權力鬥爭不免也傳入陸游耳中，因此他屢次就「全生」與「退隱」的關係，發出吟詠。〔註 49〕尤其是耕織生活單純自然、得以頤養

---

為陰柔之美，一表現為陽剛之美。兩種風格所表現的人文精神，一為出世的曠達沖夷，一為入世的積極剛健；一為沖淡的襟抱，一為執著的情懷。這兩種風格雖異趣然而並不對立，毋寧說是辯證的統一，詩學上的互補。」氏著：《宋代詩學通論》（上海：上海古籍出版社，2007），頁 346。其實陸游也有不少繼承陶詩平淡風格的田園詩。他應是將這兩類風格都融入田園詩的第一人。

〔註 48〕〈予以壬戌六月十四日入都門癸亥五月十四日去國而中有閏月蓋相距正一年矣慨然有賦〉二首之二（卷 53，頁 3160）云：「一百七十里，我行誰謂賒。期年初去國，度宿即還家。」〈村舍得近報有感〉（卷 68，頁 3837）云：「莫謂山村僻，時聞詔令傳。」

〔註 49〕如〈詠史〉（卷 22，頁 1674）：「入郢功成賜屬鏤，削吳計用載廚車。閉門種菜英雄事，莫笑衰翁日荷鋤。」〈冬晴閑步東村由故塘還舍作〉二首之二（卷 26，頁 1846）：「洛陽二頃言良是，光範三書計本狂。歷盡危機識天意，要令閑健返耕桑。」〈登東山〉（卷 33，頁 2183）：「漆園傲吏養生主，栗里高人歸去來。俱作放翁新受用，不妨平地脫塵埃。」〈書懷〉：「羸馬常愁趁早朝，斥歸幸復侶漁樵。青黃未勝溝中斷，宮徵何殊爨下焦？心樂簞瓢同鼎食，身安山澤謝弓招。數間茅屋誰知處，煙雨濛濛隔斷橋。」〈示客〉（卷 83，頁 4437）：「久泛煙波不問津，騰騰且復養吾眞。每持盃酒呼江月，殊勝征衣化路塵。」類似詩例尚有許多，限於篇幅無法遍舉。在上述所引詩中，第一例作於退居山陰後第二年，末例作於陸游去世之年。二十年間類似心聲屢次出現，可見此為陸游晚年的普遍心態。

天年的性質，使他深感欣幸，乃至於對其清貧的一面也能泰然處之了。〈刈穫後書事〉二首之一云：

> 鄰里西成例少蘇，貧家生業得徐圖。雖非五鼎豈無食，未辦複褌猶著襦。牢彘漸肥堪奉祭，耕牛已買不求租。卻思流落天涯日，要是家居勝道途。（卷 64，頁 3623）

本詩作於開禧元年閏八月。年初詩人還「因貧甚，新歲不能易鍾馗」，〔註 50〕不久前也還有〈貧甚戲作絕句〉八首，〔註 51〕其後又有「但憂草廬破，敢思布被溫」〔註 52〕之語。故所謂「生業得徐圖」只是就「貧甚」的狀況而言。「未辦」句用韓康伯典，意指仍未完全脫貧，僅能維持最基本的溫飽而已。然而詩中語氣平和知足，幾已純爲一般老農口吻。最後兩句點亮全篇：之所以能安貧，與他以游宦歲月爲背景體認目前有關。與當年「行徧天涯等斷蓬」〔註 53〕、「仕宦五十年，所至不黔突」〔註 54〕的漂泊疲憊相較，現在清貧卻安定的生活，自然能令他甘之如飴了。既然回憶起過去，陸游也不免想起宦途中人事的醜陋，慶幸自己已然脫身。〈刈穫後書事〉二首之二云：

> 耄歲誰知困不蘇，每虞黠鬼笑狂圖。陶公老去但濁酒，管老歸來惟白襦。不逐兒童覓兼味，且隨鄰曲了殘租。細思自有欣然處，高謝人間九折途。（卷 64，頁 3624）

此詩的韻腳與前詩完全相同，因而強化了此組詩的整體感，也凸顯主題的連續性。所謂「狂圖」應指其「慨歎胡未滅」〔註 55〕一類的議論。縱然已回歸田園，安分度日，對國家的眞誠關懷仍不免引來小人譏笑。陸游毫不客氣地用「黠鬼」、「兒童」等詞回批對方，在感慨中仍

---

〔註 50〕于北山：《陸游年譜》（上海：上海古籍出版社，2006），「開禧元年」條，頁 510。

〔註 51〕卷 63，頁 3578～3580。

〔註 52〕〈雨夜枕上作〉，卷 64，頁 3625。

〔註 53〕〈貧甚戲作絕句〉八首之六，卷 63，頁 3580。

〔註 54〕〈讀王摩詰詩愛其散髮晚未簪道書行尚把之句因用爲韻賦古風十首亦皆物外事也〉之二，卷 63，頁 3593。按：此詩與前注所引之詩，均作於開禧元年秋，故可參照以理解〈刈穫後書事〉二首之二。

〔註 55〕詳參作於距此詩不久前的〈客從城中來〉詩（卷 64，頁 3617）。

不失特有的鋒芒意氣。接著自比陶潛、管寧，既表明無求於世，亦帶出目前的「家居」處境。後半部順勢轉入收成後的經驗感受。所謂「欣然處」所指，應即陶、管全身養性、隱居求志的人生抉擇。正由於陸游肯定此種抉擇，故能安於食不兼味卻平靜踏實的躬耕歲月，而永別塵世的九折危途。兩詩語言平實但照應謹嚴，簡練地傳達了收穫紓困而引發的複雜感觸。再如〈故里〉：

> 漏盡鐘鳴有夜行，幾人故里得歸耕？摧傷自喜消前業，疾恙天教學養生。〔註 56〕鄰曲新傳秧馬式，房櫳靜聽緯車聲。芋魁菰首君無笑，老子看來是大烹。（卷 78，頁 4234）

此詩作於嘉定元年（1208），即詩人逝世前一年的秋天。首句的「漏盡鐘鳴」比喻年老，亦指夜深。故此句既用三國時田豫之典，嘆息世人戀棧權位至老不休，〔註 57〕也可解讀爲由當下之景興發對戕生害性的宦遊歲月的反省。〔註 58〕從而「幾人故里得歸耕」兼融了與他人對比的欣幸，以及自我今昔對比的感慨，也引出如今得以頤養天年的滿足。後半部集中描寫清貧田園生活的點滴。〔註 59〕頸聯直承「養生」，特寫日常的安

---

〔註 56〕所謂「摧傷」應包括今年春的「落職」處分與停發半俸。請參前揭邱鳴皋氏著，頁 251～253 的考證。因此這兩句不全是強調自身的老病。又，「消前業」雖爲佛家語，但佛教思想在全詩中並不及道家的養生思想明顯，因此本文仍將此詩歸入「全身養生的欣慰」的標題下。由於在宋代佛教教義已成重要的知識資源與社會文化，因此雖然佛教對陸游的影響相較道家或道教並不算深厚，但他還是會將佛教語彙作爲詩歌創作的材料。「消前業」一語應即其例，主要是用佛教的常見語彙表達己意，而非將佛教義理融入詩中，成爲全詩的主要內涵。關於陸游的佛教思想及其詩文中與佛教相關的內容，詳參伍聯群：〈論陸游的佛教思想〉，《船山學刊》，2007 年第 2 期。

〔註 57〕錢仲聯引《三國志・田豫傳》：「年過七十而以居位，譬猶鐘鳴漏盡而夜行不休，是罪人也。」注此句。

〔註 58〕陸游宦遊時，多有詩描述凌晨天未明時或夜間征行經歷，如〈沔陽夜行〉，卷 3，頁 256；〈長木夜行抵金堆市〉，卷 3，頁 262；〈宿江原縣東十里張氏亭子未明而起〉，卷 6，頁 491；〈早發新都驛〉，卷 6，頁 517；〈早發奴寨〉，卷 10，頁 840；〈信州東驛晨起〉，卷 11，頁 918；〈衢州早行〉，卷 13，頁 1025 等。

〔註 59〕陸游常以食芋、菰寫居家的儉樸或安貧，如〈蔬園雜詠・芋〉（卷 13，

居細節，與「漏盡鐘鳴有夜行」的艱辛形成對照，尾聯則凸顯貧而能安的懷抱。全詩蘊含的是，正由於耕織生活的單純平靜提供了身心的調護，因此詩人不僅對貧寒安之若素，甚至也能樂在其中。全詩含蘊豐厚，呼應緊密，既傳達了安貧情懷，也融入暮年之人特有的反思。

北宋田園詩中的安貧之什，亦有以順任自然爲底蘊、以閒淡自適爲基調者。但兩相比較仍可發現陸游這三首詩的顯著特點：

> 我生豈不辰，貧賤亦偶然。讀書飯脫粟，差可樂餘年。藝麻室南端，種桑屋東偏。弱婦事紡績，丁男長力田。瓶儲苟不乏，安用三百廛。老翁飽食罷，日晏尚高眠。豈知天地間，陵谷有變遷。獨恨生苦晚，不在羲皇前。嘗聞父老言，醉鄉隔烽煙。安得盈觴酒，時復中聖賢。（胡宿〈怨詩楚調示龐主簿及鄧治中〉，卷 179，頁 2052）〔註 60〕

> 十年資章甫，人棄我亦閒。得從長沮遊，時把嚴陵竿。本非厭作吏，未忍違故山。朝來行西疇，果腹惟三餐。信哉負郭美，五斗何足干。長爲田舍翁，所樂非所歎。（蘇過〈和叔寬田園〉六首之六，卷 1351，頁 15459）

北宋以安貧爲主題或涵容安貧情懷的田園詩，表現任眞順化、閒適超然的精神者較多，故此二詩有一定的代表性。〔註 61〕胡詩有較多日常

頁 1090）：「陸生晝臥腹便便，歎息何時食萬錢？莫誚蹲鴟少風味，賴渠撐拄過凶年。」〈示諸孫〉（卷 55，頁 3253）：「朱門莫羨煮羊腳，糲食且安羹芋魁。」〈貧居〉（卷 45，頁 2801）：「得飯多菰米，烹蔬半藥苗。」以其當時的貧困狀況（當年陸游因蝗害而頗爲拮据。見其〈寓歎〉，卷 77，頁 4219；〈出遊暮歸〉，卷 77，頁 4224 等詩）與首聯所用之典（據《三國志》本傳載，田豫「家常貧匱」）觀之，此處所指應爲安貧。

〔註 60〕此詩題下作者自加按語云：「此爲和陶潛同題次韻之作」，可見爲追和之詩，但其詩意顯然不同於陶詩原作的淒涼悲楚，應屬「和韻不和意」之作，不太可能出於「學習模仿古人」的意圖，而更像是借陶詩原韻抒寫自我情懷。因此我們以爲其性質仍與蘇過的〈和叔寬田園〉六首之六類似，均屬以抒發個人懷抱爲主的詩篇，可以相提並論。

〔註 61〕除胡、蘇之詩外，此類詩還有程俱〈戲書古句題山居〉，卷 1415，頁 16301、李復〈題步生所居〉，卷 1096，頁 12437 等。按：以上詩篇

生活的描寫，而蘇詩較強調本身的閒散形象，兩者共同點在於，雖然詩中也包含「十年」、「我生豈不辰」等涉及自我過去的詞句，但其實都只著重抒發詩人對某特定境況的感想。這種偏於平面的詩歌內容，既無法彰顯回顧人生時的複雜感受，也在一定程度上削弱了詩境的厚度。而陸詩則囊括今昔的對比與觀照，在回憶過去、反思今昔並正視目前貧困的同時，肯定自己選擇的生活，並流露繼續如此的意願，從而不僅強化了與官場歲月告別的決心，也使字裡行間蘊含著無限的人生感慨。此外，這些詩分別作於開禧元年與嘉定元年，正值南宋中期政治鬥爭逐漸激化之時，因此詩中與宦途相關的意象，就不僅表達對過去自我的回顧，也隱隱指向對當前政局的否定。

## 三、對鄉里的歸屬感

所謂歸屬感，乃就個人的態度指向與心理依託而言，亦即指人對地域與其中人群的認同、接納和依靠。〔註62〕陸游晚年賦予耕讀生活更積極的價值與意義，〔註63〕並與鄰里產生深厚情誼，〔註64〕因而對農村產生更多的歸屬感。它與得以保生養性的欣喜，都是陸游近二十年田園生活醞釀出的人生體驗，也成為他化解貧困之苦的重要慰藉。〈村興〉云：

結宇楓林下，久窮吾所安。村深事自簡，累少食差寬。雨

也體現與胡、蘇之詩類似的特點，但程作似難以完全排除有遊戲性質的可能，李復之作與安貧直接相關的內容比例稍低，故均不宜與胡、蘇之作並論。

〔註62〕王錦：〈歸屬感探析〉，《西安文理學院學報·社科版》，14卷4期，2011年8月，頁88～89。

〔註63〕詳參本章第三節。

〔註64〕陸游在長年的村居生活中與農民休戚與共、來往密切，長年下來培養了深厚的感情。陸詩云：「時跨一驢出門去，園丁野老盡相親」（〈甲子秋八月偶思出遊往往累日不能歸或遠至傍縣凡得絕句十有二首雜錄入稿中亦不復詮次也〉之四，卷58，頁3391），「知心幸有隣翁在，一笑相從草莽中」（〈貧甚戲作長句示鄰曲〉，卷51，頁3050）此類與鄉鄰熟稔親和之情狀的描述，在其晚年詩中屢見不鮮，難以遍舉。

闇牛眠屋，泥深鴨滿闌。呼兒擣粉餌，准擬賽鄰官。（卷 64，頁 3627～3628）

此詩作於開禧元年（1205）秋，正值北伐前夕，此時的陸游雖仍關心時局，但許國忘身的豪情已大爲淡化，而將生活重心轉至進德修業，並以化民成俗、耕讀傳家爲報國的方式。〔註 65〕他既以農村爲安身立命之所，也就能從務農生活本身獲得化解貧困之苦的力量。此詩首聯謂築屋於樹蔭之下，意味著紮根於這片土地，其後隨即道出「久窮吾所安」的心聲，透露的正是「託身得所」的欣慰爲其困乏處境中平靜之感的來源。「村深」兩句自我寬解之詞，語氣平和，入情入理，即爲此種心態下的產物。頸聯活畫出泥濘中的溫馨與生機，尾聯則意謂自家已融入農家的生活節奏。其中蘊含的是對清貧而富於生趣的農村生活的認同，也暗示了安居其中的自己淡泊而不失活潑的心境。全詩主要傳達的，正是回歸鄉里的寬慰對貧居之困的化解。再如〈村舍〉二首之一：

篠屋楓林下，柴門芡浦旁。先鳴雞腷膊，徐上日蒼涼。服藥貧寧輟，觀書老有常。仍須教童穉，世世力耕桑。（卷 47，頁 2867）

此詩作於嘉泰元年（1201）秋，詩人拒領半俸已近兩年，本年夏季賦詩，即「多安貧自勵之作」〔註 66〕，其貧至秋仍未紓解，但他仍能善自排遣。前半描寫的景物，已暗示對農村的體會：簡陋而不乏暖意、安定與秩序。在這樣的情境中，保重身體、勉力向學的生活情態，蘊含的是，即便生活清貧，詩人仍是淡泊而知足的，而能安定其心者，

〔註 65〕作於此年的〈自詠絕句〉八首之一（卷 61，頁 3493）云：「雙鬢蕭條失故青，躬耕猶得養餘齡。明時恩大無由報，欲爲鄉鄰講孝經。」〈晨起〉（卷 65，頁 3681）云：「老已忘開卷，貧猶力灌園。兒孫能繼此，亦足報君恩。」即透露此類信息。又，陸游晚年關懷政治社會的方式與中壯年時期已有不同，詳參詳參何映涵：〈陸游晚年人生志趣新探〉，《中國文學研究》，第 36 期，2013 年 7 月，頁 104～107 的論證。

〔註 66〕于北山：《陸游年譜》，「嘉泰元年」條，頁 463。

正是鄉居生活的靜謐氣息與帶來的歸屬之感。篇末的「仍」字，暗示對祖訓家風的自覺繼承，而世代耕桑的願望，更深化了其對鄉土的濃厚感情。現代人文地理學中，有所謂「地方依戀」的概念，意指人與特定地方之間建立起的情感聯繫，即一種在情感上融入到地方的感覺。它表達的是人們傾向於留在該處，並感到舒適和安全的心理狀態。〔註 67〕陸游的這兩首詩，即蘊藏著對故里農村的依戀之感，亦流露令人印象深刻的恬靜情味。

陸游安居鄉里的要因，還包括與鄰人休戚與共的情誼。〈村舍〉二首之二云：

> 生理嗟彌薄，吾居久未完。蝶飛窗紙碎，龜坼壁泥乾。小雨牛欄濕，微霜碓舍寒。晚禾蟲獨少，鄰里共相寬。今年晚禾苦蟲蛀，予鄉獨免。（卷 47，頁 2867）

此詩一半以上的篇幅，展現的都是一幅破敗濕冷，令人難以開顏的景象。但中間兩聯句法相似，〔註 68〕形成格外寬緩的語調，傳達出詩人的平靜與堅強。且詩中雖然難免唏噓，卻無明顯的悲愁之意，也可見他並未消沉，而是在感嘆中仍被某種力量支撐。將此詩尾聯的知足之語，與此組詩之一的尾聯「仍須教童稺，世世力耕桑」中蘊含的歸屬感合而觀之，可知真正能令詩人在貧困處境中獲得安慰者，不僅是「予鄉獨免蟲蛀」的幸運，更在於能相互寬解、彼此扶持的鄰里。另一個類似的例子是〈貧居即事〉六首之四：

> 米竭炊煙靜，村深客屨稀。庭除荒宿莽，籬落帶斜暉。風惡披書卷，鷗馴傍釣磯。鄰家殊耐久，相伴荷鋤歸。（卷 63，頁 3601）

本詩亦作於開禧元年秋。前兩聯寫農村貧況，展現的是一片困乏荒涼，彷彿被遺忘的世界。但詩人並無啼飢嚎寒之語，仍展現貞定從容之意

〔註 67〕朱竑、劉博：〈地方感、地方依戀與地方認同等概念的辨析及研究啓示〉，《華南師範大學學報·自然科學版》，2001 年第 1 期，頁 2。

〔註 68〕關於此二聯句法的特色，可參馮振：《詩詞作法舉隅》（濟南：齊魯書社，1986），頁 284。

態。頸聯的「風惡」應有隱喻在惡劣環境中堅守古道之意，〔註69〕「鷗馴」指自己已消除機巧之心而能忘懷得失。尾聯既點出自我的「半士農」身分，又以鄰人相伴歸去的身影，爲孤清的詩境增添了溫暖的人情味。「殊」有「甚」意，用作副詞，既加深了「耐久」的程度，也凸顯了詩人對鄰人情誼的感念。給讀者之印象是，除了抱道履節的持守，與鄉鄰經久不變的交誼亦爲貧居中的一大安慰。

北宋以安貧爲主題，或含括安貧情懷之田園詩，多強調詩中人本身閑散超脫的態度，尚未明確表現對田園的歸屬之感。陸游則將故鄉田園獨具的、恬靜安定的生活感受，與鄰里間扶持相守的雋永情味也譜入詩中，從而凸顯與鄉土深切的情感連結在其貧困之時的支撐力量，這是陸詩的特色。錢穆曾云：「中國傳統之士，每以天下爲家，流動性極大，斷無有固定於鄉土者。下及宋代亦甚。如歐陽修王安石皆江西人，仕履所至，遍歷各地。而退老不歸故鄉。如三蘇，原籍四川，來汴京皆不歸。……讀此諸人之詩文集，其心情所寄，不在鄉土，而在中國，在天下，豈不昭然若揭乎。」〔註70〕所論主要應就北宋而言。陸游誠然是胸懷天下的，但他在晚年確實也表現出對故鄉濃厚的依戀之情。近來已有學者指出，北宋文學中「隨心是家」的主題更爲突出，而南宋士人則對鄉土有較強烈的依附性與認同感。〔註71〕兩宋間的此種文化差異，在生於兩宋之交的陸游筆下已可見端倪。

綜觀本節所述可知，陸游田園詩中的安貧情懷，分別以對道德信念的頑強執著、全身養生的欣慰、與對鄉里的依戀爲核心生發開來。而其實質，則均爲詩人憑藉自覺、自主的生活方式或價值取向，淡化

〔註69〕陸游〈感憤秋夜作〉（卷20，頁1544）云：「月昏當户樹突兀，風惡滿天雲往來。太阿匣藏不見用，孤憤書成空自哀。」其中的「風惡」，亦應有隱喻時局凶險之意。

〔註70〕〈再論中國傳統文化中之士〉，氏著：《宋代理學三書隨劄》（臺北：東大圖書股份有限公司，1996年），頁200。

〔註71〕呂肖奐、張劍：〈兩宋家族文學的不同風貌及其成因〉，《文學遺產》，2007年第4期，頁51～55。

貧困壓迫，獲得坦然和安定的心理過程。在此過程中，對貧窮的態度也不只是一味的順承與化解，而是經常滲入人我之間的對照，或撫今憶往的思緒，因而在「貧中無所憂懼」的總體態度下，不時浮現對現今政壇中人的倔傲之氣、批判之意，與對整個人生的感喟。

在陸游田園詩中，「對道德信念的執著」是支撐他安於貧困的具有一貫性的精神力量，相關詩篇分佈於光宗紹熙與寧宗慶元、嘉泰、開禧等時期，時間跨度近二十年。而「全身養生的欣慰」與「對鄉里的歸屬感」則從嘉泰、開禧以後，方才較頻繁地出現。這些現象是頗爲合理的。它們既與陸游對當時士風的總看法相關；也與自光宗朝至寧宗朝，詩人的避禍心態趨於濃厚相呼應。

從光宗朝（1190～1194）起，日益混亂的政局就使陸游深感不滿，也讓他對歸隱得以保全人格尊嚴的價值有了更深切的體認。他經常對新躍上政壇的袞袞諸公感到不屑，或是鄙視他們「乞墦鉗市亦欣然」〔註72〕，不惜代價地追逐富貴；或是致以「時來豎子或成名」〔註73〕、「聯翩憐鳶肩，覆餗速戮辱」〔註74〕的譏嘲。他也爲「公卿缺自重，社稷欲誰期」〔註75〕的現實沉痛，並抨擊高官們以「謀謨」爲兒戲的不負責任與遺患久遠。〔註76〕寧宗（1195～1224）繼位後，陸游仍感失望。他對韓侂冑、趙汝愚之爭既冷眼旁觀，〔註77〕又由衷反感。〔註78〕韓氏獨攬大權後，他依舊對當時士大夫的才能、德行，

〔註72〕〈歎俗〉，卷24，頁1738。

〔註73〕〈冬夜讀書忽聞雞唱〉，卷24，頁1732。

〔註74〕〈山居疊韻〉，卷21，頁1631。

〔註75〕〈寓歎〉三首之三，卷21，頁1632。

〔註76〕〈群兒〉，卷26，頁1844。

〔註77〕〈上巳書事〉（卷32，頁2136）云：「丞相傳聞又三押，衡門未改日高眠」；〈閑中書事〉（卷32，頁2145）云：「登庸策免多新報，老子癡頑總不知」，都是針對韓、趙政爭而發。詳參錢仲聯注。

〔註78〕如〈歲暮感懷以餘年諒無幾休日愴已迫爲韻〉十首之九，卷31，頁2113；〈冬日讀白集愛其貧堅志士節病長高人情之句作古風〉十首之三，卷41，頁2601；〈北望感懷〉，卷41，頁2611等詩，都是撻伐黨爭誤國之作。

或主政者的用人風格偶有批評。〔註 79〕

朝局既然如此，再廁身其間必以犧牲人格尊嚴爲代價，同時退隱能保全道德良知的價值也發彰顯了。陸游屢次聲明「殘年老病侵腰膂，那得隨人病夏畦」〔註 80〕的態度，與「士在江湖道更尊」〔註 81〕、「及今反士服，始覺榮天爵」〔註 82〕的心聲，開始將守道之隱落實到現實生活中，將奮發踔厲的進取之志轉化爲有所不爲的操守，並明言以修身養德爲餘生的志趣所向。〔註 83〕他經常表明自己對管寧、梁鴻等隱士的尙友或欽佩之情，甚至以之自比，〔註 84〕並孜孜於進德修業，專注於內在的德性完成。這種無求於外的安頓自我的方式，既使他能較坦然地面對功名無成的現實，也是他田居時安於貧困極重要的精神力量。

另一方面，陸游始終認爲自己因志行剛直而遭罷職且復起無期，因此其隱居求志、持守氣節的表述，經常流露出頑強不屈的氣概。〔註 85〕

〔註 79〕如〈書感〉，卷 59，頁 3406；〈有所感〉，卷 61，頁 3497；〈秋夜思南鄭軍中〉，卷 63，頁 3591 等詩，均屬其例。

〔註 80〕〈次韻范參政書懷〉十首之一，卷 24，頁 1749。

〔註 81〕〈春晚〉二首之二，卷 66，頁 3710。

〔註 82〕〈村舍雜書〉十二首之十，卷 39，頁 2513。

〔註 83〕陸游在六十五歲（淳熙十六年，1189）罷歸山陰後，逐漸將三十餘年來執著的入世之志轉化爲修身化俗的追求。相關論證詳參何映涵：〈陸游晚年人生志趣新探〉，《中國文學研究》，第 36 期，2013 年 7 月，頁 75～115。

〔註 84〕如〈早自偏門入城晚出南堰門以歸〉（卷 23，頁 1708）：「伯鸞與幼安，尚友或庶幾。」〈夜興〉（卷 25，頁 1776）：「放翁尚友論千載，不取梁鴻即管寧。」〈讀後漢書〉二首之一（卷 39，頁 2494）：「賃舂老子吾所慕，垂世文章寧在多！詩不刪來二千載，世間惟有五噫歌。」〈鏡湖有鳥名水鴞鳴於春夏間若曰打麥作飯偶有所感而作〉（卷 68，頁 3810）：「千載梁伯鸞，巍然吾無間。」〈書室雜興〉四首之二（卷 72，頁 4006）：「布褐本自溫，筍蕨固已珍。君看梁伯鸞，寄食終其身」都是直接表達對管寧、梁鴻傾慕的例子。另外引梁鴻之事自況的例子亦多，爲省篇幅，恕不一一列舉。

〔註 85〕如〈寓懷〉（卷 22，頁 1635）：「脫粟未爲飢，短褐未爲寒。眾毀心自可，身困氣愈完。」〈秋夜書感〉（卷 30，頁 2040）：「平生歷畏塗，赤手犯蛟鱷。幸收垂盡日，歸臥一丘壑。鄉鄰怪此老，骯髒尚如昨。使無湖海寬，朝市何處著？諸公方袞袞，一士要諤諤。謀食古所羞，於此同時，他又始終輕視那些爭名奪利的臣僚，甚至屢次對比人我差別，有與之劃清界線之意。〔註 86〕這種明確而長期的與官場對抗、區隔的意識，使他的田園詩在抒發守道固窮情懷時流露某種倔傲之氣，而這也是其詩的一大特色。

陸游田園詩「全生養生的欣慰」、「對鄉里的歸屬感」等心聲在寧宗朝以後的較常出現，仍與政局的變化密不可分。隨著寧宗的即位（1195），韓、趙之爭趨於白熱化，韓黨取得最後勝利，並隨之發動「慶元黨禁」（1197）。黨禁前後的肅殺氣氛，已令陸游深感政爭的可怕。開禧三年（1207）年底，史彌遠集團謀害韓侂冑並獨攬朝政後，政局愈趨黑暗腐敗，更使詩人感到官場中駭機遍地，危機四伏。要而言之，寧宗朝後險惡且頻繁的政壇鬥爭既令陸游慶幸及早脫身，也使他對道家的避世貴身思想有更深的認同。〔註 87〕其安貧之詠中「全身養生」心聲的出現，正是此種心態下的產物。

此外，自寧宗即位以後，陸游經常回顧陸氏「爲貧出仕退爲農」〔註 88〕的耕讀家風，並期勉子孫效法先人延續敦厚門風與讀書傳統。他這種想法的考量點之一，就是耕讀生活遠離名利場的凶險。〔註 89〕對他而言，「躬耕」已獲得回歸生命本原的意義，〔註 90〕並被

終身美藜藿。」〈醉題埭西酒家〉（卷 40，頁 2564）：「馬得一鳴何恨斥，金經百鍊豈容柔？不知千載塵埃裡，更有吾曹強項否？」

〔註 86〕例如〈書歎〉（卷 25，頁 1776）：「仗馬自貪三品料，雲鵬方駕九天風。」〈雨夜南堂獨坐〉（卷 25，頁 1786）：「鳳皇覽德乃下集，可憐飛螢常熠熠！」〈龍鍾〉（卷 27，頁 1880）：「搶榆敢羨垂天翼，倚市從嗤刺繡文。幸有筆床茶竈在，孤舟更入剡溪雲」等等。

〔註 87〕詳參本論文第三章第二節。

〔註 88〕〈示子孫〉二首之一，卷 49，頁 2943。

〔註 89〕如〈示子孫〉二首之一（卷 49，頁 2943）云：「爲貧出仕退爲農，二百年來世世同。富貴苟求終近禍，汝曹切勿墜家風。」表達類似心聲者還有〈三山卜居今三十有三年矣屋陋甚而地有餘數世之後當自成一村今日病少間作詩以示後人〉二首，卷 38，頁 2465；〈感事示兒孫〉，卷 44，頁 2723；〈題齋壁〉二首之二，卷 55，頁 3254 等。

〔註 90〕如〈幽居記今昔事十首以詩書從宿好林園無俗情爲韻〉之二（卷

視為子孫綿延的有力保障，故經常表達依之終老、以之安身立命的心聲。〔註91〕此外，與鄉鄰情誼的加深也強化了他對故鄉的歸屬感。自嘉泰元年起，陸游退居山陰進入第十年。此後陸詩之所以常出現因人情溫暖而淡忘貧困之苦的心聲，應與詩人和鄉親之間的情誼隨相處時間的累積而增長有重要的關聯。

總而言之，陸游自禮部罷歸後，對歸隱抉擇得以保全人格尊嚴與道義原則的價值，有更真切的體認。並且隨著政局的日益黑暗混亂與隱居時間的加長，他在田園中的安定與歸屬之感也有加深。這種對田園生活深切的依附感與價值體認，遠非他當年宦遊途中不堪奔波之苦而偶然興起的思鄉之情可以相提並論，也成為其暮年居窮處貧時重要的心理支撐。

但是，雖然陸游面對物質上的貧困壓迫絕大多數時候仍能保持心理的坦然和安定，並且在晚年亦能認可歸隱的價值所在，但這些都難以否定終老田園是與他最熾熱的抱負有違的結果，是一種不得已的選擇。因此在田園詩中，陸游仍難免發出仕途困頓失意的浩嘆。

## 第二節　困頓失意的感觸

陸游的田園詩主要創作於他仕途受挫的時期。在這段過程中，他仍經常慷慨激昂地抒發保家衛國的決心、建功立業的熱情，也曾對理想落空、壯志難酬而悲憤難抑。因此在其田園詩中，也難免出現此類情懷。他有部份田園詩中抒發的情感，即與報國無路的苦悶直接相關；或是與宦途失意引發的對自我生命的價值、意義或整體性處境的

76，頁4168）：「上世本為農，輟耕業詩書。我少學不成，固應返其初。」

〔註91〕如〈自勉〉四首之四（卷49，頁2953）：「歸老寧常逸，時時學荷鉏。室雖無長物，圃尚有餘蔬。壯志誠衰矣，貧居亦晏如。為農當世業，安用築門閭。」〈夜過魯墟〉（卷56，頁3289）：「晡時發柯橋，申夜過魯墟。燈出籬落間，七世有故廬。……安得病良已，畢世澆春蔬？」〈視東皋歸小酌〉二首之二（卷64，頁3632）：「少年誤計慕浮名，更事方知外物輕。身誓生生辭祿食，家當世世守農耕。」

感受省思密切相涉。其意旨歸趨，可以用「困頓失意的感觸」概括。值得注意的是，其中雖不免有苦悶與無奈之感，但在更多時候，陸游仍心繫國家的安危、朝局的發展，流露超越一己得失窮達的開闊胸襟。

## 一、對身分落差的失落

在陸游之前，北宋田園詩中開始出現較多抒發困頓失意的身世之感的作品，它們多半爲嘆貧之作，或由嘆貧而隱隱有感慨宦途失志之意。〔註92〕明確地抒發因從政生涯激起的內心波瀾、並且在身世滄桑之感中，仍展現關切時政朝局的胸懷，此爲陸游爲古代田園詩開拓的又一新境。

陸游田園詩中也有少數嘆貧之作，它們內容瑣碎、情調低沉，與北宋以來此類詩作較爲接近，個人的特色與創新尚不甚明顯。〔註93〕但此類詩作爲數不多。數量較爲可觀，且最足以代表陸游此類田園詩特色的，是那些抒發身分的落差帶來的荒謬感、虛無感，以及沉重寂寞感的作品。例如以下詩篇：

> 少年壯氣吞殘虜，晚覺丘樊樂事多。駿馬寶刀俱一夢，夕陽閑和飯牛歌。（〈小園〉四首之四，卷13，頁1042）
>
> 少攜一劍行天下，晚落空村學灌園。交舊凋零身老病，輪囷肝膽與誰論？（〈灌園〉，卷13，頁1081）
>
> 致主初心陋漢唐，暮年身世落農桑。草煙牛跡西山口，又臥旗亭送夕陽。（〈飲村店夜歸〉二首之一，卷15，頁1171）

在這些詩篇中，都出現了今昔的對比，而且在時間上呈現很大的距

〔註92〕例如王禹偁〈種菜了雨下〉（卷65，頁738）、劉敞〈種蔬〉二首（卷467，頁5662）、蘇轍〈種菜〉（卷850，頁9829）、〈立冬聞雷〉（卷867，頁10093）、〈蠶麥〉二首（卷869，頁10117）、秦觀〈海康書事〉十首之一（卷1057，頁12088）、晁補之〈收麥呈王松齡秀才〉（卷1129，頁12811）、程俱〈賦長興錢圃翁詩〉（卷1010，頁16248）、鄭剛中〈臨刈早苗〉（卷1692，頁19057）、鄭剛中〈臨刈早苗〉二首之二（卷1693，頁19065）、張嵲〈穗粟〉（卷1838，頁20469）。

〔註93〕例如〈林居秋日〉（卷35，頁2274）、〈夜歸〉（卷43，頁2685）、〈苦雨〉二首之二（卷51，頁3044）、〈出遊暮歸〉（卷78，頁4224）等。

離。但詩人的重點並不在於抒發時光流逝的感慨，而在於表達人生時間的兩極中，心態、遭遇的懸殊落差。古代感慨時光流逝之詩常揉入「變」與「不變」的事物，並以「不變」反襯出人生的短暫無常。〔註94〕但在陸游的此類詩歌中，凸顯的是雙重的變遷：年齡與處境，而人生的兩個時間端點中並不存在任何過去的見證。少年時仗劍遠遊的豪氣、致君堯舜的初心，彷彿隨時光消逝，不留下任何痕跡。如果說，此類見證的存在足以彰顯對過去的美好「如今難再」的感傷，那麼它的蕩然不存，似乎暗示詩人對過去是否「眞實存在」的失落、迷惘。〈小園〉四首之四即云：「駿馬寶刀俱一夢」，這種對過去人生的虛幻體驗，其實質是如今處境與當時心境的巨大懸殊導致的強烈失落感。在另一些詩篇中，「現在」不只是與過去相對立的「端點」，而是過去一段長期經歷之後的「歸宿」，例如：

> 歷盡危機歇盡狂，殘年惟有付耕桑。麥秋天氣朝朝變，蠶月人家處處忙。（〈小園〉四首之二，卷13，頁1042）
>
> 村南村北鵓鴣聲，水刺新秧漫漫平。行遍天涯千萬里，卻從隣父學春耕。（〈小園〉四首之三，卷13，頁1042）
>
> 二頃春蕪廢不耕，半生名宦竟何成？歸來每羨農家樂，月下風傳打稻聲。（〈夜聞鄰家治稻〉，卷15，頁1177）

在這些詩篇中，過往雖疲累卻仍含有機會與希望的仕宦生涯，與如今平靜卻規律且單調的農村生活形成強烈對比，詩人心中的激盪盡在不言中。從「惟有」、「卻從」、「竟何成」等簡短詞語中，不難感受到陸游難言的苦澀。

以上詩歌均作於淳熙八年（1181）至十年（1183），即陸游被罷提舉淮南東路常平茶鹽公事之任，回到山陰奉祠的前三年期間。在此之前，他已經歷過南鄭前線金戈鐵馬的生活、在巴蜀流徙不定的生涯，三

〔註94〕詳參花志紅：〈古詩中的時間意識〉，《西昌師範高等專科學校學報》，14卷1期，2002年3月，頁13～15。按：唐人賀知章的〈回鄉偶書〉二首，即是其中著名的例子。

年前（淳熙五年，1178）終於奉召還朝，並得到入京奏對的機會，卻又只得到提舉福建常平茶事、提舉江南西路常平茶鹽公事等與素志不符的職位。宦海浮沉多年的他在淳熙八年回到山陰時已五十七歲，回首前塵，他既難免感到疲憊，更難掩心情的波瀾。邱鳴皋已發現：「在他這時期的詩中，較多地出現了專寫『落差』、揭示理想與現實矛盾的作品，他總是把兩種截然不同的遭遇，兩兩對照地結撰在同一首詩中，從而揭示理想、希望的破滅，從而表達他的苦澀與憤懣。」〔註 95〕

其實這種「兩兩對照」的內容一直到十幾年後依然斷續地出現。例如作於慶元元年（1195）、開禧元年（1205）、三年（1207）與嘉定元年（1208）的四首詩：

> 小市湖橋北，幽居石棣西。蒲深姑惡哭，樹密秭歸啼。山茗封青箬，村酤坼赤泥。平生汗簡手，投老慣扶犁。（〈春晚雜興〉六首之四，卷 32，頁 2132）

> 枳棘編籬晝掩門，桑麻遮路不知村。平生詩句傳天下，白首還家自灌園。（〈秋思絕句〉六首之四，卷 63，頁 3588）

> 短褐蕭蕭一幅巾，明時乞與水雲身。平生不售屠龍技，投老眞爲種菜人。釜粥芬香餉鄰父，闌豬豐腯祭家神。聯翩節物驚人眼，儺鼓停檛又見春。臘月八日以粥相饋，北俗也。蜀人豢豬供祭，謂之歲豬。（〈歲未盡前數日偶題長句〉五首之二，卷 74，頁 4080）

> 小築並湖堤，茅茨不厭低。引泉澆藥圃，斫竹樹雞棲。夕靄山常淡，秋蕪路欲迷。平生草《玄》手，老去學鉏犁。（〈小築〉，卷 77，頁 4203）

這些詩雖陸續作於十餘年間，卻不約而同地出現了「平生」這個詞。「平生汗簡手」、「平生詩句傳天下」、「平生不售屠龍技」、「平生草玄手」等回顧、總結一生的語氣，既表達對個人才能的高度自信，更含蘊對平素所學、經世之志無法發揮的不甘與無奈。鄉村生活與田園背

〔註 95〕氏著：《陸游評傳》（南京：南京大學出版社，2002），頁 177。

景在這些詩中，本質上只能是自我崇高抱負與才華的反諷。顯然，這種理想與現實的衝突、自我身分的落差，與恢復之志不遂一樣，是陸游一生始終不能完全擺脫的心結。此段時期的這類詩篇，不像過去多爲七言絕句，而是五七言律，且揉入較多生活情事的描寫。因此「今」與「昔」的對比突出度略遜過往，語氣的沉重感也較沒有那麼明顯。但失落悵惘之意依然揮之不去。

這種失落感有時又藉由自嘲、自貶表現出來，例如作於淳熙八年的兩首詩：

> 雨送寒聲滿背蓬，如今眞是荷鉏翁。可憐遇事常遲鈍，九月區區種晚菘。（〈蔬園雜詠・菘〉，卷 13，頁 1089）

> 往日蕪菁不到吳，如今幽圃手親鉏。憑誰爲向曹瞞道，徹底無能合種蔬。（〈蔬園雜詠・蕪菁〉，卷 13，頁 1089）

「晚菘」爲秋末美食，〔註 96〕但詩人居然在已屬秋末的九月才開始「種」它，難怪以「遲鈍」自嘲。「荷鉏翁」的身分已夠狼狽，更何況連這種身分也不能稱職，「遇事常遲鈍」中要表達的顯然是「一事無成」的沉重傷感。第二首詩末兩反用劉備閉門種蕪菁之典，〔註 97〕意爲向政敵喊話：我與劉備不同，如今已是無能到底、毫無反撲可能的農夫。「如今眞是荷鉏翁」也好，「徹底無能合種蔬」也罷，都在自我貶抑中流露出深深的不甘與自憐。又如以下二詩：

> 十里城南禾黍村，白頭心事與誰論？惰偷已墜先人訓，迂拙仍辜聖主恩。病退時時親蠹簡，興來往往出柴門。斜陽倚杖君知否？收點雞豚及未昏。村老人不能耕者，以牧雞豚爲事，村隣皆然。（〈南堂雜興〉八首之六，卷 72，頁 3982）

> 占星起飯犢，待月出輸租。遇嶮頻呼侶，扶轅數戒奴。畏

〔註 96〕據錢仲聯注，「晚菘」典出《南史》卷 34〈周顒傳〉：「文德（按：應作「文惠」）太子問顒：菜食何味最勝？曰：春初早韭，秋末晚菘。」

〔註 97〕錢仲聯注云：「葉寘《愛日齋叢鈔》卷四：漢昭烈閉門將人種蕪菁，曹操使人窺之。昭烈謂關、張曰：吾豈種菜者乎？曹公必有疑意，不可復留。輕騎夜去，往小沛，收合餘眾。……劍南詩中『憑誰爲向曹瞞道，徹底無能合種蔬』，變化昭烈事用之，意高。」

飢懷餅餌，愁雪備薪槱。意象今誰識？當年賦〈兩都〉。（〈租稅〉，卷85，頁4527）

這兩首詩分別作於開禧三年（1207）與嘉定二年（1209），距陸游淳熙十六年（1189）罷歸山陰已近二十年。隨著歲月的淘洗與對世事理解的益發透徹，兩首詩相較於前引作於淳熙八年的作品，由於語氣較不激烈，悲愴之感也似乎沒那樣尖銳，但自嘲意味與寂寥之感依然濃厚。前首詩先從身處環境與友人闕如寫出與世隔絕處境，再以「惰偷」、「迂拙」兩度自貶。末句意指如今自己已成了「不能耕」，只能點收家禽家畜的老人，既與前面的「偷」與「拙」形成呼應，也與作於數十年的「荷鉏翁」遙相映照，處境每下愈況之感盡在不言中。後詩中的自我形象較為「能幹」，但所作所為已全然與農夫無異。句尾雖云「意象今誰識」，但言下之意似乎是，連自己也快無法回憶起當年像班固一樣鼓吹崇儒、強調禮制、參與國家文明建設的那個自己了。佔全詩大半篇幅的務農細節描寫，顯然有種反諷的意味，自傷身世之感依舊瀰漫於字裡行間。〔註98〕

與仕途不達最直接聯繫的往往是深刻的孤獨感、隔離感。陸游經常將自我形象置於一片幽閉荒涼、或廣漠蕭瑟的環境中，以抒發孤孑隔離之感，例如：

寂寞山深處，崢嶸歲暮時。燒灰除菜蝗，讀如橫字去聲。送芋謝牛醫。覓水晨澆藥，燈窗夜覆棋。杜門君莫怪，遲暮少新知。（〈杜門〉，卷13，頁1073）

地爐附殘火，將夕鳥雀喧。食已了無事，扶杖閑出門。披披歸雲陣，淡淡新月痕。平生足憂患，歲晚信乾坤。緩步牛羊巷，浩歌桑柘村。九原不可作，吾意與誰論？（〈晚步〉，卷15，頁1213）

上述詩篇都作於秋、冬之際，景象原本就比較蕭條，與詩人冷落的心

〔註98〕此外如〈舍北野望〉四首之三亦屬自嘲之作，詩云：「溪彴通西崦，山蹊繚北村。殘霞明水面，落葉擁籬根。野父編龍具，樵兒習兔園。吾今井蛙耳，敢復慕鵬鯤！」（卷38，頁2437）

境兩相湊泊，遂構成一片片荒寒的意境。次例中雖也有看似豪壯的「浩歌」之舉，但那只是投閒置散處境中，對如今無可晤言者的孤寂感的發洩罷了，本質還是無奈、淒涼的。〔註99〕

對陸游這樣一位性格積極、亟欲最大程度地擴充生命價值、實現生命意義的詩人而言，事業無成導致的沉重失落感使他即便回到故鄉也難以完全得到身心的安頓，乃至屢次以「客」或「鴻」自況：〔註100〕

> 蔬圃依山腳，漁扉並水涯。臥枝開野菊，殘枿出秋茶。病骨知天色，羈懷感物華。餘年有幾許？且灌邵平瓜。（〈蔬圃〉，卷23，頁1704）
>
> 跡是滄浪客，家居穲稏村。秋菰芼羹滑，社酒帶醅渾。勛業知難遂，文章不更論。惟餘此身在，分付與乾坤。（〈題齋壁〉，卷27，頁1906）
>
> 漠漠炊煙村遠近，鼕鼕儺鼓埭西東。三叉古路殘蕪裡，一曲清江淡靄中。外物已忘如棄屣，老身無伴等羈鴻。天寒寂寞籬門晚，又見浮生一歲窮。（〈舍北晚步〉，卷38，頁2460）

這三首詩分別作於紹熙二年（1191）、四年（1193）與慶元四年（1198）。與自嘲意味明顯的詩篇相較，這些詩的語氣更顯平靜。詩人已不再追憶意氣昂揚的過往、或嘲弄如今百無一用的自我。彷彿已逐漸接受了現實，但年華漸老、功業無成、為世遺忘的寂寥無奈之感，依舊揮之不去。「滄浪客」、「羈鴻」、「羈懷」，對當時安居故鄉的詩人而言，當然不是實指浪跡天涯、走南闖北的漂泊，其實質是由於從原有社會身分中鬆脫、跌落所帶來的漂移不定之感，以及深沉的孤獨感。

總而言之，在陸游之前很少有田園詩這樣多面地表現僻處農村的士人自我身分認同被現實橫加打擊、以致斷裂失落的孤寂感。與北宋

〔註99〕其他如〈得故人書偶題〉（卷39，頁2520）、〈晚寒自東村步歸〉（卷28，頁1929），亦屬陸游田園詩中，發抒落魄孤寂之感的例子。

〔註100〕若檢閱所有陸游作於退居山陰時之詩，可發現他也頗喜以「蓬」自比。

抒發個人困窮失意之感的田園詩相較，陸游詩突出表現的是超越個別事件導致的貧困之嘆的、更深切無奈、令人失落茫然的悲哀。

## 二、對社稷蒼生的繫念

然而，陸游畢竟沒有被現實打倒，骨子裡依然堅定地抱持著身爲知識份子的自我認定，這使其詩的困窮失意之感並未沉溺在無止境的自傷中，而是仍與對社會的使命感、責任感相聯繫。

在紹熙元年（1190）以後，或許由於南宋的「中興」局面隨著孝宗的退位、駕崩而結束，朝廷亂象隨之日益增加，因此陸游詩在慨嘆自我困窮之際，也逐漸出現愛君憂國之情，心繫社稷之意。例如作於紹熙五年的系列詩作：

> 買牛耕剡曲，舉世笑迂疎。流落愈憂國，衰殘猶讀書。滔滔安稅駕？耿耿獨愁余。破屋秋多雨，情懷用底攄？（〈雨夕排悶〉二首之一，卷 30，頁 2042）

> 煙雨暗郊墟，頹然臥草廬。蟲喧夢回枕，燈伴讀殘書。短褐頻關念，荒畦久廢鋤。更堪湖水漲，累日食無魚！（〈雨夕排悶〉二首之二，卷 30，頁 2042）

此組詩作於紹熙五年（1194）秋。本年六月宋孝宗卒，光宗竟不爲執喪，引起朝野震動，不久被迫退位，寧宗隨之繼位。前首詩中的憂國之意應即由本年朝廷政局的動盪而引起。「舉世笑迂疎」的孤獨處境恰與「滔滔安稅駕？耿耿獨愁余」相呼應，詩人的孤高自賞之意，與對臣僚在「一朝天子一朝臣」的局面中奔競不止的反感、無奈，洋溢於字裡行間。後詩中的「短褐頻關念」承接對朝政的憂心而來。滔滔者天下皆是，平民的福祉除卻自己還有誰在乎？此詩裡的「悶」感已超越一己窮達的考量，交織著對天下的憂念。又如〈閔雨〉二首：

> 黃沙白霧晝常昏，嗣歲豐凶詎易論。寂寂不聞秧鼓勸，啞啞實厭水車翻。粟囷久盡無遺粒，淚席嘗沾有舊痕。聞道憂民又傳詔，蒼生何以報君恩？有詔禱雨天竺山。（卷 29，頁 2014）

赤日黃塵江上村，徵租惟有吏過門。微風敢喜北窗臥，大旱恐非東海冤。千載傳巖疑可致，一篇〈洪範〉向誰論？青蔬半畝垂生死，且喚鄰翁共灌園。（卷 29，頁 2015）

此組詩作於同年夏，兩詩均由個人的困乏貧窮延伸至對時局的關切。前者將一己困窮之感消釋於對「君恩」的感念，後者則進而書寫對時局的憂念。「微風」句反用陶淵明〈與子儼等疏〉之典，也將自己與高臥北窗、不問世事的隱士劃清了界線。「大旱」句反用《漢書》中「東海孝婦」之典，與「一篇〈洪範〉向誰論」共同表達的是：旱情恐非單一冤案引起，而是因政局震盪引起的災異，只是自己此番憂國之意與警世之心無由訴說。〔註 101〕即便有才比商代傳說的自信，卻無他得到君王知遇的幸運，因此憂國報時之志只能藏在心中，與鄰翁相伴灌園，以撐過這場大旱。作於同年秋的〈大風雨中作〉，也以聲勢驚人的暴風雨中「老病無避處，起坐徒歎驚。三年稼如雲，一旦敗垂成。」〔註 102〕的困頓之感爲主，但在結尾云：「夫豈或使之，憂乃及躬耕。鄰曲無人色，婦子淚縱橫。且抽架上書，〈洪範〉推五行。」〔註 103〕暗指上位者政事失誤、行爲乖戾，以致百姓受到災異之殃。

寧宗即位後，南宋政壇並未顯出多少新氣象，反而又陷入趙汝愚、韓侂胄兩大集團相互爭鬥的漩渦，再度造成時局的動盪。鄉居的陸游雖然遠離政爭風暴，卻仍心繫國事。作於慶元四年（1198）秋的〈村居〉云：

孤村淺浦近江城，西折坡陀一嶺橫。墟落煙生含暮色，園林風勁作秋聲。年豐租稅無逋負，酒熟鄉鄰遞送迎。老病愈知難報國，只將高枕送餘生。（卷 37，頁 2401）

〔註 101〕陸游相信天人相感相應之說，如〈雜感十首以野曠沙岸淨天高秋月明爲韻〉之六（卷 77，頁 4208）：「天人本一理，禍福常昭然。人眾何足恃，妄謂能勝天？適燕當北轅，調瑟當解弦。五行未可忽，〈洪範〉禹所傳。」

〔註 102〕卷 30，頁 2047。

〔註 103〕同前注。

此詩的重點不在抒發個人獲取功名之志，或泛寫身世坎廩之感，而是直抒欲報效國家之忠忱，以及日益年邁導致一腔赤誠恐將落空的悲哀。若聯繫創作此詩的創作年份來看，這份對於「報國」之心能否實現的懸念，很可能也起於對國家前景的憂慮，源自對慶元黨禁造成朝局紛亂的不安。〔註 104〕又如作於隔年（1199）秋的〈九月七日子坦子聿俱出斂租穀雞初鳴而行甲夜始歸勞以此詩〉，先是感嘆螟蟲肆虐、導致莊稼受損，自家與佃農的生計都陷入困境，最後卻仍歸結到：「官富哀我民，榜笞方甚威；渠亦豈得已，撫事增歔欷！」〔註 105〕其中，既有對農民的同情、以及對官吏「榜笞」催租的諒解，似亦有隱憂官民衝突、官逼民反之意。

直至年逾八旬，陸游在仕進無望、功業無成的失意感中依舊不忘關切時局。作於開禧元年（1205）秋的〈殘年〉云：

> 殘年垂八十，〔註 106〕高臥豈逃名。泥巷多牛跡，茅檐有碓聲。炊菰觴父老，煮棗哺雛嬰。遣戍雖傳說，何時復兩京？〔註 107〕（卷 62，頁 3561）

此時正值宋廷決定對金用兵之際。陸游雖無緣參與機要，也對此有所耳聞。首聯云隱居不仕並非出於「逃名」的自我意願，言下之意是僻居於農村從根本來說是有違自己初衷的。中兩聯的平淡生活再度渲染

〔註 104〕慶元三年（1197）年底韓侂冑集團對政敵實行全面禁錮後，本年五月又詔告天下，嚴禁「僞學」，道學黨徹底失敗，南宋朝局再度陷入分裂。陸游此時雖然屏居鄉間，但仍關注官場的紛亂擾攘。他作於本年秋的〈新秋以窗裡人將老門前樹欲秋爲韻作小詩〉十首之三云：「小智每自私，大患緣有身。孰能忘彼己？吾將友斯人。」（卷 37，頁 2386）應有對黨爭隱致慨嘆，希望兩黨中人捐棄自私之心、消除彼此之別之意。（關於此詩的解讀可參考于北山：《陸游年譜》，上海：上海古籍出版社，2006，頁 431、434。）

〔註 105〕卷 40，頁 2564。

〔註 106〕按：此句非寫實。當年陸游已八十一歲。

〔註 107〕錢仲聯注「遣戍」句云：「《宋史》卷三八〈寧宗紀〉：『開禧元年，六月，辛卯，詔內外諸軍密爲行軍之計。戊戌，命諸路安撫司教閱禁軍。……秋七月庚申，……命興元都統司增招戰兵。』」

寥落之感。尾聯遙遙呼應首聯，暗示的是，由於北伐大業再度啓動，即便自己已至殘年，身如老農，內心深處依然掀起對於「高臥」處境的波蕩，並重拾對於抗金、收復的自我抱負與期待。

在陸游之前，只有極少數的詩人偶而在田園詩中敘寫自己的生活狀況、思想情緒時，關注了社會問題。例如陸游甚爲傾慕的同宗陸龜蒙，其〈江墅言懷〉、〈村夜〉二首即屬此類作品。但是在陸龜蒙詩中，詩人將自己的貧病潦倒、國家的戰亂頻仍與農民的窮困疾苦熔於一爐，並突出刻劃了自己艱困窘迫的生活情況，因而有力地表現了幽憤哀痛、百憂交結之情，籠罩著濃厚的末世情調。〔註 108〕陸游詩則相對比較平和。尤其令人印象深刻的是，詩人「衰殘猶讀書」的不甘沉淪的意志與依舊存有「報國」、「報君」之念的執著。其詩因而在失落中仍存在對未來的希望與向上提升的力量，不似陸龜蒙詩那樣流於衰颯。

綜上所述可知，陸游田園詩中的困窮失意之感，主要表達的不是物質生活的匱乏之嘆，而是僻處田園、仕進無望，無法發揮畢生抱負的深沉無奈與悲哀。這也是其詩有別於先前田園詩的一大特色。就陸游詩本身而言，此種羈窮寂寥之感的表達，其激烈悲慨的程度在紹熙元年之後程度略有減輕。另一方面，憂時愛國之意開始注入其中，與個人的身世之慨打成一片，使詩的格局境界更顯開闊，也流露詩人不因一己窮達而改易的心繫社稷之懷，以及身爲士者的深刻責任感。

在接下來的分析中我們將發現，對於作爲知識份子的根深蒂固的身分認同，使陸游無論身處何種境地，都努力嘗試實踐某種符合道義的生活方式，落實維護儒家價値觀的生活態度。他甚至賦予一度令他感到失落、無奈的躬耕生涯符合經書義理的意義。力耕之詠因而成爲陸游田園詩中又一特色鮮明的主題。

---

〔註 108〕關於陸龜蒙此類詩篇的特點，可參考王錫九：《皮陸詩歌研究》（合肥：安徽大學出版社，2004），頁 205～208。

## 第三節　勤勉耕作的心聲

陸游寫個人農事經驗之詩篇幅頗爲可觀。歸納入「安貧」、「身世之感」、甚至「日常生活之適」等主題中的部份詩作，均以個人農事生活爲題材。除此之外，還有一類可以「勤勉耕作的心聲」或「力耕心聲」概括其主旨的詩，它們突出地展現以下傾向：更主動、自覺地投入耕作並樂於其中；緊扣耕耘與收穫的種種過程；或明確肯定自我耕作生活本身的價值，並抒發與之直接相關的情懷。

力耕的本意是努力從事農業生產。但我們所討論的陸游的「力耕」，不只指親自從事耕作，也指在下種、收穫、收租時的監督、經營。因爲宋代包括陸游在內的多數詩人並非自耕農，而是請佃農耕種的地主。〔註 109〕宋人也稱以地主身分關注農事的行動爲「耕」、「務農」或「力耕」，〔註 110〕這樣的歷史事實與語言慣例顯示，研究陸游詩時對「力耕」作較寬泛的理解是合理的。「力耕心聲」中的「力耕」既可就「主體心態」而言，也可就心聲賴以生發的「事件」而言。因此陸游田園詩中與此密切相關的態度、意向，均可用「力耕心聲」來概括。

「力耕」的含意與「躬耕」有聯繫又有所區別，它是躬耕的一種

〔註 109〕許多宋詩的標題即反映了此一史實，如蘇轍〈遜往泉城穫麥〉、〈遲往泉店殺麥〉、〈文氏外孫入村收麥〉、〈外孫文九伏中入村曬麥〉、李彭〈舍弟彤檢校南莊刈稻〉、陸游〈統分稻晚歸〉、〈督下麥雨中夜歸〉、〈九月七日子坦子聿俱出斂租穀雞初鳴而行甲夜始歸勞以此詩〉、朱熹〈次秀野泛滄波館至赤石觀刈早稻韻〉、胡寅〈和叔夏視穫〉三首、趙蕃〈秉文以田事入村歸而寄之〉二首、曹秀約〈首春課湖莊種植〉等。劉蔚即指出，「反映出封建租佃制度下，地主階級對農業生產的特殊關注以及他們親歷農桑的眞切感受」，爲宋代田園詩的特點之一。詳參〈宋代田園詩農事題材的新變〉，氏著：《宋代田園詩研究》（北京：人民文學出版社，2012），頁 60～63。

〔註 110〕例如蘇轍〈示諸子〉（卷 869，頁 10123）：「兄弟躬耕眞盡力，鄉鄰不慣枉稱賢」；胡寅〈和叔夏視穫〉三首之二：「莫嗤公子務農時」（卷 1874，頁 20987）等。身爲地主的陸游在以「耕」、「力耕」、「躬耕」等詞語指稱自我親臨農事的行動時，既可能指親自耕種，也很可能指從旁監督佃農、經營農務的活動。

型態。「躬耕」意爲「親自耕作」；「力耕」則意爲「努力耕作」，更強調主體對於耕作的積極、主動、或專注態度，詩境也與眞實的農耕活動更加吻合。在陸游之前，以詩人自我農事活動爲題材的田園詩本屬少數，在這些占少數的詩中，除了陶詩之外，寫的又多半只是「躬耕」（甚至是「休閒性的躬耕」），而非「力耕」。陶淵明雖爲「士大夫親身參加農耕，並用詩寫出農耕中的體驗」〔註 111〕的第一位作者，但他專寫力耕甘苦的詩也只有六首。〔註 112〕從他之後直到陸游之前，士人力耕之詩的創作局面相當冷清，傑作更是寥寥可數。〔註 113〕

呂輝指出，「士大夫田間勞作，自陶淵明首開風氣後，少有人繼之，陸游卻努力向陶淵明學習，並在詩歌數量上，出現了一個大的飛躍。」〔註 114〕他所謂的「士大夫田間勞作」，應指「努力」色彩更爲顯著的「力耕」而言。陸游不僅擁有較多數量的此類詩篇，而且意境上又富於個性特徵，值得研究者進一步挖掘。

陸游八十三歲時曾應友人陳伯予之請，爲自己的畫像作贊。在此

〔註 111〕袁行霈：〈陶詩主題的創新〉，氏著：《陶淵明研究》（北京：北京大學出版社，2009），頁 99～100。

〔註 112〕包括〈歸園田居〉五首之二、之三；〈癸卯歲始春懷古田舍〉兩首；〈庚戌歲九月中於西田穫早稻〉；〈丙辰歲八月中於下潠田舍穫〉。

〔註 113〕蘇軾作有〈東坡〉八首，抒發被貶黃州時爲了餬口而辛苦耕作的各種經驗感受，是北宋少見的以躬耕爲主要題材的組詩。其中既有生計艱難的哀嘆（之一）、對現實的努力規劃與對未來的信心（之二）；也有慶幸水源不缺、想像未來豐收的苦中作樂（之三、之四）；還包含對友誼的歌頌（之七）、對落魄處境的自嘲（之八）等等。內涵比較多元，但大多離「力耕」的態度比較遠。而且這種躬耕之詩只是特定境遇下的產物。蘇軾離開黃州之後就不再創作此類詩歌了。此外，李之儀著名的〈路西田舍示虞孫小詩〉二十四首中，也有三首描寫耕耘之艱，可以視爲「力耕之詩」。但七絕體式與速寫式的筆觸，使詩中情懷感受的抒發難以深入。其他詩人雖也有以躬耕體驗爲題材的作品，但絕大多數只是偶一爲之，並未形成足夠鮮明的個人特色。以「力耕」爲題材的更是屈指可數。關於北宋躬耕之詩的概況，詳參本節下文的論述。

〔註 114〕氏著：《陸游七言律詩研究》，陝西師範大學 2008 年博士論文，馬歌東先生指導，頁 22。

畫像的贊語他如此概括自己的一生:「進無以顯於時,退不能隱於酒。事刀筆不如小吏,把鋤犁不如健婦。或問陳子何取而肖其像,曰:是翁也,腹容王導輩數百,胸呑雲夢者八九也。陳伯予命畫工為放翁記顏,且屬作讚。時開禧丁卯,翁年八十三。」〔註115〕引人反思的是,陸游既然自承不善於農事,又為何樂於將力耕體驗一再譜入詩篇?而且此類詩篇的意境,遠遠不僅是表明自己擁有雲夢澤般的開闊胸懷,足以海涵一切不堪境遇。因為其中不僅沒有自嘲自貶的意味,情調更往往是昂揚、樂觀、甚至進取的。

顯然,耕作對陸游而言絕不僅是一種補貼家用的行動,書寫力耕體驗也不純粹意在「紀錄」自己的生活點滴。究竟陸游賦予力耕什麼樣的意義?其田園詩中的「力耕心聲」的主要特徵為何?其創作意圖何在?在田園詩史上又開創出怎樣的新境?這正是本節嘗試解釋的問題。

「力耕」本質上是一種積極的態度,它意味著力耕者一定程度上接受、認可了務農的生活。這種心態對於難以忘懷北伐之志的陸游而言,自然不可能是一開始就出現的,而是經過近二十年的演變。要眞正理解他的力耕心態,必須先就他對耕作態度的轉變作一番梳理。

## 一、對耕作態度的轉變

陸游並未以專文的形式仔細闡述他對「力耕」或「躬耕」一事的感想、看法,這方面的線索主要見於《劍南詩稿》中。雖然由於文體的限制,詩歌反映的某種詩人觀念明確、深入的程度一般難以與散文相比,但陸詩仍提供了不少陸游耕作觀的相關訊息,也保存了相關心態的轉變過程。

淳熙八年(1181),已累遷江西常平提舉的陸游遭臣僚打擊,被罷歸山陰達五年,至淳熙十三年(1186)方才出知嚴州。在這段期間,如上一小節中分析的詩篇所顯示的,他對耕作的感懷均傾向於自我調

〔註115〕〈放翁自贊〉,卷22,頁204。

侃或失意自憐。淳熙十六年（1189）陸游又因行爲疏放遭人彈劾，此後直至嘉定二年（1209）過世，幾乎都待在山陰鄉間。他的想法在這段時期才出現了較明顯的階段性演變。

從紹熙元年（1190）至慶元四年（1198）祠祿到期之前，陸游對耕作的基本心態有二：既從「保身」、「避禍」的觀點肯定退居隴畝，〔註 116〕又不時流露「悵望懷古人，吞聲死農畝」〔註 117〕之類的深刻悲哀。〔註 118〕但慶元四年十月祠祿期滿後，他不願再續請，也開始有了「以耕作維生」的心理準備。〔註 119〕慶元五年（1199）致仕後，或因主動告別仕途、開啓自我人生的下一階段，陸游對躬耕的看法也較明顯地向積極面轉變。他開始經常表示耕作符合先王之教，且爲士人報國之途。

此期陸詩中引人矚目的變化，就是頗常將自我的農村生活與經典中的〈豳風〉或〈七月〉連繫起來。例如「烹葵剝棗及時序，爛醉黍酒歌〈邠風〉」〔註 120〕、「舊學蟲魚箋《爾雅》，晚知稼穡講〈豳風〉」〔註 121〕等，都是自述之句。〈詩序〉云：「〈七月〉，陳王業也。周公遭變，故陳后稷先公風化之所由，致王業之艱難也。」〔註 122〕王禮卿申說其意云：「此蓋周公遭管蔡武庚之變，當東征前後，憂王業之或墜，思恢德教，興復宗周。因陳奉后稷之教，居豳之先公，公劉以

〔註 116〕如〈詠史〉（卷 22，頁 1674）、〈夢斷〉（卷 24，頁 1730）、〈冬晴閑步東村由故塘還舍作〉二首之二（卷 26，頁 1846）等。

〔註 117〕〈露坐〉，卷 30，頁 2030。

〔註 118〕其他詩例如：〈感舊〉（卷 25，頁 1813）、〈初冬感懷〉（卷 30，頁 2190）、〈憶昔〉（卷 33，頁 2217）、〈白首〉（卷 33，頁 2221）等。

〔註 119〕〈祠祿滿不敢復請作口號〉二首之二（卷 38，頁 2435）云：「祠庭八載竊榮名，一飽心知合自營。牘後落閒便手倦，月頭鐫俸喜身輕。弊衣不補惟頻結，濁酒難謀且細傾。賴有東皋堪肆力，比鄰相喚事冬耕。」

〔註 120〕〈閒中信筆二首其一追和陳去非韻其一追和王履道韻〉二首之一，卷 46，頁 2821。按：此詩作於嘉泰元年（1201）。

〔註 121〕〈晨起〉，卷 59，頁 3441。按：此詩作於嘉泰四年（1204）。

〔註 122〕唐・孔穎達疏：《毛詩正義》，卷 8-1，頁 279，收入《十三經注疏》（臺北：藝文印書館，1981）。

至太王，養民治國，風化之所由，及王業締構之艱難，以比敘己復宏王業之心志，此詩之所為作也。全篇皆用賦體，鋪敘先公居豳教養人民之事。」〔註123〕按照〈詩序〉的說法，〈七月〉陳述的是周之先公「養民治國」、教化人民的用心，主題崇高正大；陸游則以「歌豳風」、「講豳風」等描述田園生活，認為現實田園生活也可能實踐〈七月〉蘊含的先王之教。而可以落實於個人農耕生活中，且最受陸游重視的〈七月〉遺教，就是基本的「勤於農事」之道。〔註124〕作於開禧二年（1206）的〈農家〉云：

> 吳農耕澤澤，吳牛耳濕濕。農功何崇崇，農事常汲汲。冬修築陂防，丁壯皆雲集。春耕人在野，農具已山立。房櫳鳴機杼，煙雨暗蓑笠。尺薪仰有取，斷屨俯有拾。洪水昔滔天，得禹民乃粒。食不知所從，汝悔將何及？孩提同一初，勤惰在所習。周公有遺訓，請視〈七月〉什。（卷68，頁3819）

全詩讚美農功之崇高、農事之辛勤。並在篇末點明，〈七月〉中的「周公遺訓」，主旨即在勤於農事。在古代，勤慎於農事往往與生

〔註123〕氏著：〈詩豳風怡釋〉，《孔孟學報》，第56期，1988年9月，頁10。

〔註124〕陸游雖生於疑古風氣盛行的宋代，但他對《詩經》的理解應是遵循〈詩序〉的。他對宋儒的疑經風氣不以為然，曾云：「唐及國初，學者不敢議孔安國、鄭康成，況聖人乎！自慶曆後，諸儒發明經旨，非前人所及。然排〈繫辭〉、毀《周禮》、疑《孟子》，譏《書》之〈胤征〉、〈顧命〉，黜《詩》之〈序〉，不難於議經，況傳注乎！」（王應麟：《經學紀聞》，上海：上海古籍出版社，2008，卷8，〈經說〉，頁1095引。）他極為尊崇六經，從而不滿當時的儒學風氣，屢次批評「千年道術裂」、「儒術今方裂」，其所針對者，應包含「疑經」的風氣。（關於陸游此方面的態度，詳參莫礪鋒：〈論陸游對儒家詩學精神的實踐〉，《學術月刊》，47卷8期，2015年8月，頁118～119。）可以肯定的是，他對《詩經》的理解是遵循〈詩序〉的。〈視東皋歸小酌〉二首之二（卷64，頁3632）云：「授時〈堯典〉先精讀，陳業〈豳詩〉更力行。」〈讀豳詩〉（卷73，頁4019）云：「我讀〈豳風·七月〉篇，聖賢事事在陳編。豈惟王業方興日，要是淳風未散前。」其中〈豳詩〉「陳業」、表現「王業方興」之氣象云云，均與〈詩序〉觀點一致。

活的簡樸、風俗的淳美相並而生。〈七月〉即藉由鋪陳農事揭露先王「風化之所由」。陸游顯然也認爲〈七月〉含有反對奢靡、推崇淳樸的意蘊。作於嘉泰二年（1202）的〈春晚書村落間事〉即如此讚美農村情景：「俗儉憎浮恥，民淳力鈞耕。〈豳詩〉有〈七月〉，字字要躬行。」〔註 125〕指出應付諸實踐的〈七月〉之旨，就是勤謹簡樸的力耕生活。

以上兩首詩都有較明顯的「勸農」意味，但同時表現陸游對《詩序》指出的〈七月〉之教的認同，與對務農有助於風俗淳美的認識。值得注意的是，對他而言，此番義理不僅可用於「勸農」，亦可用於一己之行事。〈七月〉所描述的農民依時耕種、祭祀、進獻、謹守本分終歲憂勤的圖景，既是令他神往不已的理想社會，也爲他落實自我生活的意義指出一條實踐的道路。因爲勤恪農事既是國家得以長治久安的「風化之所由」、有助於維護社會的倫理秩序，則看似平凡的耕作活動也就有了崇高的意蘊。

同樣作於嘉泰二年（1202）的〈雜興〉六首是一組饒富意味的作品。〔註 126〕雖以「雜興」爲題，但這組詩從頭到尾由一條脈絡貫穿，即對國事的掛念。其一云：「秦漢區區了目前，周家風化遂無傳。君看八百年基業，盡在〈東山〉、〈七月〉篇。」〔註 127〕感嘆〈七月〉等詩中蘊含的淳美風俗今已蕩然。其二即有「勸農」之意，叮嚀百姓按帝堯制定的曆法耕作，以不誤農時；〔註 128〕第三、

---

〔註 125〕卷 50，頁 3012。

〔註 126〕卷 50，頁 3013～3015。按：此首詩在《劍南詩稿》中，緊接在前引〈春晚書村落間事〉之後，很可能創作時間極爲接近。果眞如此，則〈春晚書村落間事〉所謂「〈豳詩〉有〈七月〉，字字要躬行」，除了勸農之外，應也有自勉自期之意。

〔註 127〕作於開禧三年（1207）的〈讀豳詩〉云：「我讀〈豳風·七月〉篇，聖賢事事在陳編。豈惟王業方興日，要是淳風未散前。屈宋遺音今尚絕，咸韶古奏更誰傳？吾曹所學非章句，白髮青燈一泫然。」（卷 73，頁 4019）與此詩意近。

〔註 128〕其詩云：「義和分職授人時，斷自唐虞意可知。獸舞鳳來餘事耳，西成東作要熙熙。」

四首轉向寫自己，分別表達即便老病纏身仍心懷先王之道；〔註 129〕與暗示北伐之志無由實現的悲慨。〔註 130〕第五首續云：「面顏日瘦口眼大，氣血頓衰鬚髮獰。不用淩煙寫冠劍，一蓑煙雨事春耕。」在前四首的鋪墊下，此處的「一蓑煙雨事春耕」不太可能只是無意於功名之意。詩人似乎想再暗示此點，於是第六首云：「故交零落形弔影，陳跡淒涼口語心。辛苦一生成底事？〈祈招〉空解誦愔愔。」意指自己仍心繫國事，卻只能獨自暗誦勸戒國君勿「肆其心」的〈祈招〉之詩。聯繫上下語境看來，第五首的「一蓑煙雨事春耕」並非指避世遠引，而是與第一、二首相呼應，有實踐先王勤謹簡樸之教的深意，只是實踐的主體由農民轉向自己。在作於隔年（1203）的〈自述〉中，此意更明。其詩云：

> 古井無由浪，浮雲一掃空。《詩》《書》修孔業，場圃嗣〈豳風〉。懼在飢寒外，憂形寤寐中。吾年雖日逝，猶冀有新功。（卷 51，頁 3029）

對古代士人而言，經書所載乃恆久之至道、不刊之鴻教，所以踐履經義的生活方式使生命不僅有了崇高的方向，更充滿了意義。此詩清楚表明，在陸游心目中，士人「力耕」的價值遠不僅是免除「飢寒」，它被視爲躬行〈豳風〉勤於農事之道的活動，因此與誦習經書同樣重要，均爲陸游自期日有「新功」者。〔註 131〕

眾人勉力務農既爲聖人治下國家的「風化之所由」，則農事自然

〔註 129〕其詩云：「老無添處仍逢病，春欲殘時未減寒。架上漢書渾忘盡，床頭周易卻常看。」

〔註 130〕其詩云：「一身逋負愁賒酒，滿眼關山悔上樓。子細推來惟合睡，五更風雨已如秋。」

〔註 131〕將經書義理實踐於日常生活，是陸游晚年經常有的自覺。他常以「躬行」或「力行」經義自我惕勵，或與兒子共勉「經中固多趣，我老未能忘。……信能明孔氏，何暇傲羲皇。努力晨昏事，躬行味始長。」（〈與子聿讀經因書小詩示之〉，卷 42，頁 2628）按：其他類似的例子還有〈自儆〉二首之二：「經術吾家事，躬行更不疑。」（卷 63，頁 3581）〈冬夜讀書示子聿〉八首之三：「古人學問無遺力，少壯功夫老始成。紙上得來終覺淺，絕知此事要躬行。」（卷 42，頁 2629）

有助於社會風氣的淳美。這樣，士人的躬耕也就有了「報時」的意義。其實在慶元五年致仕後不久，他就有〈示兒子〉詩：

> 祿食無功我自知，汝曹何以報明時？爲農爲士亦奚異，事國事親惟不欺。道在六經寧有盡，躬耕百畝可無飢。最親切處今相付，熟讀周公〈七月〉詩。（卷41，頁2581）

爲農爲士之所以沒有本質上的區別，就在於兩種身分的人若能「不欺」於職守，都有助於維持國家的長治久安。陸游此詩傳達的教誨正是：躬耕不僅是餬口的營生，更是服膺先王重農之教的行爲，也是如今自家的「報時」之途。

陸游晚年以「力穡」爲報國之途的說法屢見不鮮。雖然苦讀多年卻只能藉躬耕報時難免使他偶有悵恨之意，〔註132〕但此類詩篇確實也流露詩人欲報效朝廷、不甘虛度人生的赤忱，例如：

> 麗譙聽盡短長更，幽夢無端故不成。寒雨似從心上滴，孤燈偏向枕邊明。讀書有味身忘老，報國無期涕每傾。敢爲衰殘便虛死，誓先鄰曲事春耕。（〈不寐〉，卷48，頁2902）

> 客枕畏霜氣，曉窗收月痕。芸芸萬物作，皎皎一心存。老已忘開卷，貧猶力灌園。兒孫能繼此，亦足報君恩。（〈晨起〉，卷65，頁3681）

兩詩均非田園詩，但對於力耕的意義卻有較陸游一般田園詩更明確的揭露。前者作於嘉泰元年（1201），後者作於開禧元年（1205），均爲表白心跡之作。年紀老邁卻功業無成無疑是陸游晚年心頭的重擔，即便如此，他仍不甘心「虛死」，念念不忘「報時」、「報君」。盡己之力躬耕隴畝，就是他目前還能採行的報國途徑。陸游甚至曾視務農爲北伐心願不可能實現後充實餘生的行動。如〈後死〉云：

> 後死非初望，餘生只自悲。舊交孤劍在，壯志短檠知。行步雖依杖，光陰未付棋。爲農自當力，不爲學〈豳詩〉。（卷

---

〔註132〕如「萬卷讀書無用處，卻將耕稼報昇平」（〈秋夕露坐作〉，卷37，頁2388）、「孤臣報國嗟無地，只有東皋更飽犁」（〈夏夜納涼〉，卷77，頁4198）。

78，頁 4233）

此詩作於嘉定元年（1208）秋，即陸游逝世前一年。當年南宋與金國簽訂開禧北伐戰敗後的「嘉定和議」，開始整肅韓侂胄之黨，陸游本人亦受牽連。風燭殘年的詩人面對恢復中原希望的渺茫、個人受到的政治屈辱、與寂寞無成的處境，難免意志消沉。但即便如此，他仍拒絕在弈棋等娛樂中虛度光陰。所謂「不爲學〈豳詩〉」，正在於強調「爲農自當力」作爲他實現人生價值的憑藉，是一種充分自覺、自願的理性決定，不是盲目的效法經書之舉。

綜上所述可知，在慶元五年之後，陸游明確地肯定勤於務農符合先王之道，且爲退隱之士的報國之途。或因如此，他對耕作的態度由消轉爲積極，由無奈轉爲投入，傳達「努力耕作」的過程與相關心聲的詩篇也開始較大量的出現。值得注意的是，陸游力耕之詠的大量出現，既然與他對力耕產生較大的態度變化是同步的，因此在其力耕之詠中彰顯自我的勤勉不懈，就不是簡單地意在紀錄自己的生活點滴，而很有可能是在強調積極進取、自強不息的精神狀態，蘊含著詩人追尋生活意義、心靈依託的企圖。也唯有把握陸游晚年對農事的高度推崇，才能較確切地理解其田園詩強調「努力」與「力耕」、展現生命的樂觀與堅韌等特色。

## 二、力耕懷抱的特徵

陸游抒發力耕懷抱之詩，絕大多數作慶元五年致仕前後。〔註 133〕本節要仔細探討的對象，亦是此階段的作品。由於這些詩對力耕的基本態度並未再出現太明顯的演變，爲了避免行文層次的繁複，以及能針對陸詩意蘊特點的各個層面作較深入的論述，我們將不再按年份解析詩作，而是直接分析陸游力耕懷抱富於特色的三個面向。

〔註 133〕只有〈舟過南莊呼村老與飲示以詩〉二首之二（卷 15，頁 1197）、〈農家〉（卷 23，頁 1705）、〈幽居〉五首之四（卷 28，頁 1935）等少數的例外。

### （一）勤奮中的樂觀

在陶淵明之後、陸游之前，不要說是「力耕」，即便是「躬耕」題材，都並未受到詩人太多關注。誠如許總指出的：「陶淵明的田園之詠一方面有躬耕隴畝的親身經歷與感受的紀實；但另一方面尤具由『誤落塵網中』的醒悟而形成的避俗逃世的隱逸趣尙。到了唐代，田園詩在王、儲等人筆下已全然由『負杖閱岩耕』、『及此羨閒逸』的角度，通過陶詩逸趣的藝術感染與啓示，將田園詩的重點完成了由『勞動』到『隱逸』的過渡。」〔註 134〕侯敏也論及：「同樣是以歸隱田園爲理想的人生，陶淵明一類的詩人是用躬耕隴畝的方式去實踐，而王維一類的詩人則多是做精神的體驗。」〔註 135〕他們與其說是田園的耕耘者，不如說是「田園最會意的欣賞者，最理想的耕耘者，或者說是耕耘理想的精神體驗者。在生活上他們不須依仗耕耘的結果，但是，在精神上他們卻欣賞陶然於耕耘的過程。」〔註 136〕唐代田園詩寫詩人躬耕者雖然數量有限，但還是可以梳理出兩種類型。

首先是藉躬耕題材寫隱逸生活的自適之樂。這種詩爲大宗，例如王績的〈秋夜喜遇王處士〉、儲光羲的〈田家即事答崔二東皋作〉之一，情調輕鬆閒適。〔註 137〕第二類則爲藉躬耕揭露自我不善理生的窘迫，此類較少見，如韋應物〈種瓜〉、陸龜蒙〈村夜〉等。兩類作

〔註 134〕許總：《宋詩史》（重慶：重慶出版社，1992），頁 694～695。

〔註 135〕侯敏：〈隱者・耕耘者・歌唱者——田園詩人的文化心理透視〉，《北方論叢》，1999 年第 6 期，頁 85。

〔註 136〕同前注。

〔註 137〕此類作品尚有儲光羲〈田家雜興〉八首之七、〈同王十三維偶然作〉十首之三、錢起〈南溪春耕〉、耿湋〈東郊別業〉等。按：陸游也有少數躬耕題材詩繼承唐人的第一類型，如〈野興〉（卷 40，頁 2543）：「荷鋤通北澗，腰斧上東峰。秋水清見底，曉雲深幾重？鼕鼕傳社鼓，渺渺度樓鐘。歸覓村橋路，詩情抵酒濃。」〈雨過行視舍北菜圃因望北村久之〉二首之一（卷 48，頁 2908）：「蔬畦躡屐愜幽情，檢挍園丁日有程。得雨尚慳須灌溉，我來時聽桔槔聲。」〈野興〉（卷 57，頁 3311）：「溪漲侵菴路，山光壓釣磯。荒畦荷鉏去，小艇載犁歸。世態那堪看，吾言可自違。從今謝人事，終日掩荊扉。」但這類詩並非陸游躬耕詩的主流。

品的共同點在於都不凸顯詩人的戮力耕作之狀。

到了北宋，田園詩中的躬耕情懷或延續唐人此類詩作的閒適悠游情調；〔註 138〕或繼承陶詩淡泊避世的一面；〔註 139〕或抒發貧困之嘆；〔註 140〕也有許多只是記敘農作期間瑣碎的經驗感受。但無論所寫爲何，一般均並不強調詩人自覺的勉力務農情狀。可以說，陸游寫作數量多達數十首的、表達勤勉樂觀地努力耕作的詩篇，在田園詩史上乃是一個創舉。

勤謹務農，從不懈怠，是陸游力耕之詩中經常出現的情懷。例如以下兩首詩：

> 少學《詩》三百，〈邠風〉最力行。春前耕犢健，節近祭豬鳴。簷日桑榆暖，園蔬風露清。金丹不須問，持此畢吾生。（〈邠風〉，卷 48，頁 2930）

> 少年誤計慕浮名，更事方知外物輕。身誓生生辭祿食，家當世世守農畊。授時〈堯典〉先精讀，陳業〈豳詩〉更力行。最好水村風雪夜，地爐煙暖歲豬鳴。（〈視東皋歸小酌〉二首之二，卷 64，頁 3632）

「力行」一詞原本是「竭力而行」之意，但在陸游詩文中，它總是和道德或善行相關。〔註 141〕由此可見，所謂「力行〈邠風〉」或力行〈豳

〔註 138〕例如文彥博〈小園即事〉（卷 274，頁 3494）：「閑脱蕉衫掛樹椏，竹冠芒屩自耘瓜。心形散傲如園吏，榫榼縱橫似酒家。古檜婆娑張碧蓋，流泉詰屈動青蛇。風清日落未歸舍，待得東南見月華。」

〔註 139〕如劉敞〈種瓜瓠〉（卷 469，頁 5689）：「吾生拙用大，江海思遠適。豈獨爲瓠瓜，長繫取不食。漆園有遺意，放蕩豁心臆。樹此無何鄉，近身見多益。五日抽一尋，十日成百尺。纍蔓更相引，甘實行可摘。因之浮汗漫，去矣笑跼蹐。從我其誰歟，由也不可得。」

〔註 140〕如王禹偁〈種菜了雨下〉（卷 65，頁 738）：「菜助三餐急，園愁五月枯。廢畦添糞壤，胼手捽荒蕪。前日種子下，今朝雨點粗。吟詩深自慰，天似憫窮途。」

〔註 141〕如「常憂水旱虞螟蝗，力行孝悌招豐穰」（〈村鄰會飲〉，卷 40，頁 2557）、「此身儻未死，仁義尚力行」（〈讀蘇叔黨汝州北山雜詩次其韻〉十首之十，卷 44，頁 2717）、「卓哉易簀公，垂死猶力行」（〈書感〉，卷 50，頁 3001）。

詩〉不僅指親自從事耕作，更指努力實踐〈邠風〉訓示的勤勉耕耘之道。第一首詩頷聯分別以「耕犢」、「歲豬」概括由春至冬的耕種、祭祀等活動，頸聯則暗示朝暮農事中盎然的生命力。緊接著「〈邠風〉最力行」的這兩聯含蘊著詩人力耕的滿足與踏實之感，故尾聯明言不願求仙訪道，而願以務農終此一生。在第二首詩例中，承認浮名爲身外之物，並不等於從此徹底忘卻世事，而是轉而謹守家園，躬行〈豳詩〉中的勤勉務農之道。又如〈秋夜感遇十首以孤村一犬吠殘月幾人行爲韻〉之五：

> 竭作朝築陂，獨勞暮鉏菜。草煙欄犢臥，船響籬犬吠。殘年迫耄及，農事不敢廢。兒曹強學餘，努力事舂碓。（卷 58，頁 3374）

詩中展現的是一片辛勤而孤獨的場景：從早到晚於「竭作」、「獨勞」於田野、陂塘間，不敢因年老而對農事稍有懈怠，還勉勵兒孫力學之餘也能躬耕不懈。此組詩的最末首在感慨秦漢之後儒道衰微之餘，表示：「《詩》、《書》雖僅存，韶頀無遺聲。書生幸有聞，未死猶力行。」〔註 142〕則此詩所寫，應也蘊含著「力行」聖人遺教（即〈豳風〉的鼓勵勤耕）之旨。與之類似的還有〈幽居記今昔事十首以詩書從宿好林園無俗情爲韻〉之一：

> 總角入家塾，學經至〈豳詩〉。治道本畊桑，此理在不疑。今茲垂九十，謝事居海涯。戴星理農業，未歎筋力衰。四月築麥場，五月瀦稻陂。秉火去螟蝗，磨刀翦棘茨。西成大作社，歌鼓樂聖時。（卷 76，頁 4167）

此詩先以對〈豳詩〉之教的尊信開端，再歷敘「理農業」的諸般辛勤過程。其中蘊含的是，由於勤勉耕耘乃是王業或至道的根本，因此垂老的詩人再怎麼戮力耕作也不以爲苦。詩人投入並熱衷於務農，主要因爲這是躬行聖人之教的一種方式。這應該是我們把握陸游「力耕」

〔註 142〕〈秋夜感遇十首以孤村一犬吠殘月幾人行爲韻〉之十，卷 58，頁 3376。

之深意的一個關鍵，他與此相關的諸種情懷，也都應聯繫此點來理解。

上舉詩例〈秋夜感遇十首以孤村一犬吠殘月幾人行爲韻〉之五與〈邠風〉均作於秋冬之時。或許因爲秋冬一般來說是農村收穫與休養生息的季節，因此陸游喜歡以寫「秋冬之耕」凸顯務農之勤。〈雨後至近村〉二首之二亦屬此類：

> 年耄身猶健，秋高疾已平。鄰翁思問訊，蔬圃要巡行。竹杖輕無跡，芒鞋捷有聲。相逢無別語，努力事冬耕。（卷 48，頁 2901）

此詩作於嘉泰元年（1201），詩人已七十七歲高齡。詩體雖是五律，但節奏快速，洋溢著一股輕健、富於活力的氣息，也令讀者感受到年邁詩人對冬耕的幹勁。或許如同作於同時的〈搖落吟〉所云：「我貧無以遺兒子，惟有一言持付爾：仕宦要能當百挫，爲農飢死無游惰。」〔註 143〕無論爲仕或務農，都應爲所當爲，進取不懈。因此即便是冬季，即便自己年高有疾，詩人依舊樂此不疲。

除了寫冬耕，陸游也喜藉由歷數件件農務，傳達自我勤於農事之情狀，例如〈村舍雜書〉十二首之六：「折蓮釀作醯，采豆治作醬。開曆揆日時，汲井滌瓮盎。上奉時祭須，下給春耕餉。咨爾後之人，歲事不可曠。」〔註 144〕顯見詩人以勤奮務農爲身教的意圖。又如〈農舍〉四首之一：「三農雖隙亦怱忙，穡事何曾一夕忘。欲曬胡麻愁屢雨，未收蕎麥怯新霜。」〔註 145〕之二：「神農之學未爲非，日夜勤勞備歲饑。雨畏禾頭蒸耳出，潤憂麥粒化蛾飛。」〔註 146〕兩詩中雖屢言「愁」、「怯」、「畏」、「憂」，實際上仍是藉此凸顯自我的「日夜勤勞」、對農事時刻掛懷。此組詩之三、四云：「萬錢近縣買黃犢，襏襫行當東作時。堪笑江東王謝輩，唾壺麈尾事兒嬉。」〔註 147〕「杜門

〔註 143〕秋夜感遇十首以孤村一犬吠殘月幾人行爲韻〉之十，卷 48，頁 2907。
〔註 144〕卷 39，頁 2512。
〔註 145〕卷 59，頁 3411。
〔註 146〕同前注。
〔註 147〕卷 59，頁 3412。

雖與世相違，未許人嘲作計非，長絙雲邊牽犢過，小舟月下載犁歸。」〔註 148〕前者意指自我的務農生活看似狼狽匆忙，卻遠比鎮日嬉遊不事生產的王公貴族來得高尚。後者雖含有詩意盎然的寫景句，但在之前幾首詩的鋪墊下，仍與唐人田園之作有明顯的差異：雲邊牽犢、月下載犁的畫面，與其說是旁觀者對務農生活的美化，不如說蘊含著當事人內心充盈的喜悅，與陶詩「帶月荷鋤歸」、「但使願無違」的意興遙遙相契。

經常洋溢著樂觀情緒，是陸游的勤奮力耕之懷引人注目的另一種特徵。所謂樂觀，包括積極的情緒與期望兩方面，指一種快樂且滿足的心態，或對事物抱有正面的期望。〔註 149〕經由以上分析過的詩例應可見出，陸游的這類力耕之詩不僅少有現實農耕中常發生的艱辛苦況，而且凸顯不知疲倦、一心力耕的工作態度，又間或出現行動輕捷、感受自豪等描寫，這些都使詩篇洋溢著自得其樂的情味。

除此之外，陸游還直接表示對農耕感到興味盎然、衷心喜悅，如〈耕罷偶書〉：

> 新溉東皋畝一鐘，烏犍粗足事春農。灞橋風雪吟雖苦，杜曲桑麻興本濃。老大斷非金谷友，生存惟冀酒泉封。莫嘲野餉蕭條甚，箭茁蓴絲亦粗供。（卷 38，頁 2451）

此詩作於慶元四年（1198）冬。紀昀評此詩云：「格力遒甚。放翁原非盡用平調，而選者多以平調取之，遂減放翁之聲價。五、六似為韓侂胄作〈南園記〉而發，語自沉著。」〔註 150〕從此詩創作的年份來

〔註 148〕〈秋夜感遇十首以孤村一犬吠殘月幾人行為韻〉之十，卷 59，頁 3412。

〔註 149〕此處所謂「樂觀」取諸字典對於樂觀的定義，它也足以代表一般對「樂觀」概念的理解。但此義界與心理學研究中的定義有所不同，心理學對樂觀主要關注的是期望層面，即人們看待事物的出發點和方式，因此以樂觀為人們積極的認知評價傾向。詳參袁莉敏、王斐、許燕：〈樂觀的本土化內涵初探與測量〉，《中國特殊教育》，2009 年第 12 期，頁 91。

〔註 150〕元・方回選評，李慶甲集評校點：《瀛奎律髓彙評》（上海：上海古籍出版社，2005），卷 23，頁 1010。

看，固然可能寄託有遠離權貴的高潔之志，但詩中的孤高之意僅由「老大」一聯點出，令人印象更深的毋寧是合用灞橋詩思之典與杜詩「杜曲幸有桑麻田」所迸發出的歸耕故里吟詠躬耕的快慰，以及對勞動過程和結果的興致勃勃。

陸游力耕勤勉而樂觀的態度，有時也藉由對造物者襄助的信心、或對未來的期待見出。例如〈村舍雜書〉十二首之四：

> 舍南種胡麻，三日幸不雨，晨起親按行，已見青覆土。窮人如意少，喜色溢眉宇。兒童勿惰偷，造物不負汝。（卷 39，頁 2511）

篇末點明題旨：只要勤奮不懈，上天自會暗中襄助農事。「舍南種胡麻，三日幸不雨」即為明證。而「勿惰偷」既是勉勵晚輩，其實也是勉勵「晨起親按行」的自己：天助自助者，只要敬謹務農，上天終將給予應有的報償。

賀麟對「樂觀」的一段看法，對理解陸游力耕之詩中何以經常洋溢勤勉與樂觀情懷應有幫助。他在肯定樂觀「多少包含有主觀上輕蔑痛苦、超越悲哀的態度」〔註 151〕之後指出：

> 凡對自己有信心的人必然是樂觀的人。他俯仰無愧，內省不疚。自覺足跟站得穩實，根本沒有動搖，無論在如何艱險困苦的境地之中，他不會失掉自信力。他努力不懈，相信自己有轉敗為勝，轉惡為善，轉不幸為幸的權衡。〔註 152〕

賀麟拈出了「俯仰無愧，內省不疚」，亦即內心的充實與樂觀的關聯。我們以為這也能說明陸詩樂觀情境的產生。對陸游這樣一位始終不忘對社稷責任的士人來說，躬耕隴畝絕非初衷所在。但陸游晚年的力耕卻經常展現前所罕見的、對失意與悲哀的超越，這與他認定的「農耕」意義很可能有密切關係。在陸游看來，躬耕絕不僅是貼補家用的謀生手段，更是符合經義與盡士人報國之責的活動，是一種深具價值意蘊

〔註 151〕〈樂觀與悲觀〉，氏著：《文化與人生》（北京：商務印書館，2002），頁 108。

〔註 152〕同前注，頁 111。

的行為。所以，耕作使他的生活有所追求，生命意義在某種程度上得以實現，勤勉且樂觀因而成為他最後十餘年「力耕」之際經常出現的一種基調。

綜上所述可知，陸游晚年的生活除了廣為人所知的「細膩閒適」的一面，還有勤慎自勵的一面。他暮年對自我的一段寫照，也可視為其精神面貌的概括：

> 精心窮《易》、《老》，餘力及《莊》、《騷》。杖屨時行樂，鋤耰慣作勞。正令朝夕死，亦足遂吾高。（〈雨欲作步至浦口〉，卷68，頁3809）

儒、道之說兼修，服勤隴畝與悠遊田野並行不悖，既是生活的常態，也都是自我高尚情懷的體現。進而思之，對陸游而言或許前者的地位更加關鍵。他自云：「功名會上元須福，生死津頭正要頑。試看龜堂得力處，向來何啻半生閒。」〔註153〕可見其閒適實以充實的生活與頑強的意志為重要根基。誠然，一般人如果終日無所事事，心靈欠缺依托，生活缺乏目標，尚且容易感到空虛乏味，難至眞正的安定自得之境；更何況陸游是一位在數十年宦途中飽經憂患，並始終為壯志難酬、功業無成感到遺憾的老人。他在多數人心目中留下的「閒適」印象，實非無源之水。他的田園躬耕之作，正是力圖完善自我達到充實愉悅之境的生活經驗與心聲的集中體現。

## （二）壓力下的韌性

陸游的創作很少流露刻意迴避現實的痛苦的痕跡，其詩中的躬耕情懷亦然。也就是說，雖然此類詩篇時時顯露樂觀的色彩，但也並不總是輕快、愉悅的，而是有時表現出某種壓力下的心理韌性，亦即個體在壓力、挫折或逆境等消極經歷中，身心未受到損傷性影響，甚至越挫彌堅的現象。〔註154〕如果說，勤勉中的樂觀是詩人對「樂於躬

---

〔註153〕〈初夏閒居〉八首之七，卷66，頁3737。

〔註154〕關於「心理韌性」的定義曾參考席居哲、左志宏等：〈心理韌性研究諸進路〉，《心理科學進展》，20卷9期，2012年，頁1426。

耕」之態度的直接表白，壓力下的韌性則涉及主體對其他經歷或感受的積極應對，從而襯托出力耕之際意志的頑強。

陸詩的躬耕懷抱，有時表現爲在老而無成的體認中，對力耕的依舊堅持，如〈秋冬之交雜賦〉六首之五：

> 霧雨林塘晚，風霜聚落寒。衣冠存簡朴，農圃備艱難。春簸蕎供餌，蒸炊豆作團。此心如古井，無地起濤瀾。（卷 73，頁 4022）

開篇即呈現一幅昏暗蕭條的畫面。頗值玩味的是次句。聚落意象在陸游詩中頗常見，但多是「數家煙火自相依」〔註 155〕、「江村日無事，煙火自相依」〔註 156〕、「莫笑孤村生理微，茅茨煙火自相依」〔註 157〕之類明亮溫馨的情景。此詩中的淒涼之況則較爲少見。彷彿意謂風霜之寒、與詩人心頭之淒寒，都不是親族鄰里相聚之樂所能化解。與作於前此不久、同樣屬於秋夜之詩的〈枕上〉參看，使陸游沉重的或許仍是「秋風百感集清樽」的五味雜陳的「孤愁」。但陸游並未沉溺於傷感中，所謂「存簡朴」、「備艱難」，道出對務農的盡其在我、勤謹敬慎。全詩的情味既曾出現如此的轉折，那麼尾聯「此心如古井，無地起濤瀾」或許更宜視爲中兩聯情事造成的變化，而非與它們呈同步平行的關係。陸游正是以「躬耕」這種富於意義的行動實踐，爲積極應對情感困境的方式。又如〈種蔬〉：

> 老翁老去尚何言，除卻翻書即灌園。處處移蔬乘小雨，時時拾礫繞頹垣。江鄉地暖根常茂，旱歲蟲生葉未繁。四壁愈空冬祭近，更催稚子牧雞豚。（卷 41，頁 2586）

此詩作於慶元五年（1199）秋，即陸游致仕之年。首句的「老翁老去尚何言」實流露一絲無奈之感。然而即便建功立業已成泡影，只能讀書、灌園以終，繼續展開的情境卻與灰心失意無緣。詩人仍頗爲致力務農，「處處移蔬」、「時時拾礫」道出平日注意照顧農圃的情狀。農

〔註 155〕〈初夏〉二首之一，卷 82，頁 4401。
〔註 156〕〈秋夕書事〉二首之二，卷 68，頁 3814。
〔註 157〕〈山行贈野叟〉二首之二，卷 56，頁 3294。

事不僅瑣碎，且收成每隨氣候牽動，終歲辛勞卻換得「蟲生葉未繁」、收入短缺的窘境，但他仍不灰心，命稚子畜養雞豚，以備冬祭。失落感與生計壓力的表述，和繼續勤於農事、積極面對困境的描寫，形成詩中潛在的張力，也透顯出生命的韌性。

陸游雖然生性樂天，但對於年華老去、往事如煙也絕非無感，更難免傷情。只是他注意避免墮入失感的深淵，仍盡力把持生命的方向感，充實生活的意義。〈初夏書感〉一詩將此意寫得更爲顯豁：

> 春與人俱老，花隨夢已空。遊蜂黏落蕊，輕燕接飛蟲。桑悴知蠶起，牲肥賽麥豐。爲農當自力，相戒勿匆匆。（卷 76，頁 4153）

此詩作於嘉定元年（1208），即詩人逝世的前一年。遲暮之人對季節的遷流總難免敏感，初夏的來臨不僅昭示著時光的流逝，更讓他深感世間美好的無常。遊蜂、輕燕儘管向外馳逐，但仍無法挽回一絲半縷的繁華。但詩人仍從事物的新陳代謝中，看到大化生生不息的規律。如同作於逝世當年的〈宴坐〉二首之二所言：「周流惟一氣，天地與人同。天道故不息，人爲斯有窮。」〔註 158〕陸游拒絕沉溺於繁華轉眼成空、生命將至盡頭的悵然，而是把握時機、追上大化流變的腳步。自覺地超越肉體衰老的現實，頑強地以自我認同的生活方式充實來日無多的人生。

陸游面對生計窘迫、功業無成等物質與心理上的壓力，不僅依舊以全身心投入農耕，更從勞動的艱辛中挖掘積極的面向與對未來的希望。例如〈讀蘇叔黨汝州北山雜詩次其韻〉十首之一：

> 暑耘日炙背，寒耕泥沒腳。眾人占膏腴，我獨治磽确。力盡功未見，厥土但如昨。豈惟窘糠粞，直恐轉溝壑。今年雨暘時，天如相耕穫。屋傾未暇扶，且復補籬落。（卷 44，頁 2713）

詩以整整一半的篇幅敘寫自我躬耕的艱困情狀：夏熱冬寒、土地貧

---

〔註 158〕卷 84，頁 4516。

瘠，終年辛勞卻仍瀕於輾轉溝壑的命運。儘管相較於陶淵明種豆南山得到「草盛豆苗稀」的結果，自己遭遇之不堪猶有過之，他卻能從中發掘光明面：「雨暘時」、「天如相耕穫」。可見他仍抱持「天公終可倚」的期望——上天終不會辜負勤懇耕耘者。因而，詩的結尾沒有悲嘆與怨懟，而是持續以人為的努力，抵禦外界風雨的侵襲。與籠罩在愁雲慘霧中的蘇過原作相較，陸游詩流露的是逆境下堅韌不拔的意志。又如〈讀蘇叔黨汝州北山雜詩次其韻〉十首之八：

> 久病臥江村，鬢白面黧黑。艱難念溫飽，日夜積涓滴。聚壤糞園桑，荷鋤耘壠麥；苟失一日勤，農事深可惜。小兒念乃翁，卒歲共欣戚。跂望明年春，社雨泥一赤。（卷 44，頁 2716）

此詩次韻的原作寫對農人欣喜天降甘霖的同情共感，陸游則轉換視角，抒發自我的躬耕情懷。首四句以久病年邁的情景烘托出積涓滴之功以求溫飽的艱難，五至八句從正面寫農事的勤苦。但全詩的基調依然不失溫馨，因為既有終歲憂戚相伴的小兒，又有來年風調雨順的指望。末兩句極富形象性，從中不難感受到年邁詩人在生活的艱辛中，對人生依然滿懷熱愛與希望。陸游甚至以「冬耕」為磨礪品節的砥石。〈飲牛歌〉云：

> 門外一溪清見底，老翁牽牛飲溪水。溪清喜不汙牛腹，豈畏踐霜寒墮趾。舍東土瘦多瓦礫，父子勤勞藝黍稷。勿言牛老行苦遲，我今八十耕猶力。牛能生犢我有孫，世世相從老故園。人生得飽萬事足，拾牛相齊何足言！（卷 48，頁 2923）

霜寒土瘦，人、牛俱老，足見冬耕的艱辛。但詩中情境清澈，洋溢著輕快的喜悅。三、四句是點睛之筆。「溪清」句典出自《高士傳》中許由洗耳，其友巢父牽犢欲飲之，聞其言而去，恥飲於下流的故事。此二句意指躬耕生涯雖然清苦，但高潔脫俗、遠離世紛，故仍能樂在其中，既無畏於墮趾的寒霜，也無視於貧瘠的地力，更不顧自身的老邁，只是力耕不懈。結尾處「人生得飽萬事足」有自謙之意，其實詩人躬耕遠不僅爲了溫飽，更是標誌著自我對人生價值的選擇，因此末句以否棄甯戚的自薦求官作結。詩中強調的是，在種種不利的條件下，詩人仍積極探尋躬耕的意義與樂趣。

總而言之，陸游力耕詩中堅韌不拔的懷抱，主要表現爲對理想生活方式的堅持，與超越困境的意志。這類詩歌主題與陸游田園詩中的「安貧」主題相較，兩者均展現陸游在某種壓力下的內在定力，但力耕之詩還告訴讀者，詩人不僅能從心理上化解逆境，更能以主動的行爲充實自我的人生意義，貫徹自我的價值追求，在困境中不失堅持與希望。

田園詩人之宗陶淵明的許多名作也抒發了力耕情懷，但其觀念中耕作的意義與陸游有較大差異。陶詩云：「人生歸有道，衣食固其端。」〔註 159〕「衣食當須紀，力耕不吾欺。」〔註 160〕「民生在勤，勤則不匱。宴安自逸，歲暮奚冀？儋石不儲，飢寒交至。」〔註 161〕由此可知，陶氏肯定務農的原因是很樸實的，即務農是衣食之源，是滿足基本生存條件的基礎。他也有比較間接點出務農其他價值的詩句，例如：「道狹草木長，夕露沾我衣。衣沾不足惜，但使願無違。」〔註 162〕「四體誠乃疲，庶無異患干。」〔註 163〕「即理愧通識，所保詎乃淺。」〔註 164〕耕作由於是一種遠離名利爭逐與降志辱身的謀生方式，故爲陶淵明所接受並堅持。但他並未明確地賦予耕作某種特殊的、甚至是積極的倫理意義。〔註 165〕此外，陶氏躬耕的目的既然在於守護自我

〔註 159〕〈庚戌歲九月中於西田穫早稻〉，陶淵明撰，袁行霈箋注：《陶淵明集箋注》（北京：中華書局，2003），卷 3，頁 227。

〔註 160〕〈移居〉二首之二，前揭書，卷 2，頁 133。

〔註 161〕〈勸農〉，前揭書，卷 1，頁 34。

〔註 162〕〈歸園田居〉五首之三，前揭書，卷 2，頁 85。

〔註 163〕〈庚戌歲九月中於西田穫早稻〉，前揭書，卷 3，頁 227。

〔註 164〕〈癸卯歲始春懷古田舍〉二首之一，前揭書，卷 3，頁 200。

〔註 165〕「躬耕」或「固窮」雖是與「出仕求功名」相異的人生道路，但陶淵明其實並未刻意褒貶它們本身。戴建業即指出，陶氏「並不認爲富貴本身有什麼不好——『豈忘襲輕裘』，只是在當時的社會條件下，取得富貴要以捨去生命的眞性爲代價，所以他才斬絕地說『苟得非所欽』（〈詠貧士七首〉之三）。」〈養眞與守拙——論陶淵明歸

的眞性、維持人格的自由，其力耕情懷也因此以「得此生」的寧靜、踏實爲主。

陸游賦予耕作的意義，則不論是「服膺先王勤勉務農之道」或「報效國家」，都與士人對社稷的責任有更密切的關聯。因此，陶淵明的躬耕傾向於避世遠引、遺落世累，陸游的力耕則通常是踐履士人義務的一種途徑，其詩從而洋溢著積極昂揚的情調與充實生命價值的意志。

陸游晚年作的〈吳氏書樓記〉盛讚吳伸兄弟興建社倉、書樓，前者以惠其鄉，足以安樂民生；後者以善其家，亦有化民善俗之功。並指出若「力可以及一邑、一郡、一道以至謀謨于朝者，皆如吳君自力而不媿，則民殷俗嬍，兵寢刑厝如唐虞三代，可積而至也。」〔註 166〕可見他認爲有志者無論力量大小，只要竭盡己力爲社會作貢獻，都是可敬的。陸游於遲暮之年力耕隴畝，應也與此種「盡其在我」的心態相關。

以上所論述的「勤勉中的樂觀」與「壓力下的韌性」兩個面向，雖有凸顯意志頑強與否之別，但它們均聚焦於陸游「當下」對躬耕的態度。接下來要分析的旨趣層面則指向「未來」，蘊含著他爲自我或子孫設計的人生藍圖。

### （三）以農傳家的意識

傳家即傳於子孫或子孫世代相傳。「以農傳家」的思想意旨是陸詩頗具個性的另一特徵。在陸游之前，田園詩中明確地抒發以農傳家意向的例子極爲罕見。蘇轍的〈泉城田舍〉很可能是唯一的例外。〔註 167〕此類詩篇既然數量單薄，內蘊的豐富度自也難與陸詩相提並論。

---

隱〉，氏著：《澄明之境：陶淵明新論》（上海：上海古籍出版社，2012），頁 194。可見對陶氏而言，眞正的重點在於維持自我眞性，不在選擇何種謀生方式。

〔註 166〕卷 21，頁 197。

〔註 167〕詩云：「泉城欲治麥禾囷，五畝鄰家肯見分。莫問三吳朱處士，似勝吾鄉揚子雲。陰晴卒歲關憂喜，豐約終身看逸勤。家世本來耕且養，諸孫不用恥鋤耘。」（卷 868，頁 10111。）

一般而言，人在年輕時較不會慮及世代相承、後代子孫等問題，直到接近生命尾聲，這些事物才會不時盤旋於心頭。陸游暮年經常提及的一種想法，就是「以農傳家」。莫礪鋒曾指出，陸游「有時也會思及身後之事，但那不是對死亡本身的思考，而是表示對生前所從事的活動的依戀，並希望把生前的價值追求延伸到身後去。」〔註 168〕陸游希望延伸的一種價值追求，就是務農的生活。

在陸游田園詩中，「以農傳家」的意蘊包含兩層：一、陸游期望子孫繼承自我勤勉堅毅的務農生活；二、陸氏家族以農傳家，這涉及陸游對家族躬耕傳統的認識，與自己承接並傳續此種傳統的自覺。

陸游期待子孫繼承自己務農生活的心聲，在上文分析過的、表達個人勤勉樂觀或堅毅不移的力耕情懷中已有吐露，包括〈村舍雜書〉十二首之六在歷敘自己「折蓮釀作醯，采豆治作醬。開曆揆日時，汲井滌瓮盎。上奉時祭須，下給春耕餉」〔註 169〕等依時令而行的務農活動後云：「咨爾後之人，歲事不可曠」；〈飲牛歌〉篇末發出「牛能生犢我有孫，世世相從老故園。人生得飽萬事足，拾牛相齊何足言」〔註 170〕的感嘆；〈視東皋歸小酌〉二首之二也抒發「身誓生生辭祿食，家當世世守農耕」〔註 171〕的期許等。這類詩表現的主要是，陸游希望後代繼承自我認可的生活方式，且其中並未涉及對祖風的自覺回歸。

另外一類情況則還蘊含著對先人躬耕歸隱之風的追慕，或將此家風承傳於後世的自覺。由於此類詩明顯呼應陸氏的家族傳統，因此欲對此類詩有較深入的認識，必須先梳理陸游對家風的認同。

陸游所企慕的同宗幾乎都有一共同點：曾經隱居躬耕。他經常以唐代詩人陸龜蒙爲同宗，並對他清貧自資的躬耕生活頗感共鳴，如〈深

〔註 168〕氏著：〈陸游詩中的生命意識〉，《江海學刊》，2003 年第 5 期，頁 176。

〔註 169〕卷 39，頁 2512。

〔註 170〕卷 48，頁 2922。

〔註 171〕卷 64，頁 3632。

居〉云：「自憐甫里家風在，小摘殘蔬繞廢畦。」〔註 172〕〈書齋壁〉云：「煙水雲山千萬重，散人名號繼吾宗。……父老年年同社酒，子孫世世業春農。」〔註 173〕但陸游晚年最爲津津樂道的，是七世祖——晚唐時的陸忻以來的家族史。陸忻因恥事吳越，入贅山陰魯墟農家，隱居耕讀，到了他的曾孫陸軫（陸游高祖）始以進士起家。陸游對這段過往十分認同：

> 吳越在五代及宋興，最爲安樂少事，然廢立誅殺猶如此。方斯時，吾家先世守農桑之業於魯墟、梅市之間，無一人仕於其國者，眞保家之法也。（〈跋吳越備史〉，卷 30，頁 266）

仔細閱讀陸游相關言論可發現，他贊同先人歸耕決定，不僅在於遠離官場方能保存家族命脈，更因爲祖先在務農中延續家族的道德傳統。《放翁家訓》首段即指出先祖因爲「念後世不可事僞國、苟富貴」而有辱「廉直忠孝，世載令聞」的家風，不惜棄官歸隱，「夷於編氓」。〔註 174〕所以他追慕的躬耕家風也就包含某種倫理意蘊。

首先，陸游特別認同躬耕家風中「儉樸」的一面。這種觀念在《放翁家訓》中體現的最鮮明。在《家訓》首段，陸游稱述先祖在五代時爲了不事僞國而隱耕魯墟。直到陸軫以進士起家，陸氏「百餘年間文儒繼出，有公有卿」，陸游卻因此感到憂懼，緊接著指出「天下之事，常成於困約而敗於奢靡」，並歷數歷代祖先的節儉作風，強調若子孫背離祖風，將「陷於危辱之地」，求回故鄉「安樂耕桑之業，終身無愧悔」而不可得。〔註 175〕可見他對於簡樸之德

〔註 172〕卷 4，頁 330。

〔註 173〕卷 74，頁 4067。按：陸游還一直以身爲春秋時陸通的後人爲榮。詳參鄒志方：《陸游研究》（北京：人民出版社，2008），頁 1～5。而據《高士傳》載，「陸通，字接輿，楚人也。好養性，躬耕以爲食。」可見也是一位耕隱之士。

〔註 174〕以上引文均見於《放翁家訓》，《陸游全集校注》（杭州：杭州教育出版社，2011），第 13 冊，頁 111。

〔註 175〕以上引文出處，均同前注。

極爲重視。其詩云：「不爲休官須惜費，從來簡儉作家風。」〔註 176〕「子孫勿厭藜羹薄，此是吾家無盡燈。」〔註 177〕這種簡儉家風，實得自務農生涯的習染。

陸游還認爲「修德」也是祖輩躬耕生活的重要內容。在爲叔父所寫的墓誌銘中，陸游提到先人「比唐之亡，惡五代之亂，乃去不仕。然孝弟行於家，行義修於身，獨有古遺法，世世守之，不以顯晦易也。」〔註 178〕因而陸游期許子孫繼續過著勤儉守道的躬耕生活，例如〈秋夜讀書有感〉二首之二：「家世偏憎慕青紫，兒童切莫話龍豬。正令世世皆農圃，廉讓何妨化里閭。」〔註 179〕〈感事示兒孫〉：「人生讀書本餘事，惟要閉門修孝悌。畜豚種菜養父兄，此風乃可傳百世。」〔註 180〕謂躬耕給養父兄的淳樸生活，足以作爲陸氏養德化民的憑藉。

陸游淳熙十六年罷歸山陰之後，就有回歸家世躬耕傳統的呼聲，〔註 181〕但明確地在田園詩中抒發承傳務農家風的意識，要到慶元五年（1199）五月致仕後。作於掛冠後不久的〈村舍雜書〉十二首之一云：

> 我本杞菊家，桑苧亦吾宗。種藝日成列，喜過萬户封。今年夏雨足，不復憂螟蟲。歸耕殆有相，所願天輒從。（卷 39，頁 2510）

「杞菊」指作〈杞菊賦〉的陸龜蒙，「桑苧」指自稱「桑苧翁」的陸

〔註 176〕〈對食戲作〉二首之一，卷 51，頁 3031。

〔註 177〕〈平昔〉，卷 45，頁 2770。

〔註 178〕〈右朝散大夫陸公墓誌銘〉，卷 32，頁 280。

〔註 179〕卷 54，頁 3194。

〔註 180〕卷 44，頁 2723。

〔註 181〕例如：「昨暮送客歸，短棹過魯墟。故廬有遺趾，青山遶牆隅。桑竹雖鬱然，舊植已無餘；瓦礫不可求，而況屋壁書。……行當掛朝衣，躬耕返吾初。」（〈歲暮感懷以餘年諒無幾休日愴已迫爲韻〉十首之一，卷 31，頁 2109）「士生本耕稼，時來偶卿相。功名亦餘事，所勉在素尚。況吾多難者，久已冥得喪。微祿行當辭，沒身事幽曠。」（〈夜過魯墟〉，卷 22，頁 1652）

羽。開篇就爲致仕找到理由：回歸躬耕家風，接下來也隱然以此爲招致上天襄助、「所願天輒從」的原因。這組詩的第二首實際上也回應了家族的躬耕傳統，詩云：

> 中春農在野，蠶事亦隨作。手種臨安青桑名，可飼蠶百箔。纍纍繭滿簇，繹繹絲上籆。老子雖安眠，衣帛可無怍。（卷39，頁2510）

所謂「衣帛無怍」應主要不是指自己早已年逾五十，非帛不足以暖身；而是指自己致仕後自食其力，不再佔用民脂民膏，展開如先祖那樣無所愧悔的生活。

在此之後，陸游田園詩益發明確地呼應先祖儉約、修德的躬耕生活。例如〈自勉〉四首之四：

> 歸老寧常逸，時時學荷鉏。室雖無長物，圃尚有餘蔬。壯志誠衰矣，貧居亦晏如。爲農當世業，安用築門閭。（卷49，頁2951）

首聯的黽勉荷鋤舖下樸實的基調，全詩洋溢著清貧卻知足的語氣。「貧居」一句錢仲聯注認爲典出《漢書》〈揚雄傳〉，可從。〔註182〕此處傳達的在躬耕之際潛心向學、不慕榮利的形象，與陸游對先祖的追述頗爲相合。因此詩中所謂「爲農當世業」，既是以延續先祖遺風自勉，也有以此傳家之意。又如〈題齋壁〉二首之二：

> 力穡輸公上，藏書教子孫。追遊屏裘馬，宴集止雞豚。寒士邀同學，單門與議婚。定知千載後，猶以陸名村。（卷55，頁3253）

中間兩聯描寫生活節儉的細節，與《放翁家訓》記敘先祖簡樸作風的方式如出一轍。在作此詩前後，陸游四度在詩中憶及高祖陸軫與祖父陸佃，或以其事蹟自戒；或瞻仰其行蹤遺跡；或以其學傳諸子孫，充分表露對先祖的追慕。〔註183〕這首詩所描述的自身儉約度日、耕讀

---

〔註182〕史稱揚雄家族「有田一廛，有宅一區，世世以農桑爲業。」與陸游先祖正有相似之處。

〔註183〕詳參〈先大父以元祐乙亥寓居妙明僧舍後百餘年當嘉泰癸亥游復假

守分的生活，其實質也是對家風的自覺繼承。尾聯顯示陸游既以承傳祖先耕讀生活自期，也對這種生活模式能使陸氏家族綿延不絕深具信心。再看一首〈自詠〉：

> 曾著〈杞菊賦〉，自名桑苧翁。常開羅爵網，不下釣魚筒。
> 租稅先期畢，陂塘與眾同。〈士章〉八十字，世世寫屏風。
> 予寫《孝經》〈士章〉八十四字為屏風。（卷 66，頁 3716）

陸游曾云：「我本杞菊家，桑苧亦吾宗。」〔註 184〕在此詩則直接自稱為陸龜蒙、陸羽的「後身」，不僅甘於務農生涯，並惕勵後人世世踐行〈士章〉提倡的「愛敬忠順」等美德。〔註 185〕詩中樸實守分、服義履道的躬耕生活，與《放翁家訓》中先人「孝弟行於家，行義修於身，獨有古遺法，世世守之，不以顯晦易也」的作風一脈相承。可見此詩主旨仍是表達承傳祖德之志。

陸游有時更正面期待兒孫繼承此種躬耕家風，如〈讀何斯舉黃州秋居雜詠次其韻〉十首之八云：

> 倚墻有鉏耰，當戶有杼軸，雖云生產薄，桑麻亦滿目。況承先人教，藏書令汝讀。求仁固不遠，所要念念熟。喟然語兒子：勿媿藜莧腹，亦勿慕虛名，守此不啻足。（卷 44，頁 2711）

此詩「示兒」的語氣頗為明顯。所謂「先人教」在此雖主要指讀書而言，但詩中簡樸修身與力耕並行不悖的生活方式，也與陸氏先祖吻合。因此詩中欲令兒子所「守」的，當也指陸游追慕的家族躬耕傳統。此

---

榻一夕感歎成詠〉（卷 55，頁 3243）、〈魯墟　先太傅舊宅〉（卷 55，頁 3247）、〈歲晚幽興〉四首之四（卷 56，頁 3264）、〈家居自戒〉六首之一（卷 56，頁 3271）。

〔註 184〕〈村舍雜書〉十二首之一，卷 39，頁 2510。

〔註 185〕《孝經》〈士章第五〉：「資於事父以事母，而愛同。資於事父以事君，而敬同。故母取其愛，而君取其敬，兼之者父也。故以孝事君則忠，以敬事長則順。忠順不失，以事其上，然後能保其祿位，而守其祭祀，蓋士之孝也。《詩》云：『夙興夜寐，無忝爾所生。』」收入《四部叢刊正編》（臺北：臺灣商務印書館，1979），第 2 冊，頁 3～4。

外如〈雜興〉五首之一、〔註 186〕〈龜堂雜題〉四首之三等詩，〔註 187〕或顯示陸游對簡樸力耕家風的實踐、認同，或表達對此家風世代永傳的期待，均可見詩人晚年甚爲重視先世的躬耕傳統。

由此可知，陸游田園詩以農傳家的意識包括自己承接並傳遞家族耕讀傳統的自覺；與對子孫繼承自我務農生活的期望。值得注意的是，無論是哪種情形，陸游「世代務農」的期待幾乎都出現在自我躬耕生活的描寫後，是詩人「以身作則」之後的期許。這種現象似乎暗示，陸游期待以此確立自我在整個家族史中的座標性地位，從而提昇生命的價值。因爲躬耕家風若經陸游得以彰顯並接續，個人的精神將從此加入家風的無限延伸，生命的感召力超越現世，生命也因此得到某種意義上的不朽。〔註 188〕

綜上所述可知，在陸游心目中，「躬耕」絕不僅爲了餬口，更不是純粹的休閒活動。它是符合先王遺教，從而具有倫理意蘊、足爲報國之途的行爲；也是先祖世代相傳的、具有修道養德意涵的優良家風。陸游吟詠力耕情懷的詩篇，因此充溢著勤勉樂觀的態度、昂揚堅韌的意志，以及以此傳家的意識。進而言之，這一切又顯示晚年的陸游在終生無成之際，依然對充實人生持有不懈的追求。

吉川幸次郎曾指出，陸游的「每一首詩都使人感到充實，煥發著

〔註 186〕其詩云：「謀生在衣食，不仕當作農。識字讀農書，豈不賢雕蟲。婦當娶農家，養蠶事炊舂，晨耕候春扈，夜織驚秋蛩。畦蔬勝肉羹，社酒如粥醲。毋爲慕朝憤，諂笑求見容。」（卷 66，頁 3717）

〔註 187〕其詩云：「長腰玉粒出新舂，秋獲眞成畝一鐘。衣食麤供官賦足，何妨世世作耕農。」（卷 37，頁 2406）

〔註 188〕理解陸游的這種心跡，有助於從另一角度明白晚年的他爲何能將「返鄉躬耕」的價值提升到與「追求功名」幾乎相等的高度。〈園廬〉詩云：「天假殘年使荷鉏，白頭父子守園廬。四朝曾遇千齡會，七世相傳一束書。物理從來多倚伏，人情莫遣得親疏。功名自有英雄了，吾輩惟當憶遂初。」（卷 61，頁 3500）躬耕生活與陸氏家風一脈相傳，既深入過去，又指向未來。「荷鋤」生涯因而使自我生命融會到祖先開闢的精神長河中，在某種意義上不朽，並獲得與「立功」近似的價值。

行動的精神」〔註 189〕，又認爲陸游的性格「首先是行動型的」〔註 190〕，接下來又以「經常歌唱自己想要從軍作戰，攻入敵區，『馬革裹屍』的願望」〔註 191〕爲陸游的「行動型性格」的表現。吉川拈出陸游性情中「積極主動」的特徵，這是很準確的；但他只注意到這種性情在「外求」一面的表現，卻未曾留心它在「自足」方面的體現。

我們以爲，陸游的力耕隴畝之詩雖然不像愛國詩那樣湧動著高漲的激情，但同樣是詩人「行動型性格」的展現。它們正足以顯示，無論陸游是年輕或老邁，也不論他對宦途是充滿信心或感到失望，始終企圖以積極的態度面對生活，用實踐的力量掌握人生。在力耕詩篇中，我們看到的是他意欲確立操之在己的、富於價值的生活方式。舉凡力行〈豳風〉的勤於農耕之道；俯仰無愧的充實愉快之感；對理想生活方式的堅持；與實踐並承傳簡樸與進德修業並行的家族躬耕傳統，無不顯示洋溢著陸游使生活充滿意義的努力。如此煥發詩人行動熱力與昂揚意志的田園詩篇，在之前幾乎是從未出現過的。劉蔚總結道：「從整體上看，宋代以士人勞作爲題材的田園詩思想深度遠不及陶詩，既缺少對勞動意義的深刻理解，也缺少對人生理想的積極追求」〔註 192〕。北宋詩人之詩的確如此。但綜上所述可知，陸游打破了這種局面，爲田園詩開拓出又一片嶄新的境界。

綜合以上三小節所論可以知道，對田居各種困境的承受與轉化在陸游田園詩的三種主題類型中各有側重。相較之下，「力耕情懷」偏重表達在實踐人生最高理想終究成空的境遇下，轉化失落之感的方式與態度；「安貧之志」與「失意之感」則著重於表現承受現實困境的同時對它的超越。

然而無論如何，陸游詩中種種田居困境，集中傳達了一般士人眞

〔註 189〕日・吉川幸次郎撰，李慶、駱玉明等譯：《宋元明詩概說》（上海：復旦大學出版社，2012），頁 102。

〔註 190〕同前注。

〔註 191〕同前注。

〔註 192〕氏著：《宋代田園詩研究》（北京：人民文學出版社，2012），頁 63。

實田園生活的各種困難面，舉凡宦途失意的悲哀、對自我身分轉換的茫然、躬耕生涯的艱辛、物質生活的貧困……確實都是僻居隴畝多年的士人難免遭遇的。直到陸游筆下，這些田居生活現實面才獲得比較全面、深入的反映，從而使田園詩突破了唐代以後「士人歸田等於回歸眞淳自然樂土」的傳統範式，成爲詩人表達對這些難堪處境的應對之道與相關感懷的載體。雖然這類作品在陸詩中並不佔多數，但其篇幅之數量與個性的突出，都遠較北宋田園詩爲亮眼。從整個田園詩史的發展脈絡觀之，仍能肯定陸游爲田園詩的內涵開出了新的方向。

陸游也繼承並發揚了陶淵明之後田園詩中趨於式微的詠懷傳統。陶淵明田園詩具有較明顯的詠懷性質。〔註 193〕所謂詠懷，即歌詠詩人的懷抱、情志，亦即表達「對現實世界的體悟、對生命存在的思考，其終極目標指向對個體生命的把握，對未來人生的設計與追求。」〔註 194〕而陶詩的詠懷令讀者印象最爲深刻者，在於對人生意義或理想價値執著的憧憬與持守。

在陶淵明之後，田園詩以欣賞田園風光與農村生活之美，或者說以體合自然、適己爲樂爲主要旨趣。而與詩人的人生境遇密切相關的懷抱、情志，較少得到直接或突出的表達。到了陸游筆下，對自我生命境況的體認和反思；以及對個人操守與生活意義的堅持，再度居於田園詩的主旨地位。陶淵明田園詩中的詠懷精神，至此終於得到發揚光大。

但陸游並非純粹地繼承陶詩，而是對其詠懷精神又有新變與拓展。他畢竟是一位對自我品格高度自信、懷抱用世之心，卻連遭政敵

〔註 193〕葛曉音已明確指出：「陶淵明的田園詩是魏晉詩歌詠懷興寄的傳統與東晉士人的審美觀照方式，以及詩人田園生活相結合的產物。」詳參氏著：《山水田園詩派研究》（瀋陽：遼寧教育出版社，1997），頁 79。又，袁行霈亦有相關論述，詳參氏著：《陶淵明研究》（北京：北京大學出版社，1998）。

〔註 194〕孫明君：〈中國古代詠懷詩的基本類型〉，《陝西師範大學繼續教育學院學報》，19 卷 1 期，2002 年 3 月，頁 53。

打擊終至被迫退居田畝的詩人，所以他爲田居困境所激發的種種感懷普遍更富於剛毅頑強、不屈不撓的個性色彩。安貧之志中的高揚峻直品格、標榜與俗相忤；力耕之懷中的堅韌樂觀、失意之感中對國事的依舊掛念，都從不同層面體現陸游與現實憂患相抗爭的頑強精神。這是其詩迥異於陶詩的第一個特徵。

其次，陶詩中的詠懷本質上是對「精神超越到污濁的世俗之外，進入到一個逍遙自在、自我陶醉的世界」〔註 195〕的嚮往，其人生態度是超世的。陸詩中的感懷則仍與儒家關切社會政治的人生觀緊密聯繫。詩人或是對從政身分的失落感到悵然、或是直接將憂國之意與身世之感連繫起來；或是藉符合先王之教、足以淨化社會風俗穩定社會秩序的躬耕行爲，爲充實自我人生、提升生命價值的方式。凡此種種，均可見陸游對於國家的責任感是何等強烈，乃至個人雖身處窘迫失意之境，卻仍或直接、或間接地表達藉由修、齊、治、平實現自我生命價值的渴望與執著。此種志意不僅異於陶詩，在田園詩史上也是空前的。

〔註 195〕孫明君前揭文，頁 54～55。

# 第六章　陸游田園詩語言藝術的特色（一）

文學語言異於日常語言或科學語言的特徵，就在於能彰顯形式本身的美感，使讀者在審美愉悅中達成情感的共鳴。所以文學語言絕不僅像其他領域的語言那樣，只是所指對象的代表、或一種過渡的中介，而是既是讀者掌握內容意蘊的憑藉，又是形成風格的基礎。作家的藝術匠心與創作個性，往往就藉由語言形式美的經營而表現出來。因此，語言技巧的分析是作品研究中極爲重要的一環。

陸詩語言藝術的突出特徵，可以歸納爲「巧妙整飭的語音安排」、「摹狀切近的字詞」、「聲義兼備的疊字」、「圓穩整煉的對偶」、「廣博熨貼的用典」、「顯著的敘事性與細膩的寫景」等六大方面。以下分別析論之。

## 第一節　巧妙整飭的語音安排

前人對陸游詩有「善寫眼前景物，而音節琅然可聽。」〔註1〕之評。陸詩之所以成就這樣的印象，既與善用力度充沛的動詞和繽紛絢

〔註1〕賀裳：《載酒園詩話》，郭紹虞編選，富壽蓀校點：《清詩話續編》（上海：上海古籍出版社，1999），頁451。

麗的顏色詞有關，也得力於巧妙地利用詩語的語音特徵和語音關係，營造和諧流暢、抑揚有致的效果。以下將從「四聲遞用的句尾」與「聲律諧美的七律」兩方面，論述陸詩在語音經營方面的用心。

## 一、四聲遞用的句尾

律詩的奇數句尾四聲遞用是陸游田園詩的一個特色。近體詩格律原本只講平仄，但有些詩人試圖在平仄的規律內作得更精細一些，即在仄聲中還區分上、去、入聲，而且使律詩奇數句的句腳平上去入四聲俱全，陸游就是其中之一。《劍南詩稿》中的第一首田園詩〈出縣〉，就是一首奇數句腳四聲遞用之作，現將全詩錄於下，並標注其奇數句句尾聲調：

匆匆簿領不堪論（平），出宿聊寬久客魂。

稻壠牛行泥活活（入），野塘橋壞雨昏昏。

槿籬護藥纔通徑（去），竹筧分泉自遍村。

歸計未成留亦好（上），愁腸不用遶吳門。

（卷 1，頁 32）

詩的首句入韻，其餘三句句末平均安排入聲中的三聲，形成四聲的遞用。此詩紹興廿九年（1159）作於福州寧德縣主簿任上，此後直至乾道三年（1167），陸游還作有四首句尾四聲俱全的田園律詩，其中包括他的名篇〈遊山西村〉：

莫笑農家臘酒渾（平），豐年留客足雞豚。

山重水複疑無路（去），柳暗花明又一村。

簫鼓追隨春社近（上），衣冠簡樸古風存。

從今若許閑乘月（入），拄杖無時夜叩門。

（卷 1，頁 102）

此詩同樣也是首句入韻，其餘三句句腳分別使用仄聲中的三聲。陸詩還有在奇數句句腳依次安置平、上、去、入的例子，如：

行飯獨相羊（平），扶藜過野塘。

晴光生蝶粉（上），暖律變鶯吭。
麰美群兒競（去），蠶飢小婦忙。
深知遊宦惡（入），窮死勿離鄉。
（〈山家暮春〉二首之二，卷 24，頁 1746）
橫塘南北埭西東（平），拄杖飄然樂未窮。
農事漸興人滿野（上），霜寒初重雁橫空。
參差樓閣高城上（去），寂歷村墟細雨中。
新買一蓑苔樣綠（入），此生端欲伴漁翁。
（〈橫塘〉，卷 13，頁 1073）
北園西出路逶迤（平），荊作門扉枳縛籬。
鋤麥正忙人滿野（上），營巢未定鵲爭枝。
招呼父老嘗新釀（去），約束兒童築壞陂。
遇興閑行便終日（入），隔溪績火已參差。
（〈北園籬外放步〉，卷 35，頁 2299）
紅橋梅市曉山橫（平），白塔樊江春水生。
花氣襲人知驟暖（上），鵲聲穿樹喜新晴。
坊場酒賤貧猶醉（去），原野泥深老亦耕。
最喜先期官賦足（入），經年無吏叩柴荊。
（〈村居書喜〉，卷 50，頁 3002）

其他尚有不少詩篇的奇數句句尾，平、上、去、入皆有出現、錯落分佈。〔註 2〕詩歌聲律學者指出，「奇句的句腳上之所以要用不同聲調，

〔註 2〕陸游田園五七言律中屬奇數句尾四聲遞用者有：〈還縣〉（卷 1，頁 32）；〈村居〉（卷 1，頁 64）；〈初夏道中〉（卷 1，頁 98）；〈示客〉（卷 15，頁 1184）；〈東關〉二首之一（卷 22，頁 1649）；〈宿野人家〉（卷 22，頁 1651）；〈步至近村〉（卷 25，頁 1819）；〈冬日觀漁獵者〉（卷 26，頁 1830）；〈冬晴閑步東村由故塘還舍作〉二首之一（卷 26，頁 1846）；〈十二月八日步至西村〉（卷 26，頁 1847）；〈五月一日作〉（卷 27，頁 1891）；〈秋晚閒步鄰曲以予近嘗臥病皆欣然迎勞〉（卷 27，頁 1912）；〈散步東�〉（卷 29，頁 2031）；〈窮居有感〉（卷 32，頁

是因爲近體詩偶句都是平聲調，如果奇句再不注重四聲變化，都用同一種聲調，就會造成詩歌各句尾字的聲調單一枯燥，影響詩歌的音律效果。」〔註3〕陸游的許多田園律詩，不僅注意在奇數句尾不用同一種聲調的字詞，更講究四聲的遞用。其中，平聲聲調悠長、上聲曲折上揚、去聲下降、入聲短促，交替使用，造成明顯的高低抑揚的音響變化。

陸游田園詩中屬五、七言律者約有共四百首，其中出現奇數句句尾四聲遞用約有五十首，約八分之一。這個數量雖然不能算佔其田園律詩的多數，但至少足以說明，這種現象並非偶一爲之，也非巧合，而是陸游刻意經營的結果。若將眼光放寬到唐宋田園詩的創作情況，以及陸游注意此方面的時間之長，更可發現四聲遞用實爲陸詩的一個特色。

---

2138)；〈三月十一日郊行〉(卷 32，頁 2140)；〈閑趣〉(卷 33，頁 2211)；〈閑身〉(卷 36，頁 2324)；〈東窗小酌〉(卷 37，頁 2374)；〈夏日〉五首之一(卷 37，頁 2376)；〈書喜〉(卷 37，頁 2383)；〈有年〉(卷 37，頁 2388)；〈舍北行飯〉(卷 38，頁 2431)；〈庵中獨居感懷〉(卷 38，頁 2470)；〈自詠閒適〉(卷 43，頁 2705)；〈夏雨〉(卷 46，頁 2807)；〈秋晚村舍雜詠〉二首之一(卷 47，頁 2886)；〈湖村春興〉(卷 50，頁 3009)；〈春晚書村落閒事〉(卷 50，頁 3012)；〈遊西村贈隱者〉(卷 51，頁 3045)；〈冬初法雲〉(卷 55，頁 2339)；〈書志〉(卷 58，頁 3367)；〈書喜〉二首之二(卷 60，頁 3454)；〈村舍書事〉(卷 60，頁 3458)；〈社飲〉(卷 60，頁 3469)；〈初夏閒居〉八首之四(卷 66，頁 3736)；〈賽神〉(卷 67，頁 3774)；〈幽居〉二首之二(卷 71，頁 3927)；〈題門壁〉(卷 71，頁 3944)；〈閒遊所至少留得長句〉五首之三(卷 72，頁 3969)；〈初夏〉二首之二(卷 76，頁 4158)；〈初夏雜興〉(卷 76，頁 4174)；〈病中雜詠〉十首之一(卷 85，頁 4535)，連同正文中所舉詩例，共有 48 首。此外，〈久雨初霽〉(卷 61，頁 3515～3516)中的「怒」，《廣韻》有上、去二讀，但看不出彼此的語義區別，有可能是方音的差異。若陸游將之讀爲上聲，此詩也可列入「奇數句句尾四聲遞用」的例子中。又有〈郊行〉(卷 82，頁 4403)中的「惰」，《廣韻》也有上、去二讀，也看不出彼此的語義區別。若陸游將它讀爲上聲，則此詩奇數句句尾也是四聲俱全。

〔註 3〕朱承平：《詩詞格律教程》(廣州：暨南大學，2004)，頁 118。

在唐代詩家中，杜甫是最致力於在律詩中採用四聲遞用之法的，清人朱彝尊甚至有「老杜律詩單句句腳必上去入俱全」的說法。〔註 4〕但杜甫的田園詩作並不算多，且其中單句句腳四聲俱全的僅有〈南鄰〉一首。在唐代田園詩的典範作家中，孟浩然、韋應物田園詩中均無此類作品，僅王維有〈輞川別業〉一首、儲光羲〈田家即事〉一首。〔註 5〕據王力的研究，「到了宋代，四聲遞用的形式大約已經不爲一般人所知，於是上尾（引者按：即鄰近兩聯出句句腳聲調相同）的毛病甚多，鄰近兩個出句句腳聲調相同的已經不勝枚舉。即以四個相同或首句入韻而三個相同者而論，也就不少。」〔註 6〕這類情形在田園詩中也有反映。在宋代，田園詩中律詩創作得較多（五首以上）的詩人有梅堯臣，他有五、七言律二十一首，其中僅有一首七律〈依韻和永叔秋日東城郊行〉〔註 7〕屬於奇數句尾四聲遞用，而且還是和作。相對的是，其中有「上尾」之病的多達十二首，超過半數。張耒共有五律七首，其中僅有一首〈夏日〉十二首之五屬奇數句尾四聲遞用，〔註 8〕有「上尾」之病的有五首，遠逾其半。

就在「上尾」已不太爲詩人所避忌之際，陸游卻作有五十首左右的奇數句尾四聲遞用之田園詩，應該算是比較特殊的情況。

除了數量較多以外，陸游創作此類詩的時間之長也引人注意。這些詩的創作年份始自紹興廿九年，終於嘉定二年（1209），長達五十年。其中，退居山陰後的紹熙二年（1191）至開禧三年（1207）十七年間，

〔註 4〕當然，此說不無誇張之處，王力即指出，「『必』字有語病，杜詩並非每首如此，只能說是多數如此。」氏著：《漢語詩律學》（上海：上海教育出版社，2002），頁 125。

〔註 5〕《全唐詩》卷 139，頁 1417 將此詩歸入儲光羲作品；但在卷 517，頁 5906 另收有一首署名楊發的〈南野逢田客〉，與此詩內容相同。因此，此詩作者是否眞爲儲光羲，仍不無疑問。

〔註 6〕氏著：《漢語詩律學》（上海：上海教育出版社，2002），頁 131。

〔註 7〕卷 258，頁 3243。

〔註 8〕卷 1167，頁 13168。

是此類詩創作比較密集的時期。〔註9〕像陸游這樣在長期間、幾乎不間斷地寫作此類田園詩歌的詩人，在宋代應屬於極少數。這種作法，既反映他經營聲律的用心，也使其詩帶有聲音抑揚抗墜的美感效應。

## 二、聲律諧美的七律

盛唐時期，蜚聲詩壇的高、岑、王、孟、李白等分別以古體、五律、絕句見長。〔註10〕此期田園詩詩體以五言爲主，七律極爲少見。其中，堪爲唐代田園詩代表的王維雖然也是七律大家，但他以七律寫成的田園詩只有兩首，分別爲〈輞川別業〉與〈積雨輞川莊作〉。此二詩因意境優美而堪稱名作，但都有失粘之病，聲律未臻精密，〔註11〕而且「平仄對偶之間，則仍不免時予人以沾滯之感，較之其五言律之天懷無滯妙造自然，相差乃極爲懸殊。」〔註12〕中唐時七律發展成熟，並進入創作的繁榮期，七律體田園詩的聲律也趨於整飭。但此時七律體的田園詩仍屬個別詩人偶一爲之的創作，個性並不顯著，成就也不突出。〔註13〕

〔註9〕陸游《劍南詩稿》中，田園律詩屬奇數句尾四聲遞用者的分佈情形如下：第一冊（作於紹興十二年至淳熙元年九月）：五首；第二冊（作於淳熙元年九、十月至淳熙七年十月）：零首；第三冊（作於淳熙七年十月至紹熙元年秋）：二首；第四冊（作於紹熙二年春至慶元元年冬）：十三首；第五冊（作於慶元二年春至嘉泰元年春）：九首；第六冊（作於嘉泰元年夏至嘉泰四年秋）：八首；第七冊（作於嘉泰四年秋至開禧三年秋）：八首；第八冊（作於開禧三年冬至嘉定二年冬）：三首。

〔註10〕詳參趙謙：《唐七律藝術史》（臺北：文津出版社，1992），頁35～74。

〔註11〕據學者統計，王維現存二十首七律中，有半數合律、半數失粘，可見他對七律粘對規則未能了然於心。詳參韓成武：〈試論七律的定型與成熟〉，《河北大學學報・哲學社會科學版》，22卷1期，1997年3月，頁45。

〔註12〕葉嘉瑩：〈論杜甫七律之演進及其承先啓後之研究〉，《迦陵談詩（一）》（臺北：三民書局股份有限公司，1977），頁74。

〔註13〕這種現象與當時七律大家並未重視田園題材有關。中唐前期（代宗大歷初至德宗貞元中），七律題材重心由外部世界轉爲內省的心靈世界；中唐中期（德宗貞元中至文宗大和年間）白居易以七律寫山川

總之，從王維之後田園詩中七律一體的發展依舊相對滯後。多數詩人仍習慣使用五言描繪田園風光、表現農村生活。直到陸游，才在中唐以後七律體田園詩聲律和諧的基礎上有進一步發展。他不僅創作大量平仄合律的七律田園詩，而且以有規則的拗救句式克服平仄過於圓美熟滑的弊病，句法極爲整密。

陸游田園詩中共有七律約223首，這些詩不僅以醒目的數量打破前此田園七律創作零星的局面，其中佳作之眾多、個性之突出均爲前所未見。

陸游田園七律的醒目特徵之一，即在於平仄粘對既絕大多數時候合律，又時有拗救之處。〔註14〕再進一步審視則可發現，它們較頻繁的出現是在慶元元年（1195），詩人七十一歲以後。此時的他退居山陰已有五個年頭，朝廷中趙汝愚、韓侂胄的政爭日益白熱化，他重入宦途的熱望也逐漸冷卻。此種考究聲律的田園七律，正是此種背景下的產物。或因詩人的宦情日趨淡泊，所以對詩歌的音律等細節也更能深入研求。

詩歌的語音平仄拗折，容易導致聲律不諧，但陸游的田園七律不僅幾乎有拗必救，而且這些拗救句式變化有限、法度嚴整，絕大多數屬於兩種類型。它們共56首，約佔陸游田園七律總數的四分之一。

---

勝景、民情風俗；劉禹錫以此體懷古詠史。而晚唐七律重要作者裡，李商隱的感時、詠史、無題詩爲代表作；皮日休、陸龜蒙主要敘家常瑣屑、山川風物、漁樵生活；秦韜玉、杜荀鶴等唱詠時事、深寓諷喻；韋莊、唐彥謙等則以清詞麗句寫悲情哀感。詳參趙謙：《唐七律藝術史》（臺北：文津出版社，1992），頁119～372；陳增杰：〈論唐人七律藝術的發展風貌〉，《浙江社會科學》，1999年第2期，頁147～150。總之，尚未有作者熱衷於以七律體寫作田園詩。

〔註14〕陸游七律其實還以用事、屬對精切見長。清人沈德潛即指出：「放翁七言律，隊仗工整，使事熨貼，當時無與比埒。」（《說詩晬語》，卷下，頁544，王夫之等撰：《清詩話》（上海：上海古籍出版社，1999）但就其田園詩的創作領域來看，這兩方面的特色也體現在他的其他詩體，將一併在下文論述。此處專論其聲律圓美工穩的特色。

第一類是平起仄收句（平平仄仄平平仄）的第五字改平爲仄（拗），仄起平收句（仄仄平平仄仄平）的第五字則改仄爲平（救）。且此類情況均出現在頷聯，共有二十二例。如「草根螢墮久開闔，雲際月行時吐呑」〔註 15〕，出句第五字「久」應平而仄，對句第五字「時」便應仄而平，救了出句的「久」字。又如「猩紅帶露海棠濕，鴨綠平堤湖水明」〔註 16〕中，出句第五字「海」當平而仄，「湖」字便當仄而平，兩句彼此相救。〔註 17〕

陸游的此種拗救句式，與晚唐詩人許渾的「丁卯句法」有明顯的淵源關係。所謂丁卯句法，即對偶句之出句末尾爲「仄平仄」，對句

〔註 15〕〈夜與兒子出門閒步〉，卷 24，頁 1759。

〔註 16〕〈春行〉，卷 35，頁 2314。

〔註 17〕其他詩例還有：「微風敢喜北窗臥，大旱恐非東海冤」（〈閔雨〉二首之二，卷 29，頁 2015）；「照溪自歎尚微瘦，趁渡人言殊未衰」（〈縱步近村〉，卷 33，頁 2184）；「綠鍼細細稻浮水，絳雪紛紛花舞風」（〈九里〉，卷 36，頁 2320）；「流年不貸世人老，造物能容吾輩狂」（〈東窗小酌〉二首之一，卷 37，頁 2374）；「白鹽赤米已過足，早韭晚菘猶恐奢」（〈村居書事〉，卷 46，頁 2821）；「樓陰雪在玉三寸，雲罅月生銀一勾」（〈晚晴閒步隣曲間有賦〉，卷 49，頁 2974）；「一無可恨得歸老，寸有所長能忍窮」（〈舍外彌望皆青秧白水喜而有賦〉，卷 51，頁 3025）；「叢祠懷肉有歸遺，官道橫眠多醉人」（〈村飲〉，卷 62，頁 3562）；「雖非五鼎豈無食，未辦複褌猶著襦」（〈刈穫後書事〉二首之一，卷 64，頁 3623）；「陶公老去但濁酒，管老歸來惟白襦」（〈刈穫後書事〉二首之二，卷 64，頁 3624）；「扶翁兒大雨髫髮，溉水渠成千耦耕」（〈賽神〉，卷 67，頁 3774）；「春農耕罷負犁去，村社祭餘懷肉歸」（〈自九里平水至雲門陶山歷龍瑞禹祠而歸凡四日〉八首之二，卷 70，頁 3914）；「眼明可數遠山疊，足健直窮流水源」（〈閒遊所至少留得長句〉五首之二，卷 72，頁 3968）；「林深未見果蔬地，舍近先聞雞犬聲」（〈訪野老〉，卷 72，頁 3988）；「土膏動後麥苗長，桑眼綻來蠶事興」（〈初春〉，卷 74，頁 4091）；「橫林未脫色已盡，孤鳥欲棲鳴更悲」（〈農家〉，卷 77，頁 4219）；「大兒叱犢戴星出，稚子捕魚乘月歸」（〈訪村老〉，卷 78，頁 4235）；「微風敢喜北窗臥，大旱恐非東海冤」（〈閔雨〉二首之二，卷 29，頁 2015）；「荻叢缺處見漁火，蓬户閉時聞紡車」（〈初寒示鄰曲〉，卷 59，頁 3426）；「半衰半健意蕭散，不雨不晴天晏溫」（〈遊近村〉二首之一，卷 63，頁 3614）；「蚍蜉布陣雨將作，蛺蝶成團春已濃」（〈園中晚飯示兒子〉，卷 75，頁 4112）。

末尾爲「平仄平」。也就是第五字的「拗」破壞了原本「平平仄仄平平仄，仄仄平平仄仄平」的句式，同時形成兩句的拗救關係。並且這種聯法只出現在七律的頷聯。此法雖源於杜甫，也爲其他中晚唐詩人所運用，但許渾詩中大量使用這樣的格律成爲他詩作最醒目的特徵。〔註18〕不過許渾尚未以此法創作田園詩這一詩類，〔註19〕陸游則不僅廣泛運用，而且全部用於頷聯，格式化的痕跡更加明顯。〔註20〕

第二類爲仄起仄收句（仄仄平平平仄仄）的自拗自救，亦即第五字改平爲仄，第六字改仄爲平，使原本的句尾由「平仄仄」變爲「仄平仄」。此類絕大多數出現在頸聯或尾聯，各有十六、十七例；出現在頷聯的僅有兩例。例如「欲向書窗了殘課，歸來猶占夕陽明」〔註21〕（出現於尾聯），出句的「了」與「殘」平仄互易。又如「閑入鄉人賽神社，時從長者放魚行」〔註22〕（出現於頸聯），出句的「賽」字應平而仄；「神」字遂應仄而平以相救等。〔註23〕

〔註18〕關於「丁卯句法」的說明，曾參考徐國能：〈許渾詩和「許渾體」考論〉，《中國學術年刊》，第37期（春季號），2015年3月，頁6～7。

〔註19〕許渾共作有九題、十一首田園詩，其中絕大多數是五言，僅有〈晚自朝臺津至韋隱居郊園〉（卷533，頁6090）、〈村舍〉二首（卷534，頁6094）、〈秋晚懷茅山石涵村舍〉（卷536，頁6123）等四首爲七律，且其中並未出現「丁卯句法」。又，關於許渾「丁卯句法」詩例，詳參前揭徐國能文「附錄」。

〔註20〕可以進一步深究的是，此點是否爲陸游所有七律中的一種常見現象。如果是，那麼陸游在許渾詩歌接受史上很可能是一個特殊的存在。據徐國能的研究，後人對許渾詩體的效仿的其中一個突出現象，就是不再「出現以『仄平仄』、『平仄平』收尾的『丁卯句法』。」「『丁卯句法』僅在少數詩人中偶然使用。」詳參前揭氏著，頁14。但這種現象在陸游的七律體田園詩中，卻不算太罕見。若全面檢索陸游所有七律的拗救現象，或能發現更多運用丁卯句法之處。

〔註21〕〈野步晚歸〉，卷24，頁1727。

〔註22〕〈野堂〉五首之四，卷33，頁2175。

〔註23〕其他詩例還有「樵牧相語欲爭席」（〈村居〉，卷1，頁64）；「日薄人家曬蠶子」（〈初夏道中〉，卷1，頁98）；「歷盡危機識天意」（〈冬晴閑步東村由故塘還舍作〉二首之二，卷26，頁1846）；「西埭人喧荻船過」（〈野興〉四首之四，卷28，頁1937）；「聞道憂民又傳詔」（〈閔雨〉二首之一，卷29，頁2014）；「得雨人人喜秧信」（〈上巳書事〉，

引人注意的是，在絕大多數情況下，第一類與第二類情況不會同時出現在一首詩中。〔註 24〕由此看來，陸游似乎有意只在一首詩中用一種拗救之法，而且運用或於頷聯使用第一類，或於頸聯或尾聯使用第二類，不相混淆。其詩在聲律上斟酌考究的程度，於此可見一斑。

一般說來，律詩不合律多半出於三種原因：不熟諳聲律；無法調和聲與義的矛盾，而向「拗」低頭；熟精聲律，但有意爲「拗」，以追求奇峭之美。〔註 25〕從陸游對詩格律運用的嫻熟、遣辭造語的精煉來看，前兩種情形是不可想像的。最可能的原因應該是他有意避免自

---

卷 32，頁 2136）；「遇興閑行便終日」（〈北園籬外放步〉，卷 35，頁 2299）；「卻掩菴門徑投枕」（〈東窗小酌〉二首之二，卷 37，頁 2374）；「惟有衰翁最知達」（〈書喜〉三首之三，卷 37，頁 2417）；「野寺僧殘尚鐘鼓」（〈舍北行飯〉，卷 38，頁 2431）；「晚到三橋泛舟去」（〈春晴自雲門歸三山〉，卷 39，頁 2483）；「一炷沉煙北窗底」（〈晨起〉，卷 39，頁 2487）；「一首清詩記今夕」（〈西村〉，卷 46，頁 2812）；「新買西村兩黃犢」（〈園中作〉二首之二，卷 48，頁 2916）；「不恨閑門可羅爵」（〈村居〉四首之一，卷 54，頁 3182）；「新長庭槐夾門綠」（〈門屋納涼〉，卷 57，頁 3343）；「老子頹然最無事」（〈村舍書事〉，卷 60，頁 3458）；「菜乞鄰家作菹美」（〈雪夜〉，卷 60，頁 3471）；「不逐兒童覓兼味」（〈刈穫後書事〉二首之二，卷 64，頁 3624）；「不負初寒蟹螯手」（〈視東皋歸小酌〉二首之一，卷 64，頁 3632）；「老境朝晡數匙飯」（〈秋穫後即事〉二首之二，卷 68，頁 3632）；「久欲瀟湘寄清嘯」（〈題野人壁〉，卷 70，頁 3885）；「買飯猶勝乞墦客」（〈自九里平水至雲門陶山歷龍瑞禹祠而歸凡四日〉八首之六，卷 70，頁 3915）；「戒婢無勞事釵澤」（〈山房〉，卷 73，頁 4033）；「誰謂人間足憂患」（〈晚晴出行近村閒詠景物〉，卷 74，頁 4076）；「釜粥芬香餉鄰父」（〈歲未盡前數日偶題長句〉五首之二，卷 74，頁 4080）；「農事方興戒遊惰」（〈郊行〉，卷 82，頁 4403）；「枹鼓無聲盜衰息」（〈病中雜詠〉十首之一，卷 85，頁 4535）；「西埭人喧荻船過」（〈野興〉四首之四，卷 28，頁 1935）；「聞道憂民又傳詔」（〈閔雨〉，卷 29，頁 2014）；「土榻圍爐豆秸暖」（〈宿村舍〉，卷 69，頁 3858）；「未歷名山采靈藥」（〈初夏雜興〉，卷 76，頁 4174）；「晚到三橋泛舟去」（〈春晴自雲門歸三山〉，卷 39，頁 2483）。

〔註 24〕唯一的例外應該只有〈刈穫後書事〉二首之二，其中頷聯「陶公老去但濁酒，管老歸來惟白穚」用丁卯句法；頸聯出句「不逐兒童覓兼味」則爲仄起仄收句的自拗自救。

〔註 25〕劉明華：〈拗體三論〉，《漳州師院學報》，1998 年第 3 期，頁 19。

己的七律過於流易，所以有意採取拗救之句，以造成一定程度上的音律峭拔的效果。

陸游田園七律兩類拗救的共同點是都在第五字的平仄上作文章。詩人何以刻意於七言律句第五字講究平仄的變異？這應與此處拗救易造成特殊效果有關。關於此點，徐國能有精闢的論述：「一方面在五言律詩中改變一、三字之作法已成常態，因此發展晚於五律的七律，如果只是改變一、三字，則不過是舊調重彈，並無新意；但變化第五字，則成爲七律所獨有的聲情。另一方面，七律慣以上四下三作爲結構方式，前四字往往形成一懸宕的背景效果，後三字則是對上面四字的補充說明，是詩句的重點所在，因此後三字以平仄相錯、同聲調不相連的方式表現，音調抑揚明顯，其字句意義也可在誦讀的過程中被特別強調出來。」〔註26〕由此可見，陸游並非如江西詩人那樣有意「寧律不諧，不使句弱」，以求生硬奇警，而只是在一定範圍內運用拗救手法，使聲情在圓美和諧中微見跌宕，不會因爲過於滑順以導致平板無奇、重點難以凸顯。

純就語音效果而論，這種局部且有規則可尋的拗救句法「是一種合乎規律的變換和調整，增加音節的抑揚感，給聲調變化不大的律句帶來迴旋活動的餘地」〔註27〕，不僅不破壞平仄的和諧，而且一定程度上使聲律更加悅耳。陸游的田園七律也因此呈現音律整飭諧美的特點。

以往田園詩慣用五古或五律詩體，句格往往呈現簡重或古樸的特質；陸游則創作了大量的合乎格律的七律，〔註28〕從而將此體音

〔註26〕前揭氏著，頁7。

〔註27〕此爲陳增杰對於「丁卯句法」效果的說明，也可移用於評價陸游的七律體田園詩。詳參氏著：〈論唐人七律藝術的發展風貌〉，《浙江社會科學》，1999年第2期，頁148。

〔註28〕律詩中平仄若拗而能救，則仍屬合於格律的、無詩「病」的律詩。詳參王力：《漢語詩律學》（上海：上海教育出版社，2002），頁94；朱承平：《詩詞格律教程》（廣州：暨南大學出版社，2002），頁100。

調節奏「暢達悠揚，紆徐委折」〔註 29〕的美感特徵發揮到淋漓盡致。〔註 30〕陸游爲以七律體作田園詩提供了成功的範例，也對南宋後期的田園詩產生深遠的影響。

## 第二節　生動鮮明的字詞

陸游田園詩在字詞方面的特徵，可以用「生動鮮明」概括，亦即寫景狀物形、神畢肖，色彩鮮活。古今評論者對陸詩的評語，諸如：「摹畫情景，在在逼眞者，唐則有白樂天，宋則有陸務觀。……務觀詩自鉅至細，無不曲寫入微。……不啻親履其境，目睹其事，皆人所難也。」〔註 31〕「雖至片言隻語，往往能寫不易名之狀與不易吐之情。」〔註 32〕「模山範水，批風抹月，美備妙具，沾匄後人者不淺。」〔註 33〕推崇的都是陸詩語言的精美切近。而田園詩正是陸詩這方面的傑出代表。陸詩摹寫的眞切精美，主要由力度充沛的動詞、繽紛絢麗的

---

〔註 29〕明・胡應麟《詩藪》，內編卷 5，頁 5503，收入吳文治主編：《明詩話全編》（南京：鳳凰出版社，1997）。

〔註 30〕葉桂桐指出，將五、七言律的正格定式相較，五言律中頷、尾兩聯中每聯有五個仄聲字連用；七言律之正格（包括各種變格）定式中則絕不可能出現此種現象。由於平聲字時值較長，所以表現在詩歌中的節奏就會比較緩慢持重；而仄聲字時值較短，表現在詩歌節奏中就較爲緊湊動蕩。再加上平聲字是平調，所以表現在詩歌旋律上較爲平勻而少變化；仄聲字則是曲折調，表現在詩歌旋律上較爲動盪曲折。由於五言律一聯有連續五個仄聲字連用，一首中有這樣的兩聯，所以五言律在節奏與旋律上勢必較爲緊湊、動蕩；七言律一聯（通篇亦如此）中的平仄行進則是較有規律的均勻轉換，因此在節奏與旋律上必然較爲舒緩平穩，呈現出「暢達悠揚，紆徐委折」的特質。詳參氏著：〈五律與七律之平仄比較〉，《山東師大學報》，1985 年第 6 期，頁 58。可以想見，與眞正的拗體七律相較，合律七律由於平仄變換有規律可循，其音調在平穩悠揚的程度上必然更勝一籌。

〔註 31〕清・吳陳琰：〈葛莊詩鈔序〉，清・劉廷璣撰：《葛莊詩鈔》，頁 237～238，收入《四庫全書存目叢書》（臺南：莊嚴文化，1997）。

〔註 32〕汪琬：〈篋步詩集序〉，氏著：《堯峰文鈔》，卷 29，頁 563，收入《文津閣四庫全書》（北京：商務印書館，2006）。

〔註 33〕錢鍾書：《談藝錄》（北京：中華書局，1999），頁 131。

顏色詞兩方面體現出來。

## 一、有力的動詞

動詞向來是古今詩家煉字的重點。誠如李元洛所言：「流動的運動的形象，在詩中較之靜態形象更富於生命感，更能調動讀者審美的積極性，激發讀者審美的愉悅」〔註34〕。尤其在呈現景物形象時，古代詩人經常特別講究動詞的錘鍊，因爲「名詞，在詩句之中往往只是一個被陳述的對象，它本身並沒有表述發展中的情態的能力，而能給作主語的名詞以活色生香的情態的，主要就是常常充當謂語的動詞。動詞能構成『動態意象』，使意象鮮活飛動，這樣，具象動詞的提煉，就成了中國古典詩歌美學中煉字的主要內容」〔註35〕。

陸游以善於寫景爲人稱道，他對於動詞的選擇自然是用心的，其詩煉單詞最精采處，經常是富於力度、動感強烈的動詞。而且這些動詞本身往往並不十分奇崛。清人陳訏云：「讀放翁詩，需深思其鍊字鍊句、猛力爐錘之妙，方得眞面目。若以淺易求之，不啻去而萬里。」〔註36〕陸詩中精警的動詞看似平凡，但卻能用得傳神，又能與整體語境形成巧妙融合，因此爲全詩增色不少，值得細加分析。

力的表現是運動，運動的遲速往往直接體現力的外顯程度。陸游頗爲擅長使用能充分體現迅捷度的動詞，例如：

> 犢健戴星耕白水，蠶飢銜雨采青桑。（〈北窗〉，卷22，頁1659）
>
> 人樂風傳迎社鼓，路長水濺采蓮舟。（〈秋稼漸登識喜〉，卷67，頁3787）
>
> 竹馬踉蹡衝淖去，紙鳶跋扈挾風鳴。（〈觀村童戲溪上〉，卷1，頁103）

---

〔註34〕氏著：《詩美學》（臺北：東大圖書公司，1990），頁567～568。

〔註35〕同前注，頁570。

〔註36〕陳訏《宋十五家詩選．放翁詩選》，頁461，收入《續修四庫全書》（上海：上海古籍出版社，2002）。

以上詩例中，「衝」與「濺」無疑具有瞬間爆發的速度感。「挾」則在「跋扈」、「風」、「鳴」等詞的作用下，顯得格外走勢飄忽、氣勢凌厲。

力不僅體現爲速度，也經常展現爲旺盛的聲威。陸游還喜歡使用聲勢浩大或氣勢沛然的動詞，例如：

野外漸寒群木脫，草根薄暮百蟲號。（〈村居遣興〉三首之三，卷58，頁3389）

萬籟號風如戰鼓，雪意垂垂先作雨。（〈夜雨寒甚〉，卷80，頁4328）

早禾玉粒自天瀉，村北村南喧地碓。（〈秋詞〉三首之一，卷67，頁3791）

鴨放競浮新漲水，牛歸正及暝棲鴉。（〈村居書事〉，卷46，頁2821）

水深草茂群鼃怒，日出風和宿麥秋。（〈久雨初霽〉，卷61，頁3515）

風如拔山怒，雨如決河傾。（〈大風雨中作〉，卷30，頁2047）

在這些詩句中，主語不過是鄉間習見的諸般景物，但其中力的鼓盪、力的奔騰、甚至是力的較量、力的彼此助長，透過「號」、「瀉」、「喧」、「競」、「怒」、「傾」等動詞，表現得如此鮮活。在這類聲勢浩蕩或氣勢凸顯的動詞中，「爭」、「鬧」等有擬人意味的動詞也爲陸游愛用，如「寒淺蜂爭野菊花」〔註37〕、「營巢未定鵲爭枝」〔註38〕、「白鷗爭傍小灘飛」〔註39〕、「鱭魚出後鶯花鬧」〔註40〕、「雨霽山爭出」〔註41〕、「漁燈績火鬧黃昏」〔註42〕等，都將細小甚至不具生命的景物蘊

〔註37〕〈西村〉，卷13，頁1065。

〔註38〕〈北園籬外放步〉，卷35，頁2299。

〔註39〕〈自九里平水至雲門陶山歷龍瑞禹祠而歸凡四日〉八首之二，卷70，頁3914。

〔註40〕〈仲夏風雨不已〉，卷62，頁3535。

〔註41〕〈東村〉，卷42，頁2657。

〔註42〕〈意行至神祠酒坊而歸〉，卷78，頁4235。

含的力度動感寫得異常鮮明。〔註43〕

但陸游並不一味選用富於聲勢或速度的動詞，更多時候，他轉從巧妙運用語境入手，使單看力度並不明顯的某些動詞煥發顯著的力量感，如：

綠袍槐簡**立**老巫，紅衫繡裙**舞**小姑。（〈賽神曲〉，卷29，頁1974）

三月翠浪**舞**春風，四月黃雲暗南陌。（〈屢雪二麥可望喜而作歌〉，卷19，頁1516）

數蝶弄香寒菊晚，萬鴉**回**陣夕楓明。（〈步至近村〉，卷25，頁1819）

蒼兔避鷹**投**磵**去**，黃鵠**脫**網傍人**飛**。（〈九月初郊行〉，卷19，頁1457）

草根螢墮久**開闔**，雲際月行時**吐吞**。（〈夜與兒子出門閒步〉，卷24，頁1759）

首例將「老巫」、「小姑」的定語「綠袍槐簡」、「紅衫繡裙」提前，在強調色彩印象的同時凸出了能使色彩攫取注意的「立」與「舞」的力感。二、三例的「舞」、「回」則因作爲壯觀「翠浪」、「萬鴉」的謂語，也迸發出盎然的活力感、力度美。第四例中「投」、「去」、「脫」、「飛」等，則因「避鷹」、「脫網」等情境的襯托，迸發位移的迅速感。第五例的「開」、「闔」、「吐」、「吞」，原本都不是動感特別明顯的詞，但一旦組合在一起，卻能鮮明地表現螢光、雲影不斷地運動變化。又如以下詩例：

次第雨苗滋，參差風葉**舉**。（〈藥圃〉，卷25，頁1775）

〔註43〕其他類似的詩例還有「祈蠶簫鼓鬧」（〈病中懷故廬〉，卷11，頁889）、「露折渚蓮紅漸鬧」（〈湖邊曉行〉，卷14，頁1155）、「戶戶祈蠶喧鼓笛」（〈春夏之交風日清美欣然有賦〉，卷32，頁2138）、「低燕爭泥語」（〈晨雨〉，卷46，頁2809）、「投宿爭林鳥雀喧」（〈與兒孫同舟泛湖至西山旁憩酒家遂遊任氏茅菴而歸〉（卷75，頁4107）、「簫鼓鬧林中」（〈埭北〉，卷68，頁3816）等。

遊蜂黏落蕊，輕燕接飛蟲。（〈初夏書感〉，卷 76，頁 4153）

長空黮闇如欲夜，白龍騰拏見雲罅，鱗間出火光照江，尾卷風霆雨如射。（〈紹熙辛亥九月四日雨後白龍挂西北方復雨三日作長句記之〉，卷 23，頁 1704）

首例的「參差風葉舉」容易令人想起周邦彥詠荷的名句：「水面清圓，一一風荷舉」。但周詞雖強調出花、葉的亭亭玉立，但「水面」與「清圓」更易喚起的是圓葉的搖曳、其在水中的倒影與波光的閃動，及較為輕盈柔美的整體印象。陸詩則淡化背景，主體只以「參差」言其眾多之狀，「舉」指出「參差風葉」的狀態，遂凸顯出棵棵藥苗的挺立姿態與抽長力度，其活潑昂揚之感與周詞異趣。第二例「輕燕接飛蟲」的「接」原本不是動感突出之詞，但在特定語境中卻迸發輕巧迅疾之感。第三例雖然純寫詩人想像，但「騰拏」、「卷」、「射」等詞卻在與其他字詞的搭配中，成功地使白龍猙獰駭人、舞動風雷的氣勢彷彿破紙而出。其他如「穗重麥初昂」〔註 44〕、「青林紅樹擁平疇」〔註 45〕、「潮生魚滬短，風起鴨船斜」〔註 46〕、「急雨橫斜生土香，草木蘇醒起仆僵」〔註 47〕等句中，「昂」、「擁」、「斜」、「起」等字詞，也都因為特定語境而煥發動人心目的鮮明力度。〔註 48〕

上述詩例中，動詞突出的主要是「景物本身」內蘊能量的向外擴張、放射。此外陸游還擅長表現「不同景物」之間「力」的轉移，這主要是透過能表現顯著的「影響」或「改變」的及物動

〔註 44〕〈平水道中〉，卷 22，頁 1655。

〔註 45〕〈舍北行飯書觸目〉二首之二，卷 36，頁 2344。

〔註 46〕〈村舍〉，卷 37，頁 2407。

〔註 47〕〈喜雨〉，卷 27，頁 1899。

〔註 48〕陸詩中此類例子甚多，尚有「小舟載秧把，往來疾於鴻」（〈夏四月渴雨恐害布種代鄉鄰作插秧歌〉，卷 29，頁 2012）、「荒坡茫茫牧牛童，扳角上背捷如風」（〈山村書所見〉二首之二，卷 30，頁 2051）、「鵲驚無穩樹」（〈孟夏方渴雨忽暴熱雨遂大作〉，卷 46，頁 2803）、「蓼岸刺船驚雁起」（〈舟過樊江憩民家具食〉，卷 13，頁 1059）、「林間甚美滑鶯吭」（〈村居書觸目〉，卷 16，頁 1275）、「鷹隼方縱搏」（〈獨行過柳橋而歸〉，卷 65，頁 3678）等。

詞達成的。〔註 49〕在陸詩中，有時它們是具有震撼力、重壓力或破壞力的粗重動詞，例如「雷過撼北戶」〔註 50〕、「壓車麥穗黃雲卷」〔註 51〕、「小婦破煙撐去艇」〔註 52〕、「健犢破荒耕犁确」〔註 53〕等，這些動詞都能同時呈現主語和賓語的生動情狀。但用得更精警的是那些位於具有無形、細微、短暫性質的主語，和有「具體」或「龐大」性質的賓語之間，而且具有大幅轉變或衝擊意含的動詞，例如：

過雲生谷暗，既雨卻窗明。（〈晨雨〉，卷 46，頁 2809）

溪漲侵菴路，山光壓釣磯。（〈野興〉，卷 57，頁 3311）

花氣襲人知晝暖，鵲聲穿樹喜新晴。（〈村居書喜〉，卷 50，頁 3002）

一霜驟變千林色，兩犢新犁百畝荒。（〈舍北行飯〉，卷 38，頁 2431）

風翻翠浪千畦麥，水漾紅雲一塢花。（〈舟過季家山小泊〉，卷 24，頁 1740）

首例中，「生」字意爲自無出有，它活現出飄忽的「過雲」使廣大山谷在瞬間暗下來的景象，與這陣濃雲氣勢洶洶的程度。在次例裡，山的樣貌本是隨太陽的光影而轉換的，一個「壓」字遂突出它的色澤最具濃密重量感的時刻。第三例是陸詩中非常著名的句子，「襲」字將花香的濃烈與強度傳達得新奇又傳神。四、五兩例裡，「霜」、「風」、「水」等短暫、流動、柔弱的事物，竟能使大片樹林與廣闊麥浪、花潮千畦產生衝擊與轉變，足見其淩厲與奔放流動之勢。其他如「晴光

〔註 49〕梅祖麟、高友工指出，與「出」、「入」等表示位移的及物動詞相較，這類及物動詞能更有力地表現運動和變化。本文此處所論曾受其啓發。〈唐詩的句法、用字與意象〉，美・梅祖麟、高友工著，李世耀譯：《唐詩的魅力——詩語的結構主義批評》（上海：上海古籍出版社，1990），頁 96。

〔註 50〕〈雷雨〉，卷 71，頁 3949。

〔註 51〕〈村居初夏〉五首之一，卷 22，頁 1663。

〔註 52〕〈舍北行飯書觸目〉二首之二，卷 36，頁 2344。

〔註 53〕〈舟過季家山小泊〉，卷 24，頁 1740。

生蝶粉，暖律變鶯吭」〔註54〕、「秋氣肅川原」〔註55〕、「初夜電光搖北斗」〔註56〕、「露濃壓架葡萄熟」〔註57〕等句中，「生」、「變」、「肅」、「搖」、「壓」等動詞的位置與作用，也都有異曲同工之妙。

馬德富在研究杜詩時指出，老杜經常不按常規選用動詞、或以異於習慣的方式將它們組合到文本脈絡中，遂使動詞「不被淹沒在意義的展開之中，本身得以凸現，它使靜態變爲動態，或者使動態強化和放大，因而表現出比常規組合大得多的力量。」〔註58〕陸游田園詩中動詞的超常選配也達到類似的效果，它們不僅使主語的形象極爲鮮明、力度充分彰顯，詩句也顯得新奇勁健，不同凡響。

唐代王、孟、儲、韋的田園詩也有不少使用得精彩的動詞，但它們主要表達持續的存現狀態，或是細微、不明顯的動作。〔註59〕據蔣寅的研究，大歷詩人寫景詩中多半採用這種「靜態動詞」，〔註60〕其實早在盛唐王、孟等人詩中，已存在此種傾向。北宋田園詩的語言風格以不事雕琢爲主，偶有精警生新之作，但所煉之動詞也不以突出力度見長。

陸游田園寫景的特點，則在於透過動詞彰顯景物鮮明的動態感、力度感，經常湧現奔放的活力與盛飛的氣勢。雖然多數時候，他寫的仍是傳統田園詩主流的清新明麗之景，但在細緻、精巧的筆觸中，但仍不時藉由動詞顯出一種警策勁健的力量，不致流於過度的纖巧細膩。從陸游在情味偏向閒適清新的田園詩中都能達到此境來看，前人對其詩「滔滔滾滾，多或數百言，少或數十言，不窘、不狹、不纖，

〔註54〕〈山家暮春〉二首之二，卷24，頁1745～1746。

〔註55〕〈與兒子至東村遇父老共語因作小詩〉，卷40，頁2548。

〔註56〕〈喜雨〉，卷29，頁2015。

〔註57〕〈秋思〉九首之一，卷72，頁4001。

〔註58〕氏著：〈杜詩動詞的力度〉，《天府新論》，2004年第5期，頁135。

〔註59〕學者即指出：「王維自然景物詩也描寫動態聲響，但多是輕微細小，作爲襯托靜態的手法」，「描寫的多是幽寂的景物，展示恬靜的心境。」賀秀明：〈論李白山水詩的飛動特徵及其他〉，《廈門大學學報．哲學社會科學版》，1989年第4期，頁113。

〔註60〕氏著：《大歷詩風》（南京：鳳凰出版社，2009），頁193。

獨能出奇無窮」〔註61〕的讚美，洵非虛評。

## 二、繽紛的顏色詞

錢鍾書對陸游與楊萬里之詩曾有這樣的比較：「放翁善寫景，而誠齋擅寫生。放翁如畫圖之工筆；誠齋則如攝影之快鏡。」〔註62〕陸詩所以給人「如畫之工筆」的印象，與其詩經常並擅長使用表色彩的色彩詞有密不可分的關係。誠如學者指出的：「一般說來，詩的圖畫美很難離開色彩。……而色彩詞，則是表現色彩感覺、構成繪畫美最直接的、基本的語言材料。」〔註63〕因爲這類詞彙直接表徵著色彩的種類，所以「更能使物象的固有色彩性徵得到強化，將之從隱伏不確定的狀態提升到明顯的地位。」〔註64〕陸游當然不是首先使用顏色詞描繪田園景物的詩人，但其詩在這方面的確有鮮明的特色，其特點體現在以下三方面。

### （一）顏色豐富

陸游田園詩中色彩詞出現的頻繁、色彩種類之多樣，都是前所未見的。我們先對其中色彩詞的種類與出現次數加以分類統計，得到的結果爲：

1. 紅類：紅 48 次、朱 10 次、赤 13 次、丹 7 次、赬 3 次、絳 2 次。共計 83 次。
2. 綠類：綠 47 次、碧 15 次、翠 4 次。共計 66 次。
3. 白類：白 85 次、素 5 次、銀 6 次。共計 96 次。
4. 黑類：黑 8 次、烏 10 次、墨 3 次。共計 18 次。

〔註61〕清・汪琬：〈劍南詩選・序〉。按：此書臺灣似未見館藏，故轉引自程千帆主編：《中華大典・文學典・宋遼金元文學分典》（南京：江蘇古籍出版社，1999），頁 787。

〔註62〕氏著：《談藝錄》（北京：中華書局，1999），頁 118。

〔註63〕古遠清：《留得枯荷聽雨聲：詩詞的魅力》（北京：生活・讀書・新知三聯書店，1997），頁 248。

〔註64〕馬德富：〈杜詩色彩的表現藝術〉，《社會科學研究》，2000 年第 6 期，頁 142。

5. 黃色：85 次。
6. 青色：82 次。
7. 蒼色：31 次。
8. 紫色：13 次。

從上述結果可知，陸游田園詩的色彩詞不僅種類齊全，而且次數極多，所有色彩詞總計出現 497 次。這個數字在古往今來的田園詩中應該均屬罕見。若再將它與唐代與北宋田園詩相較，更可發現豐富的顏色詞是陸詩的一大特色。唐代田園詩的統計情況如下：

1. 紅類：紅 39 次、朱 11 次、赤 12 次、丹 4 次、赬 2 次、赭 1 次。共計 69 次。
2. 綠類：綠 36 次、碧 18 次、翠 12 次。共計 66 次。
3. 白類：白 116 次、素 8 次、銀 3 次、皓 2 次。共計 129 次。
4. 黑類：黑 10 次、烏 3 次、皀 1 次，共計 14 次。
5. 黃類：黃 52 次、金 19 次。共計 71 次。
6. 青色：79 次。
7. 蒼色：18 次。
8. 紫色：17 次。

除了白、綠、紫等色略少或相同於唐詩之外，其餘均多於唐詩。再看北宋田園詩裡的情形：

1. 紅類：紅 39 次、朱 7 次、赤 26 次、丹 13 次、赭 3 次。共計 88 次。
2. 綠類：綠 86 次、碧 25 次、翠 31 次。共計 142 次。
3. 白類：白 133 次、素 2 次、銀 4 次、皓 3 次。共計 142 次。
4. 黑類：黑 14 次、烏 4 次、皀 1 次，黔 7 次，共計 26 次。
5. 黃色：黃 182 次、金 19 次。共計 201 次。
6. 青色：132 次。
7. 蒼色：32 次。
8. 紫色：27 次。

這是北宋數百位作者的共近千首作品中的情況。陸游田園詩有七百餘首，其中出現次數超過北宋田園詩一半的顏色詞就有六類（紅、白、黑、青、蒼、紫）。若從顏色詞分佈的密度來看，則北宋無人能出陸游之右。陸詩中出現兩種以上顏色詞的有一百一十一首，其中一首詩用三種以上色彩的高達十七首，用四種色彩的有六首。從這些統計數字，可以看出陸游是多麼熱衷於使用色彩詞。

### （二）色彩相映

現實世界中的色彩總不是單獨存在，而是在色與色之間存在或凸顯出來的。因此詩人也常使不同色彩在詩句相鄰出現，以更清晰地喚起讀者的美感。陸游使用顏色詞時，較常使用的是「並置」與「對舉」的方式。並置，就是兩個顏色詞在一句詩中接連使用，如「鴨腳葉黃烏臼丹」〔註65〕（黃與紅）、「出籠鵝白輕紅掌」〔註66〕（白與紅）、「梅青巧配吳鹽白」〔註67〕（青與白）、「紛紛紅紫已成塵」〔註68〕（紅與紫）、「紫芥青菘小雨餘」〔註69〕（青與紫）、「烏帽翩僊白苧涼」〔註70〕（黑與白）、「又將烏帽插黃花」〔註71〕（黑與黃）、「烏臼青紅未飽霜」〔註72〕（黑與青、紅）、「蠶如黑蟻稻青鍼」〔註73〕（黑與青）、「山卉與野蔓，結實丹漆并」〔註74〕（黑與紅）、「黃雲卷盡綠針齊」〔註75〕（黃與綠）、「白苣黃瓜上市稀」〔註76〕（黃與白）等。以上十二個詩例色彩搭配均無重複，而這些色彩組合還出現在陸游許多其他詩句中。從這些具體例子

〔註65〕〈十月旦日至近村〉，卷13，頁1077。
〔註66〕〈村居初夏〉五首之二，卷22，頁1664。
〔註67〕〈村居初夏〉五首之三，卷22，頁1664。
〔註68〕〈初夏〉十首之一，卷32，頁2145。
〔註69〕〈北園雜詠〉十首之四，卷35，頁2289。
〔註70〕〈東窗小酌〉二首之一，卷37，頁2374。
〔註71〕〈自詠〉，卷47，頁2860。
〔註72〕〈雨過行視舍北菜圃因望北村久之〉二首之二，卷48，頁2908。
〔註73〕〈農桑〉四首之四，卷66，頁3712。
〔註74〕〈東村〉，卷69，頁3855。
〔註75〕〈過鄰曲〉，卷76，頁4160。
〔註76〕〈種菜〉四首之三，卷82，頁4423。

裡，不難看出陸詩顏色組合之多樣、豐富。

但相較於並置，陸游用得更多的是不同色彩詞在相鄰兩句的對舉。其中首先引人注意的是「補色」的對舉。所謂「補色」，即色相環上兩色之間的夾角達到180度的兩個顏色。最基本的三對補色爲紅與綠、橙與藍和黃與紫，它們也是對比效果最強的三組色彩。〔註77〕陸游田園詩中，以「紅」（或朱、赤）與「綠」（或翠、碧、青）的對舉最多，如：

紅樹園廬晚，碧花籬落秋。（〈小立〉，卷48，頁2892）

紅顆帶芒收晚稻，綠苞和葉摘新橙。（〈霜天晚興〉，卷13，頁1061）

綠鍼細細稻浮水，絳雪紛紛花舞風。（〈九里〉，卷36，頁2320）

漁艇往來春浪碧，人家高下夕陽紅。（〈近村〉，卷70，頁3895）

燒地春蕪綠，漁扉夕照紅。（〈出行湖山間雜賦〉四首之三，卷57，頁3303）

翁誇酒重碧，孫愛果初紅。（〈農家〉六首之三，卷78，頁4248）

補色對比能充分發揮色彩的強度，取得鮮明、跳躍、刺激的感覺效果。我們還發現，在陸詩紅、綠兩色的對舉中，大多數時候顏色詞都置於句首或句尾。〔註78〕一般來說，這是全句最易引人注意的兩

〔註77〕中國古人雖沒有現代色彩學中「補色」的概念，也沒有從理論上探討它們的關係，但從唐代繪畫來看，古代畫家確實意識到紅與綠等補色對比能產生強烈的效果。他們也經常使用冷、暖色的對比形成畫面的鮮明對比。與此相應的是，紅與綠的色彩對比在唐詩中比比皆是。詳參陳華昌：〈唐畫的色彩運用和唐詩的色彩描寫〉，氏著：《唐代詩與畫的相關性研究》（西安：陝西人民美術出版社，1993），頁59～66。所以現代研究者用「補色」或「冷暖色對比」等概念分析並理解古代詩人的藝術匠心應該是合理的，因爲中國古人確實認識到這些色彩搭配起來有特殊的效果。

〔註78〕陸詩中此類色彩對舉共出現二十三次，其中色彩詞置於句首或句尾者共十四次；置於句中者則爲九次。

個端點。〔註 79〕在漢語中，位於句首的經常就是「話題」，即一句話的出發點、信息的源點。〔註 80〕句尾的謂詞則是全句意義的歸宿和落腳點，且讀音比定語長，大多又是韻腳。將顏色置於這個「焦點」位置，比起在句中作定語，自然更引人注目，色彩效果也更顯飽滿有力。〔註 81〕相較於句首用顏色詞的作法，句尾的色彩詞作用在於讓讀者感知所描繪的事物及與之相伴的背景氛圍後，再細細體會它的色澤之美，從而較易造成悠長的餘韻。

在陸游之前，紅綠兩色相互映襯的效果早已運用在許多詩篇中，因此大量使用紅綠對比嚴格說不算陸詩的顯著特色。陸游詩真正的特別之處，在於補色對比中的另一組色彩——「黃」與「紫」也多次出現，如：

> 梅塢青黃子，草陂紅紫花。（〈幽居初夏〉四首之二，卷 43，頁 2674）
>
> 泥深黃犢健，桑老紫椹熟。（〈三月二十日兒輩出謁孤坐北窗〉二首之一，卷 45，頁 2797）
>
> 桑間葚紫蠶齊老，水面秧青麥半黃。（〈殘春〉，卷 61，頁 3514）
>
> 披綿黃雀麹糁美，斫雪紫蟹椒橙香。（〈村鄰會飲〉，卷 40，頁 2557）

在陸游之前，唐代田園詩中未曾有「黃」與「紫」在兩句間的對舉。

---

〔註 79〕語言學家指出：「最能夠突出信息的是句子的兩個極端位置，因此最爲強調的信息往往落在這兩個位置上。」金立鑫：〈句法結構的功能解釋〉，《外國語》，1995 年第 1 期，頁 55。

〔註 80〕話題之後的謂語相應地可以稱爲「述題」，作用在於對話題進行陳述、說明。在漢語中，「話題」往往和主語重合，但有些位於句首的成份不是主語而是話題。因爲主語的原型意義是施事，有強烈的施事傾向，而話題不過是陳述的起點，受事、處所、工具、方式、目的等都可充當，因此許多詩句很難分出主語和謂語，但能區別話題和陳述。詳參孫力平：《杜詩句法藝術闡釋》（南昌：江西教育出版社，2001），頁 150。

〔註 81〕關於顏色詞置於句尾的修辭效果，曾參考馬德富：〈杜詩色彩的表現藝術〉，《社會科學研究》，2000 年第 6 期，頁 144 的論點。

北宋時也只是偶然一見，僅有文同：「紫椹熟未熟，但聞黃栗留」〔註82〕；華鎮：「細風吹盡桑黃紫」〔註83〕；王庭珪：「煙村南北黃鸝語，麥隴高低紫燕飛」〔註84〕等三例。但陸游一人詩中，此組補色就出現了四次。陸游雖不可能有「色相環」、「補色」等概念，但對於色彩對比效果的敏感，與對描摹風景的創作熱情，使他的田園詩多次出現了最爲鮮明的補色對舉。

馬德富指出：「紅（或赤、朱、丹）與青（或碧、翠、綠）是自然界美好而富有生機的色彩，它們的並置能最爲強烈地喚起人們對美的聯想，給人賞心悅目的感受；同時二者是一對互補色，具有很大的張力，它們的對舉，在純度與力度上都相互得以加強，使色彩顯得更鮮明而響亮。」〔註85〕紅與綠固然是自然界最常見的醒目色彩，但紫與黃同樣有類似性質。紫色是一種中間色，有近於紅的一面，也有近於黑的一面。但動、植物身上的紫色多半近於紅色，因此帶有暖色的溫暖之感，與黃色相配，尤其顯得富麗而明快。

除了補色之外，陸游田園詩也不時可見鄰近色的對比。鄰近色即色相上有差別，但又相當接近的顏色群，如。

> 天寒橘柚黃，霜落䆉稏紅。（〈病中懷故廬〉，卷11，頁889）
>
> 紅稠水際蓼，黃落屋邊柘。（〈督下麥雨中夜歸〉，卷13，頁1072）
>
> 羊映紅纏酒，花簪絳帕頭。（〈正旦後一日〉，卷29，頁1986）
>
> 霜霰篔簹碧，風煙薜荔蒼。（〈農事休小憩東園十韻〉，卷44，頁2736）
>
> 綠樹魚鹽市，青蕪雉兔場。（〈出遊〉二首之二，卷81，頁4383）

〔註82〕〈南園〉，卷445，頁5419。

〔註83〕〈田園四時・春〉，卷1083，頁12316。

〔註84〕〈二月二日出郊〉，卷1464，頁16795。

〔註85〕氏著：〈杜詩色彩的表現藝術〉，《社會科學研究》，2000年第6期，頁144。

陸游田園詩中的鄰近色對舉，大多或同屬於冷色（如青、綠、碧、翠），或同屬於暖色。暖色系的紅、赤、絳、黃等，用以寫秋冬之際的景色，使蕭瑟中增添幾許暖意；同屬冷色的碧、蒼、綠、翠等，則或者渲染了冬季的清冷（「霜霰」兩句），或增添了春夏之景的清爽感受（「綠樹」兩句）。鄰近色相較於對比色，更容易達到安定、穩重的效果，也更容易形成具有整體性的氛圍。陸游或許對此有所體認，因此他總是將鄰近色敷用於性質接近或相連相即的事物上。

陸游詩中也經常出現其他色彩與白色的搭配，最多的是白色與黃色的對舉，以及白色與紅或綠色的對舉，如：

> 雞蹠宜菰白，豚肩雜韭黃。（〈與村鄰聚飲〉二首之一，卷60，頁3446）
>
> 黃犢自依殘照臥，白鷗爭傍小灘飛。（〈自九里平水至雲門陶山歷龍瑞禹祠而歸凡四日〉八首之二，卷70，頁3914）
>
> 白陂時雨足，綠樹午陰涼。（〈致仕後述懷〉六首之六，卷39，頁2501）
>
> 白水初平岸，青蕪亦徧犁。（〈東村〉，卷65，頁3688）
>
> 紅橋梅市曉山橫，白塔樊江春水生。（〈村居書喜〉，卷50，頁3002）
>
> 煙浦白鷗迎鼓枻，漁村紅樹入憑闌。（〈冬初法雲〉，卷55，頁3229）

白色是最明亮的色彩，而明度大的色彩看起來要比明度小（較暗）的色彩在重量上要輕些。〔註86〕因此白色與黃色搭配，更顯輕盈活潑；與紅、綠搭配，則能調和它們的飽和、凝重之感，突出清新明麗的印象。陸詩裡羅列眾多顏色詞的連續詩句中，一定會出現一次白色，如「稻秧正青白鷺下，桑椹爛紫黃鸝鳴」〔註87〕、「白葛烏

〔註86〕關於明度（色彩明暗）與輕重感的關係，詳參周正：《繪畫色彩學概要》（西安：陝西人民美術出版社，1986），頁122～123。

〔註87〕〈小憩前平院戲書觸目〉，卷12，頁967。

紗稱時節，黃雞綠酒聚比鄰」〔註 88〕、「出籠鵝白輕紅掌，藉藻魚鮮淡墨鱗」〔註 89〕、「川雲蒼白不成雨，汀樹青紅初著霜」〔註 90〕等。因此這些詩句雖然色彩斑斕，卻不至於給人濃艷之感。

## （三）調性鮮麗

陸游之前的詩人寫作田園詩時，顏色詞多半在單一詩篇、或他們的全部同類作品中點綴式的出現，像陸游這樣熱衷於敷陳色彩的詩人極爲少見。創造如此大量對舉或對比色彩的詩篇，可以說是陸游田園詩非常突出的特點。但陸詩的特徵不僅體現在數量之多，還在於色彩調性的鮮麗。

唐代著名田園詩人中，孟浩然、儲光羲、韋應物詩向以素淡或質樸著稱，只有「詩中有畫」的王維呈現田園景象繪畫美的藝術水平爲世所推崇。然而相較之下，陸游詩中色彩遠較王維詩絢爛。王維雖也將顏色字細心安排在對偶架構中，〔註 91〕但他寫景詩中的色彩種類較少，且多半爲青、白等易帶來寒涼之感的淡雅色澤；〔註 92〕紅、綠等補色的對比僅有三聯，〔註 93〕又都用畫面聚焦、水氣烘托等筆法呈現，變化較爲有

〔註 88〕〈夏日〉五首之五，卷 37，頁 2376。

〔註 89〕〈村居初夏〉五首之二，卷 22，頁 1664。

〔註 90〕〈湖堤暮歸〉，卷 64，頁 3644。

〔註 91〕例如：「白水明田外，碧峰出山後」（〈新晴野望〉，卷 125，頁 1250）；「開畦分白水，間柳發紅桃」（〈春園即事〉，卷 126，頁 1278）；「青菰臨水拔，白鳥向山翻」（〈輞川閒居〉，卷 126，頁 1277）；「雨中草色綠堪染，水上桃花紅欲然」（〈輞川別業〉，卷 128，頁 1298）；「雀乳青苔井，雞鳴白板扉。……多雨紅榴折，新秋綠芋肥」（〈田家〉，卷 127，頁 1293）等。

〔註 92〕已有論者指出，王維詩中「出現頻率最高的是『青』、『白』二色」，即便出現紅、黃、綠等較濃艷之色，也使之籠罩在雨霧煙氣之中，其詩中畫面風格也因此偏向淡雅靜寂。（詳參高軍青：〈從色彩看王維詩的空靜之美及其文化蘊含〉，《遼寧大學學報．哲學社會科學版》，2002 年第 5 期，頁 40～41）這種情形在其田園詩中亦然。

〔註 93〕即「桃紅復含宿雨，柳綠更帶春煙」（〈田園樂〉七首之六，卷 128，頁 1305）；「雨中草色綠堪染，水上桃花紅欲然」（〈輞川別業〉，卷 128，頁 1298）「多雨紅榴折，新秋綠芋肥」（〈田家〉，卷 127，頁 1293）。

限。〔註94〕陸游田園詩不僅色彩種類更為豐富，且經常出現紅、朱、赤、黃等暖色；也用更酣暢的筆墨突出補色的對比。因此總的來說，王詩中的色彩偏於淡雅幽潔，陸詩中的色彩偏於絢麗奔放。

方回評陳師道〈元日〉云：「讀後山詩，若以色見，以聲音求，是行邪道，不見如來。全是骨，全是味，不可與拈花簇葉者相較量也。」馮班接著評論道：「此江西派中緊要語，放翁以此不及黃、陳也。」〔註95〕姑且不論其中的軒輊之意，這段評論指出陸詩（包括田園詩）富於「色」、「聲音」之美，確實是符合陸游創作實際的。陸游田園詩中數量豐富、運用精巧的顏色詞，使整體風格趨於明麗活潑，不僅迥異於枯淡瘦硬的江西詩風，也在歷代田園詩中獨樹一幟。

## 第三節　聲義兼備的疊字

疊字即有意識地將某些字、詞重疊起來使用的一種修辭方法。又稱疊用、重字、疊音等。它包括「連續疊字」和「間接疊字」兩大類，〔註96〕兩種在陸游田園詩中都有頗為精彩的表現。疊字與其他修辭方式最大的區別，在於其表達效果和聲音的復現有重要關聯。藉由重複語音的渲染氣氛、強調語意，疊字修辭得以強化表現力，產生意義方面的修辭效應。

所謂陸游善於運用聲義兼備的疊字，意為其詩中的疊字不僅能生成詩歌的音樂美，也有效增強了詩意的表達。清人葉矯然指出陸游詩時有「用疊字入妙處」，所舉的五個詩例即有三個來自田園詩。〔註97〕

〔註94〕王維的許多山水詩光色表現精美絕倫，為古今所公認。這裡說其詩色彩種類與變化均較為有限，乃僅針對田園詩而言。

〔註95〕元・方回選評，李慶甲集評校點：《瀛奎律髓彙評》（上海：上海古籍出版社，2005），卷16，頁577。

〔註96〕任秀芹：〈論古典詩詞疊字的妙用〉，《雲南師範大學學報》，32卷6期，2000年11月，頁71。

〔註97〕葉氏是在強調陸詩「實有警處、逸處、造作處」時，云：「至其（按，指陸游）用疊字入妙處，則有『孤村寂寂潮生浦，小院昏昏雨送梅』、

確實，陸游的許多田園詩體現了他使用疊字的藝術匠心，可分別從「連續疊字」與「間接疊字」兩方面來討論。

## 一、連續疊字

連續疊字即有意識地將某些字詞接連使用。這也是陸游非常愛用的一種疊字形式，共出現約三百六十七次，除了他之外，歷來田園詩作者無一人如此頻繁地使用此種技巧。

就陸游田園詩運用疊字的詩體觀之，七律最多，約一百四十九次；其次為七絕，約六十五次；再次分別為五律（約五十五次）、七古（約五十次）、五古（約四十七次）、五絕（一次）。就疊字與詩歌脈絡的關係來觀察，可發現陸游田園詩中的疊字絕大多數位於對偶句中，形成疊字對。

疊字對的聽覺效果較雙聲、疊韻對可能更為明顯。舒志武指出，「雙聲是兩個字聲母相同，給人纏綿連續之感；疊韻是韻母相同，具有回環婉轉之美。」在律詩中，「疊音則是聲母、韻母及聲調都相同的兩個字連用，兼具雙聲疊韻的纏綿連續和婉轉回環之美，而且又可以在上下句的對仗中形成兩個節拍的平仄完全相對。」〔註98〕或許因為陸游注意到疊字兼具連續、回環之美的特性，所以即便在平仄方面本無要求的古體詩對偶中，陸游仍經常使其中的疊音對形成平仄的相對，如：

> 纖纖麥被野。鬱鬱桑連村。（〈春晚書齋壁〉，卷32，頁2129）
>
> 四鄰蛙聲已閣閣，兩岸柳色爭青青。（〈雨霽出遊書事〉，卷1，頁104）

---

『稻壠牛行泥滑滑，野塘橋壞雨昏昏』、『草煙漠漠柴門裡，牛跡重重野水濱』、『陂塘漫漫行秧馬，門巷陰陰掛艾人』、『白塔昏昏纔半露，青山淡淡欲平沉』，皆言近致遠，有浣花、曲江之遺焉。」《龍性堂詩話續集》，郭紹虞編選，富壽蓀校點：《清詩話續編》（上海：上海古籍出版社，1999），頁1016。其中「稻壠」、「草煙」、「陂塘」等三聯，皆出於田園詩中。

〔註98〕氏著：〈杜詩疊音對仗的藝術效果〉，《武漢大學學報・人文科學版》，60卷，3期，2007年5月，頁330。

雷車隆隆南山陽，電光熚熚北斗傍。（〈喜雨〉，卷 27，頁 1899）

村村婚嫁花簇檐，廟廟禱祠神降語。（〈秋日村舍〉二首之二，卷 73，頁 4010）

平聲與仄聲疊字在兩句相應的位置上形成明顯的對比，使得平聲更顯悠長，仄聲更顯短促，抑揚起伏之感頗爲鮮明。

與雙聲、疊韻相較，疊字具有較強的描繪功能。疊字的描繪性與它複疊的音感很有關係。雖然每個字都由形、音、義三要素組合而成，但疊字的表意效果卻並非原始字義的簡單重複，而是因兩個音節的重複平添了一份情韻與美感。

陳望道指出，疊音可以「借聲音的繁複以增進語感的繁複」〔註 99〕，「借聲音的和諧張大語調的和諧」，〔註 100〕門立功也認爲：「疊字由於音節的調協，能夠渲染氣氛，突出『造型的表現』，再現出鮮新的印象，給人一種色彩感和運動感，把人引入詩的境界中去。」〔註 101〕重疊的音感與從中產生的語氣的加強，無疑是疊字能生動描摹事物的重要因素，例如陸詩「短籬曲曲對開門，修竹陰陰不見村」中，「曲曲」強調出籬笆曲折的情狀，「陰陰」則深化了竹林幽暗的感受。

陸游頗爲善於運用疊字的這種特性，其詩中的疊字既用以描寫形狀、動態、光影色澤的濃淡疏密等視覺形象；也用於摹寫聽覺形象。非但如此，他還很注意情狀的相差、相反，使兩聯形成相互對照或補充之勢。例如動與靜的對比：

**飛飛**鷗鷺陂塘綠，**鬱鬱**桑麻風露香。（〈還縣〉，卷 1，頁 32）

綠鍼**細細**稻浮水，絳雪**紛紛**花舞風。（〈九里〉，卷 36，頁 2320）

陂水蘸堤常**灩灩**，麥苗覆塊已**蒼蒼**。〈自詠〉二首之二，卷

---

〔註 99〕氏著：《修辭學發凡》（臺北：文史哲出版社，1989），頁 177。

〔註 100〕同前注。

〔註 101〕氏著：〈談詩詞中疊字的運用〉，《山東師範大學學報》，1983 年第 2 期，頁 82。

79，頁 4273）

灩灩陂塘秧水滿，陰陰門巷麥風涼。（〈自笑〉，卷 43，頁 2682）

首例「飛飛」與「鬱鬱」在使動態與色澤更顯飽滿、富於活力之際，還形成動與靜、飄揚與凝重的對比。第二例的「細細」與「紛紛」原本形容的是事物的「小」與「盛多」之貌，一旦重疊就多了輕盈與飄動之感，使稻芽初長、花片繽紛飄落的景象躍然紙上，也爲幾乎字字工對的兩句帶來活潑的氣息。三、四兩例兼有「動靜」與「色澤明暗」的對比，包舉了極易爲視覺注意的兩種面向，因而形成生動的田野風情畫。又如色彩濃淡，或疏淡與繁多的對比：

鬱鬱林間桑椹紫，芒芒水面稻苗青。（〈湖塘夜歸〉，卷 57，頁 3339）

鬱鬱稻苗欣出穗，汪汪陂水告成功。（〈得雨沾足遂有豐年意欣然口占〉卷 77，頁 4184

草煙漠漠柴門裏，牛跡重重野水濱。（〈十二月八日步至西村〉，卷 26，頁 1847）

「芒芒」、「汪汪」皆有廣大遼闊之意，「鬱鬱」則爲茂盛繁多之狀。浩渺水面與繁茂作物的色彩易喚起淡遠與濃密的色彩對比。第三例爲陸詩名句，「漠漠」爲迷濛貌；「重重」表繁多之貌，前者爲色彩較均勻的一次性呈現；後者則指濃淡參差的多次疊加，分別用以寫偏靜態的草色煙光，與給人動態聯想的牛隻足印，的確是精準傳神，無怪清人讚嘆陸詩有「用疊字入妙處」〔註 102〕。此外還有廣漠感（橫向延伸）與幽深感（縱向深入）的對比，如「陂塘漫漫行秧馬，門巷陰陰掛艾人」〔註 103〕；縐縮與舒展的對比：「蹙蹙水紋生細縠，蜿蜿沙路臥修蛇」〔註 104〕；遠與近的對照：「蕎花漫漫連山路，豆莢離離映版

〔註 102〕前揭葉矯然語。

〔註 103〕〈夏日〉五首之五，卷 37，頁 2377。

〔註 104〕〈西村〉，卷 13，頁 1065。

扉」〔註 105〕；線條的明晰感與蔭影的幽暗感的對照：「短籬**曲曲**對開門，修竹**陰陰**不見村」〔註 106〕。

以上均屬視覺方面的對比。此外，陸游也用心經營表聲音疊字的對照，如「織室躡機鳴**軋軋**，稻陂瀦水築**登登**」〔註 107〕、「風色**蕭蕭**生麥隴，車聲**碌碌**滿魚塘」〔註 108〕，「軋軋」、「碌碌」爲仄聲，用以描述機械之聲的短促；「蕭蕭」、「登登」爲平聲，分別描寫天籟與築陂之聲的悠長，均能恰如其分。又如「穿林**梟梟**孫登嘯，叩角**嗚嗚**甯戚歌」〔註 109〕，「梟梟」與「嗚嗚」均形容聲音，卻有強調聲音流動與否的區分，巧妙地從側面表達高蹈出世之孫登與執著用世之甯戚的神采之別。

陶文鵬指出：「推敲疊字，當然要考慮其摹聲繪形是否準確、妥帖、鮮活、精妙，還要注意與別的詞語能否協調。」〔註 110〕陸游當然也不會忽略這點。檢驗他這方面功力最合適的觀察點，應爲他寫同一事物時是否隨語境調整所使用的疊字形容詞。例如同樣是鼓聲，一般情形下用仄聲詞「坎坎」狀其短促有力；〔註 111〕寫一定距離外的鼓聲，例如「迎婦橋邊燈煜煜，賽神林外鼓鼕鼕」〔註 112〕、「漠漠炊煙村遠近，鼕鼕儺鼓埭西東」〔註 113〕，則用「鼕鼕」這個宏亮的平聲字，與「林外」、「埭西東」等能引起空間廣闊感聯想的詞相互呼應。

又如同樣寫成片之水面，只寫水本身情狀時，常以「**灩灩**」突顯

〔註 105〕〈九月初郊行〉，卷 19，頁 1457。
〔註 106〕〈江村道中書觸目〉，卷 29，頁 1977。
〔註 107〕〈出遊〉四首之二，卷 66，頁 3715。
〔註 108〕〈季秋已寒節令頗正喜而有賦〉，卷 37，頁 2426。
〔註 109〕〈蓬門〉，卷 27，頁 1880。
〔註 110〕氏著：〈疊字摹狀的藝術〉，《中華詩詞》，2011 年第 1 期，頁 67。
〔註 111〕如「社鼓賽秋聞坎坎」（遊近村〉二首之二，卷 63，頁 3614）、「圜鞏坎坎迎神社」（〈閑遊所至少留得長句〉五首之三，卷 72，頁 3968）。
〔註 112〕〈閑趣〉，卷 33，頁 2211。
〔註 113〕〈舍北晚步〉，卷 38，頁 2460。

水特有的明亮光感；烘托其上景物時，則以「芒芒」、「漫漫」等形容其勢之浩渺。〔註 114〕由此可見，陸游寫景狀物能注意到該物與周圍景物的關係，並以此爲基準調整所採用的疊字，以達到眞正妥帖、準確的境地。葉少蘊云：「詩下雙字極難，須使七言五言之間，除去五字三字外，精神興致全見於兩言，方爲工妙。」〔註 115〕陸游田園詩中的許多疊字，的確達到了準確傳達景物神韻、貼合上下語境的藝術高度。

陸游田園詩中還有許多重複單位名詞的疊字，如「家家」、「戶戶」、「村村」、「處處」等，不勝枚舉。由於在語法中，名詞和單位詞重疊後能表示「任一」或「每一」之意，以最簡潔的形式起到最大的概括、強調作用，〔註 116〕所以這類疊字的屢次出現，成功地形塑出熱情的語調和活潑的氛圍。

其實，在所有使形象突出的修辭手法中，疊字應是比較樸素的一種。因爲它不屬於精細的雕刻和鋪張的渲染，是只利用簡單的字詞重複，將事物的自然狀態最大程度地複製到詩中。〔註 117〕古樸的《詩經》與以「質直」著稱的陶詩中，都可見到疊字的蹤跡。當然，疊字的運用仍有巧妙與否的差別。一流詩人往往在疊字與所寫對象契合的程度、和諧的聲音效果與營造氣氛、啓發聯想等面相，展露以少總多、平中見奇的寫作功力。從以上詩例可見，陸游的確是此方面的高手。

〔註 114〕如前舉詩例：「陂塘漫漫行秧馬」、「芒芒水面稻苗青」；又如「水陂漫漫新秧綠」、「水刺新秧漫漫平」。

〔註 115〕宋・葉少蘊：《石林詩話》，卷上，頁 244，收入清・何文煥編訂：《歷代詩話》（臺北：藝文印書館，1991）。

〔註 116〕詳參駱小所：〈試析疊字及其修辭功能〉，《楚雄師專學報》，1999 年第 2 期，頁 32。

〔註 117〕關於疊字的此種特點，曾參考魯克兵、陳正敏：〈論疊詞和聯綿詞對陶淵明詩文整體風格的影響〉，《修辭學習》，2000 年第 5、6 期合刊，頁 62。

## 二、間接疊字

所謂「間接疊字」，就是使相同的音節間隔出現在一句詩或不同詩句中，形成前後輝映之勢。上文提到的疊字形式是一種連續重複，間接疊字則是間接重複。在陸游之前，杜荀鶴是唐詩史上將這種形式應用於律詩中最多、最自覺的；鄭谷、杜甫等人位居其後。〔註 118〕陸游則是將間接疊字大量引入田園詩史領域的第一人。在歷代田園詩的作者中，如陸游這樣喜用間接疊字的詩人是非常罕見的。

與連續疊字相較，陸詩中的間接疊字通常不直接描繪事物的形狀、動態聲響等細部的感性特徵，其功能主要是營造聲音的回環呼應之趣。律詩強調避複，忌同字相對，一般說來較少出現間接疊字，〔註 119〕陸游或有類似考慮，因此其田園詩中間接疊字主要見於七言絕句或五、七言古詩中。陸詩中的間接疊字，如果用在一句中，多半構成當句對，如：「柳姑小廟柳陰中」〔註 120〕、「村南村北鵓鴣聲」〔註 121〕、「農家分喜到州家」〔註 122〕、「十日苦雨一日晴」〔註 123〕、「村北村南打稻忙」〔註 124〕、「菘芥可菹芹可羹」〔註 125〕、「歷盡危機歇盡狂」〔註 126〕、「行遍山南山北路」〔註 127〕、「衝雨衝風不怕寒」〔註 128〕、「不

〔註 118〕段曹林：《唐詩修辭論》（北京：中國社會科學出版社，2014），頁 23。

〔註 119〕參考段曹林：《唐詩修辭論》（北京：中國社會科學出版社，2014），頁 22。按：此書稱「間接疊字」爲「音節呼應」，名稱雖異，內涵實同。因此其中對「音節呼應」修辭特性的說明，亦可運用於此處對「間接疊字」的理解中。

〔註 120〕〈初夏〉十首之八，卷 32，頁 2147。

〔註 121〕〈小園〉四首之三，卷 13，頁 1042。

〔註 122〕〈社日小飲〉二首之二，卷 18，頁 1441。

〔註 123〕〈雨霽出遊書事〉，卷 1，頁 104。

〔註 124〕〈十月苦蠅〉，卷 1，頁 114。

〔註 125〕〈觀蔬圃〉，卷 12，頁 965。

〔註 126〕〈小園〉四首之二，卷 13，頁 1042。

〔註 127〕〈蔬圃絕句〉七首之七，卷 13，頁 1078。

〔註 128〕〈蔬圃絕句〉七首之六，卷 13，頁 1078。

聞人聲聞碓聲」〔註 129〕、「南村北村雲淒淒」〔註 130〕、「塘南塘北九千頃，八月村村稻飯香」〔註 131〕等。

或是在構成單句對的同時，還與後句相對，如：「舍前舍後養魚塘，溪北溪南打稻場」〔註 132〕、「村村桑暗少桑姑，戶戶麥豐無麥奴」〔註 133〕、「南村北村春雨晴，東家西家地碓聲」〔註 134〕。

若是出現在上下兩句中，則絕大多數時候都位於句中的特定位置，而且這個位置的變化頗多，有的是雙數字重複，例如：

> 四月築麥場，五月瀦稻陂。（〈幽居記今昔事十首以詩書從宿好林園無俗情爲韻〉之一，卷 76，頁 4167）
>
> 八月風吹粳稻香，九月蕎熟天始霜。（〈初冬步至東村〉，卷 69，頁 3840）
>
> 去年禹廟歸梅梁，今年黑虹見東方。（〈喜雨〉，卷 39，頁 2519）
>
> 東家飯牛月未落，西家打稻雞初鳴。（〈雜興〉四首之二，卷 40，頁 2533）
>
> 露草乾時兒牧羊，朝日出時女采桑。（〈村舍〉七首之三，卷 78，頁 4260）

這類詩句中重複的字詞恰好位於詩句的節奏點，因此格外能產生朗朗上口的效果。還有的詩句是單數字與雙數字都重複，如：

> 吳農耕澤澤，吳牛耳溼溼。農功何崇崇，農事常汲汲。（〈農家〉，卷 68，頁 3819）
>
> 舍東已種百本桑，舍西仍築百步塘。早茶采盡晚茶出，小麥方秀大麥黃。（〈示兒〉，卷 22，頁 1663）

這類詩句中重複的字詞出現在句首，則能形成緊湊流暢的節奏。還有

〔註 129〕〈乍晴風日已和泛舟至扶桑埭徘徊西村久之〉，卷 14，頁 1113。
〔註 130〕〈後一日復雨〉，卷 15，頁 1185。
〔註 131〕〈稻飯〉，卷 45，頁 2758。
〔註 132〕〈暮秋〉六首之四，卷 59，頁 3410。
〔註 133〕〈蠶麥〉，卷 71，頁 3934。
〔註 134〕〈豐年行〉，卷 34，頁 2248。

的字眼在一連串詩句中連續運用，如：「村東買牛犢，舍北作牛屋。飯牛三更起，夜寐不敢熟。」〔註 135〕「不雨珠，不雨玉，六月得雨眞雨粟。」〔註 136〕字詞的不斷復現使語音歷歷如貫珠，爲詩句平添圓活流暢之美。部份運用的間接重複更呈現參差之勢，語音的復現與變化相映成趣，如：

> 豢犬使警夜，畜雞用司旦；儆警盜所窺，失旦固吾患。（〈晚秋農家〉八首之三，卷 23，頁 1696）
>
> 二月聞子規，春耕不可遲；三月聞黃鸝，幼婦閔蠶饑；四月鳴布穀，家家蠶上簇；五月鳴鵶舅，苗稚憂草茂。（〈鳥啼〉，卷 29，頁 2016）
>
> 門外一溪清見底，老翁牽牛飲溪水。溪清喜不汙牛腹，豈畏踐霜寒墮趾。（〈飲牛歌〉，卷 48，頁 2922）

在這三個詩例中，前兩例裡同一字均是隔句地復現，甚至復現在句子的同一個位置上；最後一例中前兩句中的「溪」、「牛」等字則同時再現於第三句中。這種參差的形式格外富於變化的趣味。

無論是哪種情況，陸游田園詩中相同字詞有規律地層見迭出，都造成了結構緊湊的效應，並強調了詩句的節奏感。但陸詩中的間接疊字不僅追求聲音上的效果，也仍有助於詩境的塑造。實際上，詩歌的間接疊字畢竟不像民歌的疊字那樣只強調琅琅上口、便於傳唱。這種修辭方式所以爲詩人青睞，更在於它能「使詩歌在形式上前後呼應、彼此關聯，內容傳達上相互映襯、互爲補充」〔註 137〕。

陸游詩的間接疊字正能發揮這樣的效果。例如：「窗櫺無日影，庭樹無風聲，微雲淡天宇，非陰亦非晴。」〔註 138〕「無」、「非」兩字的分別重複，共同點染出一片聲光與空氣流動既靜寂卻又恬然融和

---

〔註 135〕〈農家歌〉，卷 55，頁 3217。

〔註 136〕〈喜雨歌〉，卷 39，頁 2520。

〔註 137〕段曹林：《唐詩修辭論》（北京：中國社會科學出版社，2014），頁 23。

〔註 138〕〈初春紀事〉，卷 56，頁 3280。

的、初春獨有的特殊氛圍。相較於虛字，陸詩中更多的間接疊字由名詞構成。它們或是充分地發揮烘托的功能，如「秋林半丹葉，秋草多碧花」〔註139〕、「秋風蕭蕭秋日薄」〔註140〕中，「秋」的重複帶來一片濃濃的秋意；或是造成和名詞直接疊用類似的強調效果，如：「前村後村燎火明，東家西家爆竹聲」〔註141〕、「東巷西巷新月明，南村北村戲鼓聲」〔註142〕突出遍佈大地的喜慶熱鬧；又或是帶出事態的層遞，如屢次出現的月份的依序重複。

總而言之，陸游田園詩的間接疊字雖然形式素樸，但絕無單調重複之感。不論在聽覺效果上，或是修辭功能上都頗具變化。它與連續疊字兩種語音修辭形式，既使詩的聲音富於和諧流暢、回環往復之美，又使詩句的描摹更加生動立體或豐滿壯盛，對詩境的塑造和詩意的傳達具有重要作用。

〔註139〕〈閒行至西山民家〉，卷78，頁4259。
〔註140〕〈豐年行〉，卷17，頁1320。
〔註141〕〈壬子除夕〉，卷26，頁1860。
〔註142〕〈書村落間事〉，卷70，頁3891。